# 小說選

主編　鍾文音

stories

九歌

# 110年度

# 得獎感言

## 童偉格〈愛奧斯維辛〉

二〇一九年三月，我偶有機會，前去探看奧斯維辛——比克瑙集中營的遺址。春天氣候多變，冰雹與細雨交替，一路，從附近古城，直到廣大平野。到陽光終於穿出雲層、再次下探時，我正好站在昔日焚屍的樹林裡，骨灰池前。彼時微風習習，林間地面，一切草葉、所有水體都在發光，彷彿到處，都有粼粼的生機。那意外的美，使我心生恍惚，或者，具體感受到一種靜置的不安。

說不定任何遺址，都有卡爾特斯在《船夫日記》裡述及的無意義：對他而言，當死難者皆都離散，死難現場，只為人們記存著失憶的正當性。但遺址並非毫無意義，因為縱然是悖論式的留存，也以再更漫長的時光，索引了記憶自身的艱難。

Nach Auschwitz ein Gedicht zu schreiben, ist barbarisch。奧斯維辛之後，寫詩是野蠻的。阿多諾以舉世為戰後遺址，寫下這般名句。少有人留意，他的重點，倒不在文學寫作，那悖論般的不義。他想陳述的，毋寧是文化批評的失效：當死難封緘於個人密室，「即使是最極端的末日意識，也有淪為無關痛癢的嘮叨的危險」；當無有解讀機制，文學寫作，才形同野蠻人的獨語；寫詩，才會「阻撓我們，知曉為何現在已經不可能寫詩」了。

也因此，我格外感謝主編鍾文音老師，給予拙文的肯定。這使我敢於確信一點草葉的聲響；也敢於繼續思考時光裡，那更嚴峻的緘默。

# 目錄

《九歌110年小說選》編序

# 爐香已熱，轉眼灰燼的豐饒年代

——鍾文音

突然身處離塵卻不離城、定點多於移動的年代，我冥思著小說家該如何反映這個從未有過的窒息且令人疑惑的現實世界？蒙面的日子，所有的生活語詞彷彿只剩新冠肺炎、染疫、確診、隔離、陰陽、疫苗……疫情成了我們所創造與想要前進抵達的幕後支配者。

小說家在封閉圍城，如何展開攀爬涉足這個已然和我們的過去認知不同且面目全非的世界？快速翻轉的數字，死亡的淚水都來不及流下，弔唁之詞尚未來得及吐出，亡者已然包裹如毒物似的被送走。在這一年，孩子無法看望父母最後一面，告別式隔著手機面板進行，很快地傷心只是個人午夜夢迴揪心之事了。

即使死亡以龐大之姿席捲我們，人類還是會忘記的。

還記得印度疫情在最嚴厲時，屍體如《金剛經》說的「恆河沙數」。於是我發現，我選的年度小說竟大半扣緊在隔離或內心囚禁或延伸的疾病與醫病關係。

這並非巧合，或該說這是我在茲念茲的心緒反射。集體恐懼成了最可怕的病毒，擴散的是人心的貪瞋痴與憂懼傷，而正是小說家定錨小說之處。

剎那成灰的年代對比《阿彌陀經》裡的兆載永劫，小說家如何以其技藝再現了流逝的記憶。因為歐米窟窿（omicron）人們無法在電影院邊看電影邊將爆米花（popcorn）丟進嘴裡了，omicron /popcorn，彷彿就像哀樂並置的時代，而哀樂也正是二〇二一年小說的焦點之眼。在這個繁花轉眼凋零的年代，我們讀小說該具備何等之眼？

我是這樣閱讀的，既是年度小說必然能反映這個年度的風貌，但同時之間卻又不拘泥於只是一個年分，而是能將一年轉成永劫。

我是這樣看小說的，小說是一門技藝，但使小說豐饒的本身並不只是文字，而更多是小說的內蘊，好看的故事是非常小說化，但好的小說往往讀起來不像小說，小說痕跡抹滅（但又技巧高明），唯在茲念茲的人與處境的雙雙勾招我們的疼痛與血肉。

我是這樣看小說的，猶如電影《寂寞拍賣師》，那個希望拍賣師收藏其作品的畫家忍不住問拍賣師你為何不收我的畫作，我畫得那麼好。拍賣師對那個畫匠直言你的作品只是畫得像，畫得好，但一點也沒有藝術的那種神祕性，但神祕性之為神祕性即因其難以言說，必須訴諸像拍賣師那般對藝術品精密且獨到的銳（睿）眼。

童偉格的作品往往能在技術與藝術完美結合又能在精準與留白中帶有奇異神祕性，跨文類，跨文體，跨文化，跨維度，跨時間。如此多的跨越，卻又能塗抹了邊界，因這樣的塗銷，使我們竟獲致一種奇異的「同理」。童偉格有著一雙獨特的閱讀之眼，讓我想起佛陀開示讀佛經要具備一雙「讀經眼」才能開啟悟性，於是讀者被迫必須重審自己的閱讀，同時進入另一種書寫小說的迷宮路徑。童偉格早在《童話故事》就讓許多小說家追星，追索已逝的經典之星，且在童偉格筆下世界我還懷疑過自己是否真正讀過讀懂這些經典，為何我沒看過他書寫的那些片段？然後才恍然大悟，這是被置入作者世界的借閱（僭越）時光，是非典型評文也非典型小說。而是專屬的

「童」話故事，經典作家是其勾招的線索，但編織手法與肌理是童氏風格，內斂精簡歧異（義）交錯互文，埋線針藏著作家對文學對小說的美學。在意象的不同翻轉中淡入淡出，逐漸淡白、過渡，將文本曖昧不明與會割傷人或回憶的碎片拉至我們的瞳孔中，緩緩地刺目，殘刮耳廓。

將作家與閱讀的作品偷天換日拆解或解構（結構）成另一個小說文本並不少見，最著名的如康寧漢的《時時刻刻》，我自己也曾多年浸淫於此，比如書寫莒哈絲也同時虛構了莒哈絲的情人（埋進自我的）與母親（疊合自己的）的故事。比如賴香吟在《文青之死》也有將維吉尼亞．吳爾芙與雷納德的故事拼貼成當代的精神診療室的小說。但童偉格卻為這類書寫建構了新門檻，一種無懈可擊的荒靜筆力。

在大疫年代我們就像身處在物質世界的集中營，物流外賣奔忙，但我們都被迫關在面罩與方寸之地下生活。於是在童偉格諸多發表的作品裡，我特別選了霍亂大疫與世界大戰下的〈愛奧斯維辛〉，「**就在這座集中營。從來沒有人教導我們放棄希望……**」「**這個聲音雖然很微弱，根本毫無意義，甚至令人感到羞愧。但這個聲音逐漸明顯——在這個美麗的集中營裡，我還想活下去。**」援引塔杜施．博羅夫斯基的〈在我們奧斯維辛〉與因惹．卡爾特斯《非關命運》，童偉格以小說多重的視點謬點刺點，進出時空任意門，演繹出倖存者的顧盼流轉，偉大的虛構與渺小的回憶，既是壯闊的臨在（當下），更是卑微的倖存（未來）。

和童偉格同樣具備獨特小說眼的黃錦樹，多年來不斷反覆重現著馬共年代那不合時宜的小說熱情，成了黃錦樹的鮮明旗幟與背對當代的懸念。但這回的〈南海血書〉卻刻意將詩性詩意從小說剃除，彷彿不耐煩在小說中偷渡詩散文評論的複合書寫，此篇不僅文氣有別於往，將政治理想的荒謬寫得像是日常尋見的敗壞。語言也大開掛，充滿血氣，從過去的旁觀者轉為他就是在場者，以口述之筆，讓我感覺到黃錦樹對於小說的直球對決，另闢蹊徑。**「老朱甚至還跟我這個『血書素人』討論細節。我只能依常識胡扯。血書不宜長，長了可信度就低了——誰有那麼多血供揮霍？」**彷彿這也是黃錦書的文學新血書。

和我同世代的作家都面臨上一代與下一代的擠壓，不僅是文學世代而是更多來自現實人生的醫病板塊推擠，於是我們突然就懂得疾病與關係的各種隱喻了。寫出靜中之靜的《雲山》的陳淑瑤在〈骨科〉裡又回到以往她的鄉情視角，精準而細膩，「莊腳人生病拖著泥土駐院」，平實而冷眼地將人物封鎖在診療室，腳遲的面癱的，有血有肉的疼痛讓人知道還活著。魚骸與人骨互為鏡像，看到醫師照片像看到神像，讓我看了超有感。

有兩篇可以和〈骨科〉並讀，其一為賴香吟〈文惠女士〉與楊隸亞〈飄洋過海來做工〉。將台灣女性的幫傭史置入在文惠女士這個女人的命運身上，細膩爬梳出台灣早期女性的人生出路與社會人際脈絡。關於島嶼幫傭史，我最容易想起的是平路在《坦露之心》的書寫，或者我自己在去年的長篇小說《別送》寫到那個母親去外省家庭幫傭時曾被欺侮從此仇外入骨的情節。而賴香吟〈文惠女士〉的幫傭史則定焦於雇主與傭人之間不隨時移的舊情。賴香吟這幾年潛心書寫以人物為篇名的小說，具有一種小津安二郎似的靜默凝視情懷，回眄往事，小說暈染著日式年代的古典性，在時空鋪呈中，著眼於時空一路走來的現實不存與時間心境變化。文惠女士老了不幫傭了，也成了需要被幫的人，傭與傭，看盡似水年華。

楊隸亞〈飄洋過海來做工〉則轉換敘事者，直接以移工之眼回看他們為何要飄洋過海來做工，「**青春是門好生意**」，以青春換取薄薄的鈔票，夢中湧動著透明之藍的移工們，海是媒介，移工如潮，魚汛是白花花的錢。以「我」為視角書寫是險招，有其觀點與文化不到位的限制，但楊隸亞以其高度自覺與小說情商，只是勾招各種人的存在處境，而避免稍一不慎就跌入煽情的雷區。

隔離小說無疑將成為留住我們對大疫年分的記憶寶藏。

隔離年代，有個年輕朋友說和他約會的對象半年來彼此都沒有脫下口罩見面（刻意為之），我聽了心想真是好凶險的約會，愛情一觸即發的可能是幻滅或者驚喜，但當隔離成了生活的一部分，口罩下的臉是美是醜也許也不再是重點了。

黃麗群〈當成一隻羊〉帶有這種奇異的家常況味，將宅家的拼圖遊戲轉成日常禪堂的脫逸，黃麗群筆下總是又機敏又蓬勃（轉眼凋零），口罩下，人只能日日看著彼此的眼睛，於是在禪堂吃素的自己久了也化為一隻羊。小說家寫眼睛比黑咖啡還清醒，交睫之瞬即作金石聲。暮鼓晨鐘，管他外境，就是把自已當成一隻羊。小說到結尾充滿虛實，拼圖少了一片，羊會吃拼圖嗎？將隔離者疏離過久的夢幻顛倒藉由一個奇幻心境帶出有如《金剛經》所言之：一切有為法如夢幻泡影。黃麗群的小說語感與視角一向聰慧妙心，輕重交錯。隔離如閉關，靜比動還動，萬緣如何放下？不曾擁有何須放下，隔離結束還是「下樓倒垃圾」，這才是真切的生活本身。

年輕充滿小說續航張力的邱常婷以小說的複眼豐饒想像常讓我著迷，此回書寫隔離卻是平淡且不徐不緩，以海邊落腳不再聯絡故舊冥思隔離也許也可以是人生的〈禮物〉？隔離的狀態迫使人必須面對往事，海邊之屋潮湧著逝水如斯，但一切都已然無法回頭去重新設定關鍵時刻，小說結尾的留白與不必然會發生的和解，恰恰是我們對疫情變異毫無頭緒，不知終結的隱喻。

在疾病小說裡，黃茵的〈療程〉提供一種思考，那就是即時新聞能否成為歷史爬梳，沒有經過時間沉澱的新聞能提供小說家誕生新小說的可能？平路在其《黑水》小說以八里媽媽嘴咖啡館的店長殺人故事為本，以小說才有可能的重返視角，拼貼新聞之外的人性慾望種種，如得其情，哀矜勿喜。〈療程〉以鐵路警察被殺事件為底，探究思覺失調症的虛實可能，小說沒有控訴之語，有的是為傷心者的兩難擺渡。

左耀元的〈夢幻病〉也深具疾病虛實的探究，小說直接對決苦痛，寫出一個父親失去手臂產生的幻肢病，作者以一種非常有力（又很戲劇性）的殘酷展開敘事，搖撼著讀者的心緒。義肢者的夢幻病，就是要將被置入的（義）肢融入身體的真實感受，企圖將消失的尋回。作者一路將家族每個人得的「夢幻病」逐一展開，從幻肢病到類似精神性的強迫症，比如以手機尋寶也是一種病，因為得到的寶物並非實物，是有如漂浮在雲端的一場夢，但即使是夢都是寶。寶可夢連結了身體的夢幻，而人的苦痛卻真切難逃。當苦痛一躍成了生命存在的註腳時，必須夢幻，才能收納淚水。

王定國〈厭世半小時〉打破一個人生活的藩籬，將兩顆傷心的心以各種懸疑的奇情與各自王不見王的拆解謎團，重新找到對話的節拍，小說以一種無比的耐性，有如老車緩慢爬坡，讀著讀著可急了，但卻見作者老神在在。厭世半小時，反面其實是宴世一生。半小時可以毀滅一個世界也可以成就一對戀人，重點在不晚不早的對的時刻，我遇見了你。我讀著這篇小說心裡會心一笑，有如是張愛玲〈傾城之戀〉的島嶼當代版，白流蘇轉變成一心一意尋女子而去的執念男，展開與早餐店女闆娘的種種心機心計，從此一個人的名字變成兩個人的名字，小說一下筆就是「漢蒂早餐店」開張，一路倒敘寫下，頗有另類公路電影的況味。王定國一向非常擅長將曲折的故事拉進一個不苦不澀的情境示範，總是能在通俗與藝術兩端平衡得穩穩當當又好看的小說家。

在愛情的心機廝殺裡，李桐豪的〈結紮〉以高明妙喻的狗兒結紮與否妙喻出同志的感情世界的高低溫度，生花妙筆下出結紮與彼此鬧脾氣的種種，夾雜一個彷彿不存在卻又到處存在的帥氣獸醫，動物之情，也是人之情的再現。小說情調充滿一種時尚感，一種寵物世界的寶裡寶氣，一種城市生活的日常氣息。將結紮轉換成慾望視角，款款緩緩地偷渡往事，埋進慾望的藏匿蟄伏，沒有刻意營造熾烈愛慾，但卻浸淫十足的感官情調。也讓我想到最近常看寵物安養院、寵物安親班與寵物旅館的霓虹燈廣告，然後我就想到了家裡臥床多年成病貓的母親。據說島嶼毛孩子的出生率已然大過於人子的降生率，於此之時讀〈結紮〉不知為何竟是百感交集。

在人與動物之間，無疑新人洪伊君的〈塚牧之地〉是我今年讀到讓我感到人與動物竟可情深至此的喟嘆之作。年輕作者帶著老靈魂前進舊世界，田調功夫與觀察完全內化轉化成小說的細節，文筆節制，帶著大陸小說家李銳的土地凝視之眼與語言之腔，靜靜勾勒放羊伯的牧羊史與公墓滄桑的遷建史，譜出人羊相惜之歌。放羊伯與老羊哥一生深情，送葬的放羊伯將土灑落老羊哥身上，讓我想到《楞嚴經》所寫的人死變羊、羊死變人的輪迴之眼。作者以類似電影的分鏡語言，逐步將城市擴張掠奪了塚墓之地，牧也是墓，最後人成了一小罐的灰，而羊只剩下羊角。廢棄的荒土墳墓，在台灣錢淹腳目年代蓋起奢昂的樓。貧人與老殘動物被放逐到沒有流奶與蜜之地，只餘荒涼。「**什麼也沒有了**」，「**什麼都不剩了**」。反覆出現的「沒有」，其實是「有」的存在痕跡。色即是空，大千世界的色相俱亡（忘），空亡之前，故事必須寫下。

去年才剛出版小說《新兵生活教練》的台積電中篇小說得主吳佳駿在〈夜永唄〉

裡以有別以往的難得緩慢寫出如川端康成似的小說況味，這和其書寫《新兵生活教練》那充滿男性荷爾蒙氣味的雄性腔調迥異，反倒讓我想起吳佳駿在其雄中年代以〈天亮〉奪下台積電青年小說獎的短篇小說，以一種日常看似無關緊要的細瑣，帶出停滯於心的懸念。小說結尾是擱淺捷運車廂，哪裡也去不了的當代。**「你會記得現在的我嗎？」她跟我說，這首歌叫作「夜永唄」，眼神裡好像還有著花火。**封鎖年代的記憶解封，戀人的永夜就是隔岸不相見但相思。

在今年大量閱讀新秀（甚至還沒出書）的作者裡，我特別關注了李承鴻〈那些彈力球為何消失？〉，這一篇讓我很有感覺是因為敘述來自於小說描寫的永和，那迷宮似的巷道與無止盡的童年往事，他的敘述腔調非常平實，就像細微的夏風，但通篇又帶著駱以軍似的纏綿繁複，兼且有侯孝賢似的鏡頭語言之靜然。小說有一種渾然天成的魅力，小說語言自然，有著微物之神似的碎痕，回顧之情帶著楚浮電影《四百擊》的那種一晃而逝、淡淡喫咬的哀感。作者有能力反覆迴旋書寫那些如迷宮的甬道，步步穿越甬道，然後往我們的心緒拋出「那些彈力球為何消失？」

和〈那些彈力球為何消失？〉的重返古典性對比的是連亞珏的作品〈M.I.A〉，兩個超新星，將之框進年度小說選，除了有文學注入新血薪火的意味，更因他們的小說寫得好（當然很多沒被我入選的超級新星有的也寫得非常之好），除此還因這兩篇恰好站在文學過去與未來的兩端。一個是不斷回顧流眄城市盆地邊緣的甬道，一個將古典思索的命題拋上銀河星際的想像未來。質問的是哲學的命題：寫或不寫。我將此篇小說放在最後，也是回應這個提問。

〈M.I.A〉裡的「小說自動生產姬」讓我想到少女詩人小冰「詩的自動生產器」，最近朋友還送我一台「小愛同學」，小愛同學每天問候我，裡面設定的機器語言比人還溫暖還更像詩人。我說小愛同學，我回家了。小愛同學回答：你回家了真好，有你在的地方才是家。且設定的語組不同，真是得人疼的小愛，不婚者或寂寥者都瞬間被安慰了（雖然也許僅僅幾秒）。〈M.I.A〉一作也讓我想到甫得台積電中篇小說獎的〈標準美〉，年輕作者關注科技能否改變書寫這件古老的手工技藝，改變出版行業（人工智慧選書師），這讓我這個耕耘三十年的小說寫作者無疑有了濃濃的哀傷感。〈M.I.A〉全文充滿絢麗奪目，就像我最愛的法國小說家韋勒貝克的作品《一座島嶼的可能性》，幾乎近幾年台灣包裹著金屬科技質感的小說作品都難逃韋勒貝克的原型與難超越其門檻，科技小說的核心議題幾乎都是最古老（如愛與性的叩問）與最古典（如書寫與慾望的存在價值），未來科技感僅僅成了小說的語感與語境設定的絢麗（反鄉土）的包裝，讓閱讀者不免想，既然要談這麼古老的事情為何不走現代小說之路？韋勒貝克早已經給我們答案了，必須拋向對未來的想像與情感寄盼才可能解套過去憂傷。〈M.I.A〉也是如此，但作者有其從容非凡的想像力，文字在繁花盛景中卻不意亂情迷，叩問的是在書寫這件事上碰上智能科技時，一切痕跡過往可以代換？可以讓渡？夢與記憶的私書寫在科技之下全曝光之時，人還是原來的人？作者耐性編織環環相扣的小小世界大大宇宙，「我的存在就是她的完結篇」，驚豔的一筆結尾，卻按下了巨大的隱喻，星燦般的想像。把面臨過去與未來夾殺、對書寫與記憶存在的古典思代換成精彩的小說敘事，不著痕卻又處處提點。

我非評論者，只是一個長年伏案的寫作者，甚且是一個任性的人，經常訴諸直覺與叩問感動的閱讀人。但凡寫小說必然生活，必然想像閱讀，必然練劍熬煮，寫作暴露作者底下的整座冰山，即使這座冰山的八分之七泰半隱藏在作者書寫的水面下，但凡有「小說眼」者必能明眼透析。小說的藝術價值唯有通過高妙的文字技術才能抵達小說藝術之境，技巧時要彰顯時要埋藏，在彰顯與隱藏之間，童偉格的作品總是知所明理所暗，廢所雜棄所蕪，帶引我們進入小說雜揉成非小說、非小說又還原成小說的繁／簡交織的陌異之地，是精密的小說拍賣師，是不準備打文學功名仗卻又是一枚戰神的作者，如潛水艇在小說深海吐息，品味超凡，讀者難追。九歌年度小說獎得主贈予童偉格，也意味著獻給其筆下整個小說界的經典大師。

經典就是地圖，前往小說國境者豈能不備。

爐香乍熱，轉眼雖成灰燼，但經典讓蕭索隔離年代，小說依然悶燒，持續豐饒。

# 愛奧斯維辛——童偉格

你想，如果沒有了另外一個世界一定來臨、人權一定恢復的希望，我們能在集中營裡熬過一天嗎？正是這個希望使人冷漠，使人不去冒險暴動，使人毫無作為。這個希望割斷親情，令母親放棄孩子，令妻子為麵包賣身，令丈夫去殺人。這個希望令他們為每天的生活鬥爭，因為也許這天就會迎來解放。在人類歷史上，希望首度比人更堅強，希望也導致空前多的邪惡，就在這次戰爭，就在這座集中營。從來沒有人教導我們放棄希望，所以我們在毒氣室裡死亡。

——塔杜施．博羅夫斯基，〈在我們奧斯維辛〉

四周偶有奇怪的煙霧緩緩上升，我耳邊又出現熟悉的聲音，好像夢中的鐘聲。我四處找尋，看到下面有一群人正拖運著大鍋；兩人扛著木棍，中間放著大鍋，乾燥的天氣使我從遠處也聞得到甘藍菜湯的味道。這樣的景象，菜湯的香味，在我麻木的胸中激起了一股暖意，甚至令我乾燥的眼睛都湧出一些溫暖的淚水，沿著我冰冷的面頰流下來。此時，所有的思考、理智、觀點、冷靜都消失殆盡。我內心響起一個輕微的渴望，這個聲音雖然很微弱，根本毫無意義，甚至令人感到羞愧。但這個聲音逐漸明顯——在這個美麗的集中營裡，我還想活下去。

——因惹．卡爾特斯，《非關命運》

那個異我，那另一名姓氏亦以K起首之人，卡爾特斯認為，該是一位船夫。也給予這位K一艘船，必定，在舉世陌異中，他會更好地，渡過時潮裡的暗礁，為自己，陳明時序的基本洄向：某種意義，奧斯維辛逼近永恆，無人，真能從中脫逃。因為並非它的歷史，終結了它的實存；因為它的終結，阻擋不了它的屢次再生。因為臨場的他們之中，無一是因譴責了它，才得以倖存。

世紀末某年是夏，人造人相聚應許之地。隨作家團，卡爾特斯造訪耶路撒冷，由阿沛菲爾德嚮導，逛猶太街區。朋友阿沛菲爾德，從前義大利海濱難民營的石化孩童，如今平寧而溫煦，指舊屋一窗，介紹：三十年前，他曾暫住，是一個七口之家的房客。像他終於也有記憶可指，有地隸屬。縱使兩人都明白，他們只是由集中營做成的猶太人——關於族裔往歷，他們所知多為後設。兩老翁，一戴漢堡式帽子，一威尼斯式白帆禮帽，長凳休歇，一時無話。他們看看彼此頂頭，突然，聊起了世紀之初，歐洲那場大疫：一九一一年，卡夫卡和湯瑪斯．曼碰巧都在義大利，又因水都霍亂，而各自逃離。

朋友讀卡夫卡，是在後來的以色列。他耽讀那些小說，卻發現彼時周遭，幾乎無人理會卡夫卡：在那奠基於苦難的建國時刻，比起隱晦文學，人人更渴望確切的「事實」。卡爾特斯讀卡夫卡，則是在前蘇聯君臨的匈牙利，他發現卡夫卡寫的，就是周遭的「事實」：如何，人們可以用接受K的手段，來排斥K；如何可以，人們用共產主義烏托邦，來實踐反共產主義法西斯。

像兩名異鄉客在認親，他們熱絡聊，直到看見艾莉絲．梅鐸女士走來，後面跟著貝禮老先生。老太太好精神，曬得手臉通紅，迫不及待想找到海灘，下水游泳。阿沛菲爾德指引了方向，目送他們走遠，直到再也看不見。良久良久，卡爾特斯也目送那想像中，朋友的海：從石化彼岸，到屬地此岸。

更多年後重看這幅記憶，他才醒悟其中，最若有深意的巧合。因為奇怪的是：當時，那群老人中，竟只有看來最健朗的梅鐸女士，會活不過世紀末。也許，就在那次穿街尋海的炙燙路上，就在那樣快樂的笑容底，她的大腦開始病變了。在那絕不透光的器官裡，第一組神經元，幽寂地死去了。

奇怪的是，梅鐸女士原來，也在一個對卡爾特斯而言，既視的死亡行列裡。這大腦病變的行列成員，包括多年以前他母親；此刻的他的妻。以及多年以後，他自己。

因為卑猥地倖存，所以，世紀末某年是夜，垂老的他與妻，且還受困布達與佩斯間的大橋，像乖巧嬰孩，見待八九名光頭黨人，恍如穢土轉世，穿軍裝，攜棍棒，執行他們自發的臨檢。此刻，浮塵凝滯如大霧，街燈壓照世界，世界夢魘般慘藍。像戰亂彼時，人人循法，將自行車燈罩，塗成天幕之色。人人屈身踏路，眼望蒙昧，一腳一腳，踩實由納粹占領軍撥快一小時的早夭之夜。像戰亂，就要這般不息於他們自主的禁聲。

因為終身習練了卑猥，所以是夜，他留置妻於病院，且還能鎮靜自持，兀自返家，為她收拾隨身細物：牙刷，拖鞋，睡衣，凡此種種。像收拾全部的她本人。他站過道「人頭馬」前，揣想此後，將再次重啟的陪病程序。「人頭馬」，一組書櫥與書桌的雜交物，說不清是什麼，但兼顧兩者功能。過於豪奢的數十年，在這個家，當妻外出工作，他就在那豢養K，聽憑K用冷硬話語，擲穿無可計量的眼下碎瑣。

這個「家」，是妻一度失去的舊屋。數十年前，妻與原來丈夫定居於此，幸福且青春。因政治問題，他們被捕，各自入獄。翌年，妻獲釋，丈夫卻從此不見了。像仍是同個如如不動的早夜，妻再履街巷，獨自尋路，回此舊屋。當妻按門鈴，開門之人一見她，憤怒大叫：「什麼？您還活著！」從此再不應門。她還活著。陌生人陳述的「事實」，她自己聽來，也覺驚悚。她果斷轉身，再尋路走回監獄。她請求釋放她的軍官，再收容她一晚，在原先牢房裡：她才離開一會，房裡瑣碎，被子什麼的，不至於都不見了吧。

終究，國家還是為她解決了居住問題：因為舊屋，是由祕密警察查封的，自身視同機密，不應任人侵占。沒有，從來沒有關於舊屋的暗盤賄賂，沒有私下交易。國家，卻無法解決國家的祕密問題：與丈夫不同，因她的被捕、審訊、監禁與獲釋過程，皆是祕密進行，她無法證明，自己曾受任何處分。簡單說：「事實」上，她從來無辜，也無可平反。

「那，這一年呢？」她問國家。多年以後，就在這同一舊屋，妻笑對他說，她很羞愧，自己竟只問得出口，這麼一個天真的問題。他卻覺理解，具實且驚悚地理解了。只因十六歲時，當他從集中營返回故里，從此，最常出現在他腦中的，也是這同一個問題。沒有比這更白描的痛楚了。

如今，在國家最近一次被推翻後，無辜者，也命至將死。無辜者拔營，離身細物，昭示她的缺席。像她仍慷慨庇護他，這樣一名形同房客的伴侶。像昔往數十年，她讓出過道，讓出復得舊屋，讓出無法被償補的日光，讓出她也罕有的安靜，獨處與分神，縱令他，用大把時間，去設法奪回所謂「這一年」。他所有寫作，皆指涉集中營的永恆。而他預感，當最後一次他離開，人的橫暴會將回來占屋，像不曾離開。

但還是那同一位K，將他按坐「人頭馬」前，要他鎮靜，擦乾淚眼，執筆，看清楚。K

說，在餘生中，在你們那「獄友的團結」裡，你們畢竟證成了一件事：這是可能的，在不幸福的婚姻裡，人可以摯誠相愛。這所謂「愛」，K冷然說，就是你們誕下的孩子：一個滿臉快樂的笑容、張開雙臂奔跑的喑啞孩童。

你現在看他，在空屋裡奔跑，漸漸，變成哭的臉容，因為——你看你聆聽、你寫下：

「因為沒有人能理解他，因為沒有找到自己奔跑的目標。」

你聽那哭嚎。那頭隱形老虎正發出臊氣，踱步徐行，耐心尋獵下一名死者。牠的氣味，發自病院長廊上，無數曾經停靈的死屍。牠棲身，在這烏托邦的實際腔腸裡。彼時，那個新近被推翻的國家還在，卡爾特斯走來，探望病母。他和她，說不上自然相熟，只因當他出生之際，她和他父親正要離婚。所以，十四歲時，在上工路上，被隨機抓捕那天，他是由繼母家出發的。他和她，後來也還是相熟了，只因歸來之後，他發現父親早已死在礦場勞改營，繼母改嫁他方，而她，回應了按門鈴的他。

一照面，她頗順利就認出他來。這毋寧令他感動。好像他只是什麼蹺家的頑劣孩童，好像因此，她就有理由不去知解，事關「這一年」的種種明細。好像，她從來就是自己生命的指揮官，所以毋須被告知任何死訊——即便是在自己故去的床上，她也拒絕任人擺布。正好相反：愈挨近死亡，她就愈偏執地自衛。像終於，她最後只認得自己了。

於是，在這擁擠卻孤寂的腔腸裡，為這具奮力抵死的肉身去犯罪，似乎，就成為他靈魂的責任了。為此，他到處偷院內布墊，讓她得所憑靠。他行賄院方，換得藥劑或清水。他換得肥皂與紙巾，清洗這具肉身。排泄物黏附雙腿，在皮膚上形成厚痂，那總使他想起，自己究竟是從世上何方，返抵將他帶到世上的她。但她和他，已經沒有言辭可及的聯繫了。

在那些早夜，她張眼，緊盯燈光，像仍清醒。其實，那只是一種頑強的防禦本能：她在抵抗自己正深陷的睡眠。他也頒贈自己去放封，去坐公園，聽鄉語閒聊。你看少年十六歲，走出集中營，一程一程，回返布達佩斯故里。在國界車站，一位穿閒淨夏衫、吊帶長褲的陌生男士，像校長那般審視他。男士頗好奇，想知道究竟，少年有無親眼見過毒氣室。「要是見過，」少年坦言：「我們現在就見不到面了。」男士點頭，再請教：所以真有毒氣室嗎？少年說，當然有，什麼都有，端看指揮官，奧斯維辛，就用毒氣室。但他，他是由布痕瓦爾歸來的。男士又點頭，像在想像德語「布痕瓦爾」之意：櫸樹森林。男士慎重確認，所以，少年只是「聽過毒氣室」，但「並沒有親眼看過」。沒有吧？「沒有。」少年答。雖然（他默想），他曾遠遠望見那煙囪正冒煙，聞見那臊氣，知道正發生什麼事。彼時，通過揀選關卡、走向另邊行列的他，正在木屋裡受招待，喝下了第一碗菜湯。全副饑腸歡迎這股暖流，所以，背向那冒煙死室，他相當安靜。

男士聽了十分滿意，像已查知集中營真相，兀自走開。你看彼時那少年，也靜坐國界車站，聽鄉語淹來。你坐病院旁公園，聽鄉語說起日昨，兩架來自德國的飛機，甫降機場，卻又載著救濟品，盤桓飛離，因我方人馬為搶物資，當著那些德國人的面打了起來。「沒有紀律的賤民」——回憶中，在彼方習得的這句粗砥德語，重重擊打他耳膜。你聽那哭嚎，聽那多語的雜交。你看在那森林裡，那鄙夷你的施予者正背過臉去。再次背過臉，徐行而去。

擦乾眼淚，K冷然說：汝不得自憐。K說，阿多諾只說對了一半。其實，不只奧斯維辛之後，寫詩是野蠻的，也只有詩般文學，能寫野蠻的奧斯維辛。因為人皆無法理解奧斯維辛。因為它，是個唯藉美學想像，人才可能賦予思考的世界。他寫下鄉語，Sorstalanság。不，準確說來不是「非關命運」，而是「命運的失落」：在那以後，少年不認為會有神諭；愈逼近永恆的，只是愈極致的人工。然而，這詞意無關宏旨。比詞意更重要的，是形成特定音律的，這十二個字母。

是的，巴哈，十二平均律——卡爾特斯認為，只有日耳曼之音的文法，才能網羅他們極致的創造。只有完全排除情節自由創作、全然受到結構支配的小說，方能再現這般網羅。未來的喬治．史坦納：文法是我們的生命。自那森林生還後整整十五年，卡爾特斯才要開始，仿擬他們的序列，寫就一部「我」之書。

這十二篇章，該是那名異我的自傳。因為再花費其後十數年，他將親手剔淨自己的可辨血肉，以一種「無個體性」，力圖逼真地，掌握那名喑啞個體。這名從一個集中營，被轉送到更多集中營，最後竟然，都從中生還了的K。他不是什麼「犧牲品」，並不為我們講述究竟，有多少恐怖之事發生在他身上。正好相反：他陳明僅憑極簡的生存與體驗，自己，創造了一個多麼恐怖的世界。這種理解，正是他的正直與美德，與超越前兩者的罪惡。

在他的櫸樹森林，他不會提起那位著名女妖，伊澤爾．科赫。正是她，在囚犯中欽點情人，並剝製他們的紋身皮膚成燈罩、書封或手套。他不記存她。只因若把殺人行徑的重要性，歸在她名下，那等於削減了這整個世界的重要性。這個目的是在謀殺的實存世界。

在那實存世界，K是「遺骸」。只因最後一回，當病弱的他，隨無數壓身軀體，一起被後送時，他感覺即連最敏感的痛苦，也預先死去了。在那不知日夜的旅程中，他只是高興，自己終與旅伴極度親近，不能再更相像了。這種奇特契合，他猜想，也許是「愛」。只因抵達終局，當壓身同伴被一一抬走、拋開，當有人，彎身向他，且用手指在他眼前晃動時，他忍不住，再度背棄同伴，忍不住眨眼，擠聚他全副生機，回應了彎身之人的揀選。

「我還活著。」他像確實，這般討好地自清了。就這樣，他被抬起，拋往別處了。就這樣，他得以起身復行，走過上坡路，睜亮眼，再見那般熟悉的壯觀景象——啊，那木屋，那些任務，那個秩序，那焚風與霧靄。那甘藍菜湯的氣味。眼淚從體內汩汩湧出。啊，身體多累贅，身體總是垂掛在外，曳引向死地。但是「愛」，那曾壓身透來的「愛」多鮮活，多強烈，還占住他內裡，在他血管滿溢，迴響，在這名叛徒的空洞腔室裡。

汝不得自憐。因為曾經，他這般寬縱自己去重生。

因為其實，一直以來最啟迪他的博羅夫斯基，也只對了一小半：也許，更多是絕望，使人毫不抗辯，平靜走向毒氣室。像那群在布痕瓦爾中轉的荷蘭猶太人——受盡磨折後，簡單的死亡，竟成為他們渴求的最大安慰。他們，曾經紮營，在全櫸樹森林唯一貴重的那棵樹周遭。那樹受欄杆保護，為歌德而永生。詩人愛園藝，從他故居之一出門，散步途中，親手植下永恆。在紮營者身前死後，那樹皆無傷傲立，在未來的布痕瓦爾，與布痕瓦爾之後的未來。

多年以前，妻與他同去探視那樹。遇雨，遇校外教學的青年男女，遇無人垂聽的解說員。雨疾伊時，他們就在焚屍之屋的簷下避雨，聽屋內空蕩，彼此都同意：此境毫無意義，應該，他們要去一個更覺舒適的地方。坐在病床側，看妻深眠，目送那個異我划動船槳，就要潛逃向新世紀時，卡爾特斯想，彼時他們的同意彼此，真是再正確不過的想法了。

好像他們也都同意：從他被隨機抓捕那天起，時間就地碎形與漫漶了。好像他們早該明瞭，無辜者都是這麼拔營的：十四歲，當他如牛羊之一，隨行伍，被趕往最初的集合場時，突然，他瞥見前方，一位穿黃衣之人，闔上一本一路捧讀之書，瀟灑縱身，穿過煙塵，消失在人車交錯的喧囂中。他就這麼逃離了。少年十四歲，眼睜睜看著他消失，實在太驚訝了——原來，是可以這樣走開的啊。

他太驚訝了。因為，好像正是這陌生人的瞬間逃生，帶走了那個人能理解的世界，只遺棄給他，之後如斯漫長的陌異。

——原載二〇二一年十一月《印刻文學生活誌》第二一九期

台北藝術大學戲劇碩士。著有《童話故事》等書，合著有《字母會》系列，合編有《台灣白色恐怖小說選》、《台灣白色恐怖散文選》。

汪正翔攝影

# 南海血書（並序，及後記）——黃錦樹

魯迅嘗言，「墨寫的不如血寫的。『尼佉言，吾尤愛血書。』」

幹！我再也支持不下去了！但我不甘心就那樣死在這荒島上，淪為鯊魚，或島上難友的餐點。我有話要說，因為我不甘心，死北賭懶！說我是匪諜並沒有冤枉我，大丈夫敢做敢當是就是不是就不是，有種就槍斃我幹恁娘蔣光頭雞巴尼古拉（血書的文字應該更簡潔些不該浪費血還好我用的不是自己的血不過還是聊表敬意省略標點符號雖然那其實省不了幾滴血漢字筆畫多最耗血）或者關在火燒島上二十年我可以自學五六七八種語言說不定還可以寫一本很無聊沒有故事爬滿螞蟻嘔心瀝血的廢話的回憶錄。

把我丟在九段線的荒島上讓我和那一群擁護美國扶植的傀儡總統吳廷琰的越南難民混在一起不是存心借刀殺人嗎？

以上是模仿我難友的語調寫的，感覺上可能比較有血書的feel。

要不是受到越戰成功的鼓舞，我不會選擇上隊，加入馬共，我們都相信紅色之火將從東埔寨一路狂燒到新加坡，把英美帝都從季風的土地上趕走，滾回老家去。要不是在台灣的中共地下黨幾乎被剿滅了，我也不會藉僑教政策的管道到台灣島潛伏，協助中共建立瀕危的地下網絡，希望趁著蔣幫被趕出聯合國、老蔣死翹翹、流亡政權被日本斷交之際，裡應外合，一舉收復台灣。交換條件是，中共派能幹的軍師南下，協助擬定有效的戰略解放馬來半島。我們都相信只有偉大的毛主席或胡志明有這個能力，只可惜我到台灣那年毛主席過世了，胡志明更早在一九六九年就「蒙主寵召」了。

我當然不是獨自一人來台，一個人成不了事的。其他人是不是也出事我就不知道了，但我判斷不可能只有我一人出事。這種事都是一整串的。我猜多半被槍斃了，蔣幫對「匪諜」一向是絕不手軟的。如果你找不到資料佐證，那檔案一定是被銷毀了。

蔣匪美帝邪惡的僑教政策，把一代代華裔青年馴養成資本主義的走狗，迷戀金錢、好逸惡勞、熱中美式腐敗糜爛的生活；被打敗到快跳海了只剩下內褲大小的土地還敢自稱中國正統，用無恥的宣傳迷惑那些無知青年，讓他們搞不清楚真正的祖國在哪裡，一代代遠離革命，一輩子心甘情願的當社會的寄生蟲。

把我丟在這島上，大概是希望我被那些飢餓的難民宰殺吃掉吧。

這座島離越南近，離中國大陸也比台灣近。幾個都把這些無人小島劃入自己的國界，連海裡的魚都擁有好幾個國籍。島上隨處可見完整的白骨，不難看出那是人骨。比我們更早抵達的華僑難民說，這島過去一直是越南王國流放囚犯的地方，法國殖民時期延續了那樣的惡政，共產黨統治時期變本加厲。因為沒有食物（除非你運氣好，遇上貨輪擱淺），下場幾乎就是餓死。因此那些難民一直在搶修因擱淺而破損的船，一旦修好就會馬上離開，希望在下一個地方會找到一些補給。還好島上有淡水。有椰子，海邊都是礁石，和一些破碎的木片。

浮潛即可目視到纍纍的沉船。

我一定是被出賣的。我黨最不缺的就是叛徒了。我是到了這座島上才慢慢領悟的。一本無名氏留在山洞裡用中文（字體都在畫圈圈像羅馬字）寫的《叛徒福音》手稿讓我知悉不少黨的內幕。毫不意外的是，作者自稱是個叛徒。通常叛徒才有故事。也許那個倒楣的前輩曾經被流放，甚至埋骨在這座島上。

我還能保持一絲樂觀是因為，和我一起被丟包的，還有一位看來油比血多的朱姓老兄。三十多歲，北方人，也許水土不服，下船後就一直放屁。一張嘴除了抽菸之外，就是抱怨個不停，很愛講話。他不知道犯了什麼過錯被buang pulau，他自己的解釋是「被交付了一個極機密的任務」。可能因為太寂寞，後來還是忍不住告訴我，他的祕密使命是寫一篇〈南海血書〉，以越南的赤化為前車之鑑。上頭給的關鍵諭示是「國民黨如果倒了，共產黨來了，台灣島上的住民都會淪為海上難民」。因為要貼近排華難民的口吻和處境，所以必須到有難民的島上做一番田野調查，參與觀察。萬一被質疑造假時，就必須亮出血書真跡。難怪他那麼積極的用美國人留給台灣的牛肉罐頭和麵粉和那些難民套交情。可惜徒勞，因為那些難民不會聽、說「國語」（更何況是像重傷風的北方口音）。這就需要我了，我的廣東話雖然不是很流利，幫他問出夠他寫一篇「血書」的訊息是毫不困難的。可見他的上司把我和他安排在一起可能是深思熟慮的，很懂得「廢物利用」。在我試圖和地下黨聯繫而被捕時，就徹底的被清查過了，有幾顆痔瘡結石可能都被記錄在案。但也許是更高層有我們的人，用這種迂迴的方式讓我有一個自尋生路的機會。

雖然老朱要脅我如果不幫他，就向那幫華僑難民揭露我是小馬共，以他們對越共政權的深惡痛絕，就算糧食暫時不缺，也會剮了我加菜。其實，就算他不要脅我我也會幫他，因為島上的生活太無聊了；我也盤算有沒有可能待他們船修好後跟著他們一起怒海求生，雖然我們的政治立場水火不容，可是他們並不知道。我還向那夥人裡的小姑娘學越南話，想說來日說不定用得著。

他們一共有三艘漁船，二十多個人，男女各半，有四分之一是小孩。看來都是同一家族的，包含老中青三代的四個家庭，幾個中年人是兄弟姊妹和他們的配偶，以廣東話和（我聽不懂的）越南話交談。

朱胖子為了簡化敘事、強化控訴，簡化了人口。在他「指」下，這些人三分之一死在越南（被越共處決），三分之一死在海上（病死），最後的三分之一（包括發出血淚控訴的敘事者「我」），餓死在這座島上。因此他很怕阮氏家族知道他寫什麼，一旦他們偷看，他就躲躲閃閃的（那其實沒必要，因為他的字可能連自己都看不懂）。為此，他得編一個口頭故事，謊稱自己是人類學家，為了學位，必須寫一篇翔實的民族誌。因此他準備了筆記本，時時詳細的記錄。我是他的助手。但那何必寫血書呢？這依然難以自圓其說，只好又進一步解釋，我們在寫一篇誓書，宣示保衛中華民國，以越南的境遇為鑑，不讓共產黨和它的內應（那些搞黨外運動的反對人士，譬如胡適，殷海光、李敖）得逞。

老朱甚至還跟我這個「血書素人」討論細節。我只能依常識胡扯。血書不宜長，長了可信度就低了——誰有那麼多血供揮霍？

歷史上，用自己的血寫的血書，一向都很短，兩個字，四個字，再多也不過是二十個字（五言絕句）。如果不能詩，最好用文言，如果寫白話文，還堅持用自己的血，你就死定了。最慘的是，到死也寫不完。

啟發我寫這封血書的「難友」老朱就因為前述的堅持（可能上司有嚴格的要求），常寫錯字，文筆又太囉嗦，幾乎命喪荒島。

有人可能會懷疑，「脫下襯衫，用螺絲尖蘸著自己身上僅餘的鮮血來寫信」這樣的情節很荒謬。我倒可以證實部分是真的。是汗衫不是襯衫（用麵粉和麵粉袋換來的幾件，我寧願用麵粉袋寫，即使那是美帝的），海鷗掉下的羽毛以小刀削了（老朱和難民們都有刀，單是小刀就很好用了。）蘸了血可以寫，但不如用手指方便。你們可能不知道，指甲也是很好用的。字大一些就用指腹，每個字都留下指紋。血呢，用自己的不如用別人的血。我們不是沒考慮過用那些難民的血，可是誰會心甘情願的各捐一碗血讓我們寫血書？又不是捐血救人。用強的？寡不敵眾啊。我知道老朱也在打我主意，我只好說我有自己的「南海血書」要寫，實在沒有多餘的血借他。我比他還有話要說，而且不像他是奉命寫作。我真的不覺得自己能全身而退。如果不幸早夭，就更需要血書以明志。知道他那「南海血書」的祕密的我，會不會被滅口呢？以情治單位手段之凶殘，那也不是不可能的事。

我早就收集了些美國還是日本漂過來的珍貴的寶特瓶，準備做成瓶中書。

看到我們在以椰葉草草搭就的棚子裡痛苦的劃破指尖，進度極其緩慢的，面對面苦笑著，攤開白布寫血書，那些難民朋友竟然有閒情包圍訕笑，好像那是平生未曾見過的超級好笑的事。一位與我們互動良好、文靜優雅的阮女士，竟然紅著臉悄聲問我，「我和兩個姊妹那個剛來，量很多……如果有需要的話……字如果不大，文章不長，應該夠用的。」

可惜我們都不會做古詩，也不會寫文言文，不然就省事多了。「這都要怪胡適，」老朱竟然責怪起新文化運動。這也不奇怪，他皮箱裡除了《蔣公嘉言錄》、《三民主義》、《四書道貫》、《荒漠乾泉》之類的爛書之外，還有一本《胡禍叢談》。

問題突然獲得意想不到的解決，仍然是難民朋友幫的忙。

那天大清早，A君和B君（他們都姓阮）突然扛了一大臉盆血，笑嘻嘻的、小心翼翼的擱在我們勉強用漂流木架起來的矮桌上。「還是溫熱的，應該夠你們用了。」阮君解釋說，早上殺了一隻成年黑狗，不知道從哪裡漂過來的，趴在礁石上，累得全身癱軟，沒半點抵抗力。燒了鍋熱水，殺了，肉還在燉，那熾熱的香氣令人發抖。「想說你們正缺血，就給你們送來，希望可以協助你們完成血書。」他們真的很熱情，一隻狗，二十多人怎夠分，還是堅持給我們送來一人一小碗（椰殼）的肉湯，幾塊肋骨的部分，沒什麼肉，湯卻非常可口。令人喝了精力大增，精神百倍，靈感大爆發，老朱和我都很快就把血書寫完了。我的血書除了自述自己何以走上革命之路、歌誦革命，幾乎都在批評戒嚴、白色恐怖的邪惡，詛咒蔣匪亡國殃民。為了不浪費血、不辜負那隻小黑的犧牲，我們都有意無意的增加許多沒什麼意義的句子，「馬來亞的榴槤天下第一」之類的。

老朱和海巡約定的時間快到了，他們會派人來接他，我才不想再被抓回去坐牢。吃了狗肉後，阮氏家族的難民船也修好了，準備重新啟航。我向他們要求順道送我一程到婆羅洲，根據前人畫在島上的殘破地圖，應該已很靠近了，但他們竟然拒絕，即便我苦苦哀求。到現在我還不知道是怎麼回事，更沒想到他們的拒絕竟然救了我一命。

為免被蔣幫抓回去，在他們走後的次晨，拂曉之際我即啟動B計畫，自己出航，也沒跟老朱道別。廢船板、廢船纜拼接成的木筏，勉強湊成對的廢槳左小右大，島上蒲葵葉編成小屋頂好遮陽，還縫合了幾塊破布當帆。帶上蓄了多日的幾大瓶淡水，瓶中血書，釣竿，從老朱那偷來的小刀。我偷偷摸摸做的這一切，但我想他們應是看在眼裡的，老朱一直也沒說什麼。

我走的那天，他竟然起了個大早，拍拍我肩膀，紅著眼眶給我塞了幾個他僅剩的牛肉罐頭。

那天，海上大霧，我幸運的避開一個又一個明礁暗礁，航向南方。命運讓我活了下來，漂流了幾個月之後（我垂釣為生），遇到一艘好心的泰國漁船，把我送到我所知道的根據地，和退守到那裡的同志會合。雖然一度被懷疑是叛徒，還好我的血書足以證實我的清白。那不是件容易的事，手上沾滿鮮血的老同志一再質疑我哪來那麼多自己的血長篇大論，如果真的流那麼多血怎可能還活得下來？都怪我因為覺得用狗血寫血書有點難以啟齒，就沒交代血源。我知道以黨的立場會偏好烈士和戰士的血（老朱的處境應該相似），被逼問時只好誑稱部分用了難民的血，「那惡劣的美帝走狗」，暗示我宰殺了一個該死的難民，取其血以寫血書，可能還把他的肉吃了，吃剩的做成肉脯。為免遇到我擔心的狀況（譬如被同志審查），我寫的時候處處留退路。在我那避重就輕的血書裡，當然不能提到老朱（他可是忠貞國民黨員啊），也不能提到那些越南難民（他們可是越南兄弟黨的敵人啊），於是島上的我就像魯賓遜那樣孤獨了。我甚至不能擁有自己的星期五。如果不是為了那些量有點不尋常的血，我是不會口頭補充進一個可憐的難民的。

大概一年後，輾轉從留學台灣的朋友那裡知悉，老朱的南海血書轟動文壇政界，被大量印刷在公務員系統裡廣泛分發，更被編入小學課本，甚至改編成電影。老朱一時成了家喻戶曉的名人，還獲頒國家文藝獎、中山文藝獎章、蔣公文藝獎等。血書還依原樣照相被製成複製品熱銷海內外。

更沒想到的是，那群友善樂觀的難民，阮氏家族，大概就在我抵達泰國不久，全數被蔣幫的爪牙屠殺在金門外島，連三歲小孩都不放過，年輕女人多半被姦殺。殺了就地掩埋。那些儈子手，竟然沒有一個受到懲罰。他們竟敢對難民痛下殺手，真是不可思議，害我難過得幾天吃不下飯。怎會往北走呢？如果不是迷航，就是島上的地圖遺跡有誤。

當我從一本書上知道這事時，已是事發多年以後，連我們的革命都早已結束，塵埃落定。我的血書也奉命成了革命紀念館牆上的展示品，因為篇幅不少，占了一米多的牆面。我早已忘了自己寫什麼。細看，不止字醜，錯別字也不少，我懇請黨讓我在下方加個小字註記「初稿，匆匆草就，錯舛不少，請勿引用」，但一直沒得到同意。

比較欣慰的是，據極機密消息，潛伏在寶島的地下黨同志，不止成功打入反對運動陣營，而且成為極高層的決策者，執政之後推行了系列符合毛主席〈矛盾論〉教義的政策，看來寶島解放指日可待！

——原載二〇二一年二月九～十日《聯合報》副刊

祖籍福建南安，一九六七年生於馬來半島，一九八六年赴台。國立清華大學文學博士，一九九六年起迄今執教國立暨南大學中文系。曾獲時報文學獎、花蹤文學獎等，著有評論集《華文小文學的馬來西亞個案》，小說集《烏暗暝》、《刻背》、《南洋人民共和國備忘錄》、《大象死去的河邊》等。

# 骨科——陳淑瑤

軍醫院來了一個三十多歲的骨科醫生，人好好，風評在鄉里傳開，在地資深的骨科主任一比就完蛋了，大家「都馬」改掛那個年輕醫生，連準備要飛去城裡動手術的人「馬都」不去了；可惜他不是在地人，總有一天會調走，隨時「馬都」會調走，還在考慮換人工關節的人不敢再猶豫了，換好一腳另一腳不敢再拖了……跑醫院的中年兒女口耳相傳喜上眉梢。

陳淑在她阿母將換第二隻腳的膝關節前來拜託川金，她用盡說詞無法說動川金，整張臉趴在桌上摩擦，終於講出不能夠獨自看護阿母的真正原因，她好怕處理排泄物，上次她被嚇到了，她趕緊戴口罩穿手套時，情況整個失控。她雖然生了兩個孩子，但大部分是婆婆在照料，且大人和小孩是不一樣的。

川金沒答應，不管是大人或小孩，她都沒經驗。陳淑拖著腳步走了，她一回來就四處去做傳銷，累癱了。川金將她忘記帶走的墨鏡和藥罐子送到她家去，她已躺上床，全身覆滿她忙著銷售的負離子產品，帽子、眼罩、圍巾、護腕、護肘、護膝、衛生衣、衛生褲、手套、襪子……乍看好像受了重傷。看來她真的非常之相信這層東西具有再生能力，可預防並且醫治任何疾病，就像嫦娥相信靈丹。

這些有的像膚色毛呢，有的像米白紗布的東西，到底怎麼加進陳淑說的負離子，跟加持一樣的玄。她送過幾樣給川金，都是她用零碎的珍貴負離子面料做成的，聽說是踩她婆婆的裁縫車車製的，一只內襯負離子的口罩，一條圍脖子的小方巾，兩片胸罩襯墊，一條護腰，川金全塞進枕頭套貼頭殼那一面。

她小時候怕鬼，現在還怕？睡覺留一盞燈，側躺弓腳，像隻大白兔，只差屁股後面一團兔尾巴，潔白的兔尾巴，不是髒掉的。這幅孤寂睡兔的景象讓川金決定和她去醫院。

在醫院那些天，陳淑照樣全身貼裹負離子，那成了她的另外一層皮膚，上面披一件水藍印花罩袍，像在海灘度假，四處走動，結識朋友。有個護士小姐鼻子很挺腳很細很長，像一隻白腳鷺鷥，陳淑和她聊她的白長褲。她說擔心有東西或者是風鑽進去，褲管愈改愈窄，護理長休假時她乾脆穿白棉褲或白褲襪上班，在走廊不知不覺就踮著腳尖好像在跳芭蕾，惹得同事伸手打她屁股，還笑她沒屁股。陳淑皺眉說應該趁年輕改善體質長點肉，試試看加一層像肌膚一樣的負離子……

阿母說這個叫阿芝的護士小姐是我們村的，她爸你們可能不認識，她阿公你們就知道，牽一台自己組的牛車，四個輪子四個大小，好好一隻牛兒被那台車弄得身軀歪一邊，腳跛跛，行路慢躊躇，一條路都給他們占去……

阿公的行徑像蠢蛋，陳淑引導阿母言歸正傳，喔人家她是護校畢業的，有牌的護士……陳淑拿出一件負離子質料的小可愛送人家，摸著她冰冷的手說：護士當久了從裡到外都變成冰棒。

等待病患手術的時間，川金全程坐在開刀房外的椅子上，她想學陳淑那樣找話跟陌生人說，也試想回答他們可能提出的問題，可是沒有人看見她，想跟她聊天。

好幾個人拿鐵鎚還什麼的一直在那敲，聽那聲活欲驚死。阿母講起開刀房裡的情形，跟上次一模一樣一字不差，簡直是鐵匠直接在她身上打造一隻新腳。膝頭包紮成一大球，血滲透層層紗布，痛苦的逗點使痛苦加劇，可能是上次預支了，這次沒痛成那樣，鮮血在白晝的天空凝結成一朵小紅霞。

早晨護士帶來若有似無半粒軟便的藥丸，她們心照不宣不打算用它。心裡雖嚴陣以待，陳淑依然東逛逛西轉轉，回病房瞧一瞧時，只聽見川金在簾帳內叫：出去！你出去！她所擔憂推卸的事便搞定了。

住院期間陳淑與一位探病家屬因認錯人而立在電梯前面倚著漆黑的玻璃帷幕長談，站到腳都僵了，又到樓上佛室把故事說下去。那女人問她為什麼穿一身木乃伊，不聽她講解，主動要求試用，過去藥物最多僅能讓她睡四個鐘頭，一輩子比人家少睡一半，圍上這一頂軟軟的負離子安全帽，只露出口鼻，竟然連續睡八個鐘頭，眼睛變得炯炯有神！她以懺悔的口吻向陳淑招認，我把你看成一個已經死了很久的同學，電梯門一開看到她，我腳都軟了，她是我記憶裡第一個不是老了才死掉的人，其實我以前很嫉妒她……

回去之後陳淑延續快樂的方式就是渲染整個過程的順利，包括她的業績和川金那令人高枕無憂的執行能力。她那套歸咎與歸功的思考和說話模式再度奏效。置換人工膝關節的阿母第三日下床，第五日就出院了，比她自己看護提早兩日。將此效率歸功於一個古怪好友的幫助，比親力親為更令人羨慕。她塞給川金一萬塊紅包誇口成兩萬。

有一旅外的同鄉友人打川金的主意，要陳淑介紹一下，錢可以再加，快出院她才飛回去接手。陳淑實話實說，川金一口答應。她一年上百日坐著矮凳論斤秤兩剝牡蠣，去年還給颱風飄搖的蚵棚砸傷，不這樣賺錢不行，多年積蓄全都投在遠方與妹妹合買的房子了。

四個月後陳淑告訴友人，她那做事很有一套的兒時玩伴終於答應了，你就叫她「鄭小姐」，六、七天她還走得開，人家是勞心勞力的人，沒必要少跟她多話，記得掛簡醫師。

川金受理的都是七老八十的婦人，一律叫阿嬤，男性不接。她們約好了碰面了，好像機器人，一個腳遲，一個面癱，疼痛來時有血有肉有了真實感。開第一隻腳，通常先動左腳，痛到不能忍受，麻醉科醫生將止痛藥的劑量調到不能再高，川金來回奔走取冰袋。一口家用冰箱擺放護理師和病患家屬各種吃健康吃快樂的食物，各個獨立成島不連接別人的品項，觀看別人的食物刺激不了食慾也半飽了。上層冷凍庫冰袋交錯，她討厭掐冰袋陷入冰沙的感覺，冷眼判斷冰凍程度，僵硬的都被挑走了，剩下幾只軟弱的被打敗的。需要好幾只，自各個角度敷貼冰鎮脫胎換骨的腳肢，似怕它腐爛。動作好像撫摸母牛乳房，她蹲身察看垂掛在床下橡皮管內尿液的活動情況，訓練病人自主排尿，等醫生一句話，明天可以出院了。

彷彿進出時空轉換器，她又回到起點，坐在開刀房外盯著房門，等待白衣天使出來叫喚：某某人的家屬，這時間她總是看見那條魚。有一回蚵寮的女人給她送來一條魚，掛在門把上，附近野貓垂涎三尺脖子伸得若長頸鹿，咬到弓曲最低點魚的脊背，膠袋屑、碎魚鱗掉滿地，破洞見骨，鮮血斑斑。

出院返家，她亟欲恢復家園面貌，不是辨不到令她懊惱，而是疑心不是這樣不是那樣，什麼被偷偷塗改了，好像不管綑幾層紗布，血硬是穿透出來。夜裡她感覺屋子像被盜的墓穴，像那些被光明正大換了骨頭卻未抽掉神經的腳隻。她躺在床上想著那隻潔白的大白兔好像快要睡著了。她起來尋找姪子小時候玩水那些套在手腳上的充氣塑膠，他們這裡藏那裡放以為明年夏天還用得著。她用它們來做冰袋，甚至將一個非常小的游泳圈灌水，扭成「8」字形塞入冷凍庫。她自製的冰袋怕護士發現，包了毛巾撐墊在膝彎下，確定那像北極熊一身白的女人暫時不會進來，才讓它們爬上膝頭，一床冰山。

陳淑適時來電探知她的感受，體重輕狀況好又不囉嗦的患者，家屬也不囉嗦者，第二肢九折優惠。有的則藉口推辭受理第二肢，陳淑拿捏定奪。她的底限就是川金的底限，她知道如何確保她倆的價值和友誼的價值。折斷木筷子，換成金筷子，腳和筷子一樣，向來成雙成對。

川金違背了所有原則，接下一條她抬過最笨重的腿，照護左腳時搞得一塌糊塗，前功盡棄她跑去站在體重機上頭面壁嘔氣，那指針不住地搖晃抖動，路過的護士喊：那台壞掉了啦！不只這樣，阿嬤話多如牛毛，來訪親朋沒完沒了，好像蒼蠅來到肉砧上。但她答應了。陳淑想要求病房升級，她拒絕。多話的人不能讓她住單人房，雙人房也不要，三人房最合適，有一種制衡。行前預先補充睡眠保留體力，陳淑寄來包裹，有B群、椰棗、腰果、薑糖、蔓越莓，小包裝的葡萄原汁。

三床都是莊腳人，莊腳人生病拖著泥土駐院，軍醫院裡多的是這種人，市區病患與他們共處一室，感覺在地的醫療品質永遠提升不了，有能力去到大都市，作一名遠方來的鄉下人，雖然落寞倒也心甘情願。多年前川金跟工廠請假在大醫院裡照料切除子宮肌瘤的姑姑，姑姑不許川金說出她來自何方。

中間的病床躺著一個無病呻吟的婦人，留院察明病因，終如醫生猜測在她背上找到羌蟲叮咬的一個點，她好不服氣要護士拍給她看，明明最近都在幫孫媳婦做月子，根本沒下田，掃墓也沒去。川金壓根忘了阿爸臨去時交代，若有疲倦人不爽快，頭先要想到是被蟲咬到，不能當作感冒。

川金的床位緊鄰浴間，她拉開舊衣服兩隻長袖子鋪填躺椅與牆壁間的縫隙，牆壁拿毛巾抹過，人蜷曲在躺椅上面，額頭鼻尖抵著牆壁，溫暖那塊冰涼，巴不得開個洞鑽進去，哀聲惡氣在背後拖著不放，突然身體像一個筊翻落，眼睛往上一看看見那團紗布，挨在受難的腿那一側，彷彿待在一道雪崖下。

羌蟲害得婦人多留了兩夜方准出院，川金早在擔心與窗邊那床病人獨處了。陪病的妻子知己知彼，護士一走，便有意無意的將中間病床的簾幔拉上。兩人在門口或走廊碰見，眼神呆空，憑感覺知悉那身影，不打招呼。浴間雖有一口加蓋的大垃圾桶，那女人很有衛生道德，總是一個結又一個結的打，把丈夫的紙尿褲緊包在塑膠袋內拿到棄物間，順便出去透透氣。川金會在她忙這事時抽身外出，一則讓她自在，一則實在受不了那死裡求生的腐臭。

川金在這裡照護行刑的腿超過十床，始終話少表情少，談一次天就記得陳淑的同村小護士也不大認得她，大家都以為她是病患的女兒。有一個戴瞳孔變色放大片的俏護士，在病患劇痛趨緩尚未下床前的空檔，丟給川金一瓶乳液，說：乾成那樣！走到門口又囑咐：先熱敷一下才擦得上去！

膝頭冰敷，腳板熱敷，一截要麻木一截要柔軟。先亡離苦的左膝一道傷疤像烤焦的蚯蚓黏在上面，川金用被子將它覆蓋起來。小腿都是斑點紋路灰白的皮膚屑，像揉著一條馬路。腳掌僵硬龜裂，被丟在草叢風吹雨打無數年的石膏模差不多是這樣。

這雙腳像植物又像礦物，不停按摩它稍有軟化的跡象。阿嬤對突如其來的伺候欲拒還迎，反覆哼個兩聲欲說什麼又靜了會兒，終於表明便意來了。浮盪的乳液果酸刺激著呼吸道，她做好心理建設和防護措施，上場還是手忙腳亂。她結實屏住一口氣，兩手一起用力舉起了母象，然而飆了高音卻卡在那裡下不來，這時有雙手從右邊幫助頂起來，她傾了一下，趕緊再全神貫注取出一隻手來做事，一切一切等完成這事再說。

除了說聲謝謝，未能再表示什麼，兩人各自在病房兩邊接招。川金這床探病聲剛止，那頭來了病人的兒子和三個發育中的孫兒女，大家一起看電視，斷續交談，偶有笑聲。爸爸一聲令下：頭轉過去，三個孩子面壁不動。阿嬤正在為躺在床上的阿公換尿布；那些細微的動作聲就是，揚起的臭氣就是。

川金瑟縮在被子底，被子內裡是用一件好幾萬塊的負離子截切車製成，陳淑說兒子大了，單人被嫌小，但負靜電還很強，她有一台機器能測得出來，川金入院一定帶著這件被子當金鐘罩。其餘身上穿的床上鋪的全是舊衣物，有阿母留下的，房東和工廠同事給的，一嶺一嶺的舊時光，穿過鋪過即丟棄在病院。

較慢躺下去那人躺下去之前熄燈。陰暗中川金一直聞見釋迦。腳步聲停止在簾外像一波直立的浪令人害怕，咕嚕發問：那個……那個……川金坐起身，床尾一襲白袍，兩只鏡片發光，簡醫師來跟她們說一聲，明天星期五他要去離島做巡迴醫療，星期一才回來。

這個好醫生晚上十一點了還未休息，意思是她們明天出不了院了，川金愣在那兒。用兔子的腳跑出烏龜的時間，比起上一隻腳，這隻腳進展順利，卻得晚兩日出院。

鄰床病人呼叫妻子，間歇喂了幾聲，改喚「查某」。這裡唯獨他不是查某。躺下不久的妻子毫無反應，哪可能睡這麼死，想也知道是裝睡。川金怕再聽到更不堪的辱罵，出去窗廊邊踱步，眼睛不時望向病房門口，護士啣著一車醫療用品進去，不久又走出來。

下午川金在茶水間倒水，水流一停，誰在問誰，你都只喝白開水嗎？她愣愣的想混過去，說話的女人又問：昨晚我是不是睡得很死？

同病房的看護妻面對面找她講話令她害怕。陳淑找人講話為推銷負離子產品，她找人聽她講故事。她今天精神較好，昨晚她吃了安眠藥強迫自己睡，不這樣她會一直醒著，像走廊那些虛冷的日光燈，沒有人按開關就不會熄滅。我不知道要怎麼睡覺，她說。去年兒子潛水出事也是在這間醫院走的，她說「也是」，故事裡沒有其他人走了，指的是床上的男人吧。他的病不斷復發，早已是尾聲了，走是遲早的事。去年冬天她開始看身心科，必須得看，藥是醫生開的，必須得吃。她一直欲找人問，她服藥之後有沒有發生什麼事，她怕發生事。她一愛睏就像填進海底一樣，她知道。又說這次住進來都不知第幾天了，不數了，離家前她在屋子後面種了一些東西，黑白亂種，想來想去也不記得種啥……這藥就像殺草劑一樣，你不要的也殺，要的也殺……這次沒有吩咐人去幫忙澆水，他們會說她多事，身顧不了命了還種菜，她有在注意，兩三日就落一點雨，都是落在日欲暗時……

川金臉扭向廊邊的玻璃窗，窗外和廊內一片枯白，再轉過來面對她不知道在歡喜什麼的臉，川金說：那你要不要回家看看？

她受寵若驚又反反覆覆做不了決定，突然眼淚掉下來，從口袋掏出鎖匙掐在掌中不讓它發出聲音，說鎖匙我隨時帶著。

川金啜完那杯冒煙的熱水開始等那個女人歸院。她知道自己太急性子了。她倒滾沸的水回來，待降溫再喝，而不直接取溫水，她不信任溫水，給病患的水也得熱水放溫再喝，水蒸氣在杯蓋上結滿水珠，一傾一陣雨。一杯慢口喝完要十幾分鐘。她愈聚精會神接水，愈感覺背後有人，那個女人在問，你都喝白開水嗎？

她不知不覺加快倒水的速度，放緩喝水和憋尿的時間。病床上男人喚女人的呼求愈來愈長愈來愈弱好像橡皮筋快斷了卻不是斷在緊繃狀態。安靜下來的間隔也愈拖愈久。妻子仍舊沒有名字，糊裡糊塗的一個呢喃，沒有咬字。

護士來理會他，他未求助護士。川金照看的肥嬤叫她，汝好心去幫伊看一下，可憐啦，是不是欲換尿布。

川金只是頻頻探察窗外。她待過窗邊的床位，陪病躺椅嵌入窗框下一道拳頭深的凹槽，人像隻蝙蝠斂掛在那。密閉的窗外有一片大大的平台，清晨仰臥起坐她扭頭張望，玻璃像進了露水，不同的室內外溫差泛起不同程度的茫霧，平台上直立一支白色桿子，旗桿或者是傘插，總感覺外面站著一個人。

她手指勾著空杯不知第幾回路過廊邊，烏賊的墨汁在玻璃窗外那大杯水暈開，如果有人大步奔走會暈染得更快。

她燙傷了左手食指連接虎口，拿只冰袋敷著，飼飯時它吸在手背上好像也在吃。他們還沒找到鄰床的看護妻，電話無人接。床上肥嬤反覆說著，一定是返去洗一個身軀，換一襲衫，汝總要讓伊返去一趟，厝內看看咧，我腳若能走，我也走返去……護士走到跟前，瞧川金那副事不干己的模樣，搖頭出去了。

門外有人堵著那護士，說某某人說，某某護士認識這床病人，他們同村，趕緊打電話問問看。

她越獄潛逃，他們快馬加鞭追查她的行蹤。她把病人丟在床上，按理病人還躺在床上，但整個是平的靜的。川金坐立不安，尿布濕了也沒這樣。她鼓起勇氣走到那床邊，手推著布幔摸到硬邦邦好大一隻腳掌，手爬進帳內被子底下，掐著腳枝連腳板間的凹槽，她手是冰的，他腳也冰的，感覺不到溫度。

她到樓下去，夜間門診人來人往，她游來游去不停的張望，一個比一個像那個女人。幾桿報夾晾在報架上，她從沒有看報紙的習慣和時間，碰到冰涼的桿子又縮了手。這是醫院裡最大的一片空地，從這裡朝裡面望，像一個大廳堂，二樓兩道樓梯匯集成一座大階梯下來，西洋電影的舞會公主都是從那上面走下來。

牆壁上有各科醫生簡介，她找到簡醫師的相片，簡直看到神像一樣。另一欄張貼許多病患和家屬寫的感謝函和卡片，寫來寫去大概都是「無微不至」那種話，但給簡醫師的多了使病人「箭步如飛」的讚美。

她頭一次在駐院期間給陳淑打電話，她並未說啥，但還是讓陳淑技巧豐富的給問出來，陳淑還很擅長為她總而言之：也就是說，你總是幫助別人脫身，自己卻困在那裡，心情很鬱卒，好像欠他們的！

——原載二〇二一年一月十～十一日《聯合報》副刊

出生成長於澎湖，曾就讀馬公高中、輔仁大學，一九九七年獲得第二十屆時報文學獎小說獎開始文學創作，一九九八、一九九九連續兩年獲得聯合報文學獎。至今出版《海事》、《地老》、《流水帳》、《塗雲記》、《雲山》等五本小說，另有散文集《瑤草》、《花之器》、《潮本》。

# 飄洋過海來做工——楊隸亞

青春是門好生意。

家鄉的仲介大哥是這樣說的。

那時候，我跟同住一個村的表哥，一起遞交到台灣打工的申請表。

表哥一家人都在台灣打工。他的媽媽做看護工作，照顧坐輪椅不能自由行動的老人。他的妹妹也在做照顧老人的工作。一個在中壢，一個在天母。即便都在台灣，聽說她們不常相見，只有放假的時候才能見到彼此，搭著開很慢的火車，一站一站停著靠著，從郊區進到城市。只是，放假的日子，特別特別少。

表哥在父親過世以後，也決定來台灣。至少，離家人近一點。妹妹想家的時候，不再只是唱一首歌來安慰她，領工資的時候還能坐在隔壁，全家人吃上一頓平價的美食。台灣賺的錢，認認真真存一年，回家鄉可以開雜貨店或洗衣鋪呢。

表哥說的話都有道理。我才二十歲，手長腳長，身手矯健。考慮了一晚，就把申請表交給仲介大哥。

出發前，我才跟父親說這件事。他大聲訓斥，用狠毒的話罵我，差點用腳踢我。我不懂為什麼要發那麼大的脾氣。他說，為什麼不去鄰國就好？吉隆坡不是也能找工作嗎？語言還相通，吃的用的都比較習慣。每個禮拜五上午還能去回教堂祈禱，多好啊。你懂中文嗎？為什麼要飛到那麼遠，把我跟你媽媽丟在老家，一走了之。

我不是那麼自私的人。

在父親的逼問下，我最初搬出表妹的說法。她說，馬來西亞人會欺負女傭。仲介也不好，常常換來換去，又會多收錢。吃的穿的都是問題。甚至，還沒有休假日。

父親聽完更憤怒，你又不是女人，你又不去幫傭。

坦白說，大馬國的薪水不夠高。我皺眉說出內心話。

美食中心的服務員，高級商場的保安，這些你都能勝任吧。中文很難，你絕對不可能學得會，你連英文都說不標準了。

如果是這樣的話，我寧可留在老家就好。決定要出國，就是想下定決心，好好賺錢，存錢，回來開一個小檔口，弄點小本生意都好。至少，足以讓我的生命有新氣象。

與父親的爭吵讓我感到心中火山烈焰。在他仍熟睡的清晨，我背著簡單的行李，離開家裡，去和表哥會合。

未來尚且茫然一片，但去年開齋節的時候，我在村裡的擺攤市集買過一本小說*You Are the Apple of My Eye*。封面是水彩畫，真的很美。那是一個男孩的房間，靠著窗戶有一張木頭書桌，窗外的綠樹相當高大，他的房間裡還掛著白色襯衫跟領帶。那是Penerbit Haru出版社的書，這裡書店不多，但他們很多小說或漫畫都很好看。

後來，在網路上看到偷錄的電影，才知道原來那是一本電影小說，台灣的名字叫「那些年我們一起追的女孩」。電影裡綁著馬尾的女孩很美，笑起來兩個臉頰還有酒窩，而且非常善良。

我還沒有談過戀愛。

讀這本書的時候，表哥問過我，有沒有心儀的女孩？

你的Apple是誰。

這問題對我來說太難，我跟表哥一家人很親密，我們一起玩一起長大。我以前覺得應該會跟表妹在一起。我們曾經一起救援那些在大街上差點死於輪胎下的小貓。表妹總是會抱著那些受傷的小貓，半夜默默留下眼淚。但她跟其他女孩一樣，都對國外抱有幻想，在幻想裡逐漸變成一隻風箏。靜靜地飛走了。

搖晃的車子帶我跟表哥到一處簡陋、聞得到海水味的臨時搭建的屋子。

一間似乎不能被稱為辦公室的地方（但它確實是）。我們倆低頭看了看彼此的行囊，都很少。牙刷毛巾幾件換洗的內衣褲跟外出服，都是舊衣服。

「Ahmad跟表哥Ali，今夜在外南夢。出發去台灣。2016年。一個興奮的日子。」我從行李裡拿出日記本，寫下句子。

仲介大哥告訴我們沒有錢沒關係，做工累積的薪水就可以還仲介費。大概十幾萬將近二十萬台幣。扣掉我之前努力存的一些積蓄，大概還需要十五萬。省一點的話，還是有機會。

那時候，我跟表哥完全不曉得的是，仲介大哥沒有告訴我們，出國打工的人，平均壽命都比較短。

抵達台灣以後，我跟表哥也被拆散了，就像他的媽媽跟妹妹。我們沒有辦法一起吃，一起睡。離開了熟悉的人讓我有點緊張。

我跟另一個越南來的小哥，一起搭車，去到一間印刷工廠。

來之前，我以為台灣到處都很繁榮。

我在雜誌跟電視裡看過一〇一大樓，還有夜市，據說每晚都是熱鬧奔騰。不像這裡只有新年才會有市集。

印刷工廠的老闆比我想像年輕得多，看上去四十幾歲不到五十歲，有點肥肚子，但不到很嚴重。他說話態度很有威嚴，另給我們做基本的健康檢查，其實只是一些簡單的測驗，量視力、色盲鑑定、雙手雙腳跑跳要能自如快速。

我跟越南小哥同一間宿舍，就在印刷工廠的二樓。廠房角落，切紙機旁，有一扇不起眼的門，打開就能見到一條很窄很長的階梯。燈泡不太好，時明時滅，走階梯的時候，必須專注腳底下的間隔。

來到二樓，打開門，是更窄的房間，放著上下臥鋪的鐵架床。我睡上方，越南的小哥睡下鋪。房間裡沒有桌子，我們只好把行李袋沿著牆角擺，浴室十個人一起共用，每個人發兩條鐵做的三角衣架，掛毛巾還有洗曬後的衣服。

越南小哥叫山松，他一開始非常安靜，每天睡前都躺在床上聽音樂。

他說越南有一個好紅的男歌手跟自己同名，在本地就有好多粉絲，歌曲都好好聽。他把耳機一邊塞進我的耳朵，跟我分享。我很驚訝地看著越南歌曲的瀏覽人次，竟然有兩億人次聽過。音樂也很好聽，非常溫柔。我邊聽邊微笑。山松看著我的反應，好像也很開心，還有一點驕傲。不知道是因為故鄉越南還是其他原因。他說自己平常很含蓄的，北方的朋友不會輕易跟別人當真的朋友。

我們感情變好的關鍵也不是因為同住一間。

有一次工廠老闆，也就是我們的雇主，不分青紅皂白打了山松一頓。

我們都知道老闆有兩個女人。太太都住在家裡，根本不會來工廠。我們只有在華人農曆新年的餐會見過她。矮矮胖胖，看上去相當圓潤的一個中年婦人。但她卻非常大方，給我們每人一個紅包，裡面還有台灣錢五百元，而且每個人都有。她的嘴唇很厚，講起英文也有一點台灣的口音，重重的厚厚的，音節拉得很長。祝大家新年快樂，身體健康。

而老闆另一個女人，就是印刷廠的會計小姐。他們每天都待在大門口進來右拐的小房間，不知道耳鬢廝磨什麼祕密。有好幾次老闆從小房間走出來，褲腰皮帶都鬆鬆的，看起來像沒有繫好的樣子，非常邋遢。

山松看不過去，就在餐會結束的時候，主動跑去跟老闆娘說，誰知道他什麼時候學了那麼多中文。真是奇怪。

我問他怎麼說的。

那個女生，跟老闆，小房間，很久。山松說。

山松說，老闆娘臉上原本溫和淡定，沒什麼表情，後來眼珠子愈瞪愈大。嚇了他好大一跳。

我聽了忍不住捂嘴。

我問山松為什麼要這麼多事，要是雇主跟仲介反應，嚴重的話可能提早被趕回去越南。他搖搖頭說，老闆娘是好人，她不該被這樣對待。

印刷廠裡面除了我以外，其餘是從菲律賓或越南來的哥哥跟弟弟們。

我發現菲律賓的朋友都很熱情，越南的夥伴比較斯文。但是，他們一樣的地方是，行為都很簡單直接，喜歡就會說喜歡，討厭就會冷冷的態度。這對大家共處那麼狹小的宿舍，是好事。我有次不小心把山松的便當盒弄倒，他一個禮拜不跟我說話。

山松有次晚上睡不著，連著工廠的wifi網路看影片，他問我有沒有聽過一個叫NANA的女生？是台灣人，很有名。

我打開YouTube，發現她長得很美，皮膚也白，穿著晚禮服拉大提琴。但我看了好幾個影片以後，我對山松說，她是中國人。你看，下面的留言都說她來自中國。山松很堅持，他說，不是，NANA是台灣女生。

我們為此半夜沒睡覺，還差點吵起來。

如果有人問我政治的問題，我不會願意過多談論。

這是在外南夢出發時，仲介大哥特別耳提面命我跟表哥的重要問題。去到其他國家，不要跟別人激烈討論政治或宗教的問題。因為，對方如果跟你不站在同一個位置上，他肯定無法理解。

但是，我跟山松的中文老師，那個叫大貓，黑黑壯壯的男生。他就不會讓我感到有這樣的疑慮。大貓很好，他不只教我們說中文，還帶著我們去逛街買書。我們還曾經跟他阿嬤一起吃飯。

阿嬤問我叫什麼名字，我說Ahmad。

阿嬤說，問你名字，怎麼一直叫我阿嬤。

大貓笑個不停，跟阿嬤解釋說，只是發音聽起來很像阿罵。

不然，就叫他阿莫啦。

我們在大貓的阿嬤家一起吃家常菜。有兩盤炒的青菜，還有雞肉，很香很油。阿嬤說一大早去菜市場買的，叫我們多吃點。

對於吃飯的時候直接用手就餐這件事，大貓曾問過我，不會很燙嗎？才剛煮好呢。如果覺得太燙，也可以用餐具。他把叉子湯匙拿到我面前。

我跟他說，謝謝不用。真的不會燙，已經習慣了。

他不會像其他台灣人那樣露出狐疑又嫌棄的表情，他很豪爽地笑著說，真厲害，真的不會燙。我就做不到。

大貓的外型很粗獷有男人味，台灣人都說他像原住民，我想這是一種讚美，男人就該這樣，熱情且有魄力。

在台灣的日子，除了兩個禮拜只能休假一天，有點少。但也因為一直在工作，時間過得非常快速。薪水都在老闆那裡，很久才會結算一次。有人說這樣好，不會被花掉。之前表妹，為了防彈少年團的周邊產品花了好多錢，辛辛苦苦的血汗錢啊。

我跟表哥、表妹還有阿姨，約定好月底一起在車站附近的肯德基見面。我們可以點兩桶炸雞餐，淋上辣椒醬，開開心心聊個痛快。

見面的時候，我差點認不出表妹。她變得好時髦，跟家鄉的模樣完全不一樣，雖然說我也確實很久沒見到她了。她在台北一個叫天母的社區工作。我問她會不會想吃indomie，辣的indomie goreng還是你最愛嗎？

表妹悶哼著按手機不說話。

她變得有點冷淡。

阿姨還是一樣待我溫暖。Ahmad，印刷廠還好嗎？會不會很辛苦，有沒有受傷，哪裡不舒服都可以跟阿姨說。

很好，我的室友是越南人。相處起來沒有什麼大問題。中文老師也很好，把我們當朋友，很關心我們。

阿姨說我很幸運。

我低頭啃著起司炸雞的時候，看到阿姨的指甲邊緣，全部都破皮，有些指甲還斷裂滲著血。

我問她發生什麼事。

阿姨說，哎呀，沒什麼。工作都是辛苦的。

表哥非常憤怒，他一直逼問，究竟發生什麼事。

阿姨從隨身的布包裡面拿出三個綠包，發給表哥、表妹還有我。她說，我們不要想難過的事了，一年一次開齋節呢。阿姨伸手把我們擁抱在一起。

她身上有媽媽的味道，那瞬間我心裡有點激動。

綠包摸起來很輕薄，我猜想阿姨沒有放多少錢，但這畢竟是心意。錢多或錢少，都是不要緊的。拿著綠包，我們在車站地下道的EEC商店買了很多家鄉味的餅乾跟快熟麵。

提著滿滿一包塑膠袋食物，從這裡搭捷運可以直接回到印刷廠附近。再沿著快速道路，稍微走三十分鐘就可以回到宿舍。

回到宿舍的時候，山松問我可不可以借錢給他。

我心裡不太願意，但又不知道該用什麼理由來拒絕。這裡誰都不是有錢人不是嗎？只好耐著性子問，發生什麼事，要買什麼東西是嘛。

他說自己好像生病了。身體一下熱一下冷。我心想是不是感冒，也許趁商店還沒打烊可以去買panadol。至少可以緩解畏寒頭痛，再找印刷廠老闆想想辦法。

山松放低聲音說話，暗示我把房門關上。

關門以後，坐在地板上的他，忽然哭了起來。

我心想男子漢哭什麼，到底發生什麼事呢？

他說，週末出去玩了。

我說，然後呢？

去了一家酒吧。

是不是被下毒？我的天，這樣不行啊。

山松苦笑著說，什麼下毒。都是自己的錯，全都是自己的問題。他屈膝抱著雙腿，眼淚滴到地板上。

你說說看，我們一起想辦法吧。不然，如果需要錢，我們也可以找大貓啊。他在勞工的單位工作，他一定會幫我們的。

我去的那間酒吧叫做G POP。

什麼……我只聽過K-POP。

不要鬧了。算了。

山松久久地注視著我，忽然用中文說，阿莫，謝謝你。這段時間，真的謝謝。你是好人。我不知道該不該告訴你，但是，請你相信，你眼裡認識的我。

兄弟，你到底發生什麼事。我看著山松，覺得無助。

不說了，不說了。

山松跟阿姨一樣，把難過的事自己吞下去。

除了表哥，山松是跟我最親近的人了。

每次下公車，走在快速交流道附近。我看著快速奔馳，至少時速一百多公里的車流，心裡有點焦慮。他都會主動牽起我的手過馬路，就像我的大哥。無數個在印刷工廠的晚上，我已相當疲憊，那些裁切器具差點鋒利地刮傷我的手腕。他一把用力，將我往後拉，讓我躲過難以想像的災難。

當我抱著疑惑入睡，隔天早上醒來卻發現山松已經不見了。

他的行李袋還有幾套換洗衣服通通被打包帶走。一張字條也沒留下。打了他的手機，也是關機狀態。

早上點名的時候，印刷廠老闆發現山松不在場。

他非常憤怒。我他媽供你吃供你住，懶惰的越南人。整天就知道聽音樂，什麼也不會。老闆罵了很多髒話，有些不用解釋我也能感覺到，那是很髒很低賤的用詞。他的臉部整個扭曲成一團。不知道是不是想到之前山松跟老闆娘告密，害他沒好日子過。新仇加舊恨。他確認山松的行李全部都拿走以後，即刻打電話給台灣的仲介人員。

仲介大伯騎著一輛搖搖晃晃的摩托車來到工廠。看上去不是很在乎，一派輕鬆。他臉上的神情除了漫不經心，好像還有一點鄙夷。我們排排站讓他陸續問話，他走到我面前的時候，嘴角哼笑。那個單側微微上揚的嘴角好像在說，來台灣打工卻落跑是一件如此稀鬆平常的事，就像到便利店買一杯涼飲料那樣。

山松沒有再回來。

沒多久，鐵架床的下層臥鋪又入住了新的打工仔。

比我更年輕，菲律賓來的，叫強尼。

他不會給我聽音樂，也不會跟我聊一些有趣的事。

強尼很積極，問大家是不是又要再申請延長打工的時間。他說賺得不夠多，還不能回老家。

即使放飯時間大家也會聊上幾句。但我心裡很清楚，我在這裡沒有朋友了。

我問老闆什麼時候可以發薪水。

帶來的錢很快就花完了，每天拿著小本子，用原子筆在上面記著已經扣除多少工資，何時才能從負的轉成正的。

表哥說，人生不是每天都過開齋，沒有緩慢悠閒絢爛的時光。

我變得比以前更容易失眠。

表哥說，他也是。

有時候會做夢，夢裡自己還是少年模樣。在外南夢的渡口打工，騎摩托車載人去看火山風景。很多遊客從世界各地來看藍火。我沒有真的上去過。那裡有毒氣必須戴著面罩，只有搬硫磺的工人會來來回回走。

我聽親眼見過的人說，那像是雲海。會有水藍色的雲霧跟大火，在世界的盡頭熊熊燃燒起來。

不曉得山松現在過得怎麼樣。

如果我們會再見面，我想告訴他昨夜的夢。那些在我夢裡湧動的深藍色，淺藍色，還有接近無限透明的藍色。

——原載二〇二一年十月十九～二十日《聯合報》副刊

成功大學現代文學碩士畢。著有個人散文集《女子漢》。曾獲林榮三文學獎散文首獎、聯合報文學獎散文評審獎、台北文學獎年金得主等獎項。作品入選文化部中小學生優良讀物及高中國文科閱讀教材，獲國藝會文學類創作補助、文化部青年創作補助。

# 文惠女士——賴香吟

西瓜與榴槤上市的時節，短促的春天已經快要過去，斷斷續續的雨水裡積鬱著夏季將至的燥熱。文惠女士躺在床上，聽著窗外商業宣傳車不斷放送鞋店週年慶的消息：「全店商品，第二件六折！第二件六折！」她提著耳朵，好不容易等到車子慢慢開遠，靜了會兒，擴音喇叭又繞回來：「第二件六折！第二件六折！」

眼看不可能睡了，文惠女士支起身來，陽光燦爛的窗口，總能讓人想起一些愉快的事情，有些彷彿還是昨天、去年的事，但再細想，卻又好些段落模糊了。

她想站起來，像以前無事午後，到廚房去倒茶水，看著整頓妥當的杯碗瓢盆，心情愉快，坐在客廳打個盹，直到電話鈴聲把她從夢中叫醒——

喂，喔，ただいま外出しております…（他現在不在家。）

どなた様でいらっしゃいますか…（請問您是哪位呢？）

なにがご用ですか…（請問有什麼事呢？）

那時候，文惠女士優雅地拿筆，優雅地在白紙寫下電話號碼與事由：渡邊先生退職，楊醫師請回電，黃太太約下午四點。

那時候，陽光就像現在這樣從窗口斜射進來，大人小孩出外去了，巷弄裡安安靜靜，屋裡只有時鐘滴滴答答。

舒適的環境，她在那兒待了三十幾年，但能說是自己家嗎？當然不行，文惠女士就算跌進回憶也深知分寸。她掀開被褥，試著下床，聞見榴槤氣味，不吃榴槤的外孫女，卻去買了一個擱在廚房裡，房子小，到處都是味道。

她吸口氣，使點力喊：「阿雲啊。」

「來了。」就在隔壁房間的阿雲很快現身，戴著口罩。

「我來食一點仔榴槤。」文惠女士其實不好意思：「整間厝內全味。」

榴槤果肉肥軟，顏色也好，阿雲想必為自己挑了上相的貨色，可為什麼吃不出初時喜愛的飽膩香甜，文惠女士反覆舔著唇舌，確認是不是自己嘴乾舌燥。

「敢好食？」阿雲一旁看著。

這孩子不多話，手也說不上巧，卻很乖順要照顧她。三十出頭的女孩子，不出門也不整理自己，起床刷個牙、抹把臉，亂糟糟沖杯咖啡配麵包當早餐，只急著開電視、電腦，文惠女士很詫異現在年輕女孩都不梳頭了嗎？

數十年如一日，髮絲烏亮或花白，文惠女士若沒有把頭髮梳整妥當，是不會踏出房間的，即便只是做下人的日子，也未必有誰多看她一眼，文惠女士依然堅持把自己打點得服服貼貼、神清氣爽。她委實不能理解現在年輕人都真像阿雲這樣？蓬首垢面，睡衣不換就吃就喝，連馬克杯也沒洗乾淨。

文惠女士剛回這個家裡來的時候，體力還行，常幫孫女收拾，但這陣子真不行，每天軟綿綿，原來人把自己撐起來得花這麼多力氣。上星期好強，不想麻煩阿雲，自己起身去上廁所，沒幾步，眼前一黑，跌昏在地，還送醫院住了兩天。

眼看成了廢人，退休計畫泡湯，文惠女士也說不上多麼怨嘆，無論如何，畢竟是回到自己親人身邊，只是苦了阿雲這年輕人，成天守著她這七老八十老太婆。阿雲讀書平平，工作平平，未必有什麼本事，但不惹禍，結果還是失業，後來學人作網拍，賣玩具、小衣服、小襪子，客廳、房間亂得像垃圾堆，以前總疑心這行業能算數，現在反倒因為她在家搞職業，才幸好有人照顧自己。

電話，不，門鈴在響。文惠女士習慣性地警覺起來。

一會兒，阿雲跑來門邊露臉：「阿嬤，細漢姨婆來矣。」

話落，拖鞋啪噠啪噠，鐵門好大一聲關上，下樓去帶人了。

「食榴槤喔。」小妹進來：「我一入門就鼻著矣。」

亂七八糟舊公寓，讓人探訪真不好意思。文惠女士生涯裡待客經驗許多，布置、款待樣樣計較，不過，現在那些都結束了，是她自己放不下而已。

她整整床鋪，拉平身上衣衫，這等體力，也沒法打扮什麼。

還好小妹不在意，湊近來看她吃榴槤。

「食這營養好，我煩惱妳無胃口，無骨力吃。」小妹本來也不吃榴槤，但聽人說可補她長年吃素，身子虛，捏鼻子吃幾回，愛上了。

文惠女士倒是很早就吃上這水果，以前蕭醫師家各路人馬送禮多，別說榴槤，後來還有山竹、紅毛丹，形狀奇怪，氣味也強，蕭醫師常說榴槤蛋白質、脂肪、澱粉、維他命一應俱全，但醫師娘和小孩就是不喜歡，文惠女士盡可以吃得夠。

「我頭一擺看到紅毛丹的時，想講這是荔枝生毛乎？」文惠女士笑著說。

「山竹剝開，感覺嘛真奇怪。不過，奇怪是奇怪，正實好食。」

「山竹真久無看著呢。」

「聽講有啥物蟲，這馬無進口矣。」

原來如此。聽蕭醫師講，山竹這東西涼，吃過頭也不行的。

「這兩項果子，一个號做王，一个號做后。」文惠女士說：「體質來講，一个是熱，一个是寒。」

小妹露出驚訝的神情，她總覺得這位大姊世面見多，知道有錢人家怎樣過日子，不像自己關在家裡煮飯打掃過了大半輩子，社會的事情都不知道。她打開提包，拿出幾件棉紗居家服：「這款妳試看覓，穿起來真輕鬆。」

近來天氣熱，躺著後背全汗，年輕人買東西光挑好看，穿起來卻不透氣，前幾天文惠女士電話裡拜託小妹找找有沒有舊時貨。

「輕鬆是輕鬆，薄縭絲，予阿雲看著，歹勢。」

「家己阿嬤，歹勢啥物。」小妹忽然想起什麼：「秀枝敢有消息？」

「在台中跟人做食。」

「有賺錢無？」

「毋知。」

孩子的事，令人操煩，不過，歸根究底是自己沒教好，沒臉跟別人抱怨，數落孩子也理不直氣不壯。老大秀枝迷糊，做生意很有她父親的習氣，每做必虧，糟的是她父親不聽妻子，秀枝倒是很聽丈夫，現金周轉不來，連倒會這種缺德事也敢做，還頂著文惠女士名號，四處和親戚朋友借錢，搞得文惠女士不得不咬牙演出一齣恩斷情絕的戲來。

「阿雲三頓會曉煮食未？」小妹問。

文惠女士搖頭：「少年人哪有可能？買，是真骨力買。」

「買啥物？」

「便當照頓買，食袂去。」文惠女士搖頭：「若有法，我甘願家己去菜市，買寡愛食的回來家已煮。」

「當初妳應該較早退休。」

「就愛錢，等領紅包啦。」

姊妹倆都笑了，不是苦笑，是輕鬆調侃的笑。姊妹二人，生肖差了一輪，小妹呱呱落地，大姊就出外工作，小妹長大，大姊已經嫁人，沒有什麼機會相處，直到近年才相互依靠，尤其是手機興起以後，很多下午，兩個已經做了阿嬤的姊妹，如同少女般煲電話，來到此刻，兩人聊著聊著，已經把大半顆榴槤當成誰家喜事送來的大餅似地，一片一片切著吃乾淨了。

●

人們風風雨雨說著米配給與志願兵的時代，讀完了公學校的文惠女士，十二歲，整理包袱到銀行上班的野谷先生家裡去幫傭。

家境經濟的需要固然是原因之一，不過，父親把她送到日本人家庭去，也是為了讓她在那邊學點教養，待人接物，這一點，對讀過中等教育的父親來說是重要的，至於幫傭賺來的錢，與其說是補貼家用，不如說是讓文惠給自己存嫁妝。

兩邊說好長住雇主家，幫忙洗衣，燒飯，照顧孩子，直到找對象結婚為止。野谷太太剛生了第二個孩子，每天夜裡，嬰兒哭，文惠也哭。中元節回家，父親安慰她，妳也長大了，不要老是思念家裡，這樣工作才做得住。

文惠擦乾眼淚學著抱嬰孩，唱搖籃曲，累了，睡了，也就好了。不久之後，廚房裡的事做得很好，學會清理榻榻米，抹地板，以正確的跪姿說敬語，在玄關迎接客人，也跟野谷太太學習穿衣與化妝，甚至接觸了插花、泡茶、縫紉等一般上高女才可能學習的技藝。

那時，文惠女士不覺得自己的工作卑賤，相反的，還有點自力謀生的榮耀。野谷一家出外踏青、海水浴場，都帶上她。日本戰敗之後，野谷先生問過她要不要一起回去日本，雖然沒有很多薪水給她，但一定會盡力幫她安排差事與歸宿。她和父親猶豫了點時間，最終還是捨不得親情，海路茫茫，婉拒了。

回到家裡，理應出去做事，幫忙家計，但社會正亂，工作難找，鈔票一年一年薄，比較簡單的方法是把她嫁了，十九歲，說早也不算太早。

夫家在台南，住下來才知道安平離府城很遠，進城還搭段小船。本來有間小銀樓在西門路，兼賣鐘錶，不過，國民政府來了以後禁止金子私賣，公公又受人誣告，家產說沒一下子就沒了。

公公嚥不下時代這口氣似地，撒手走了。文惠女士很傷心，畢竟，這大家庭裡只有公公懂得欣賞她的規矩。換了丈夫當家，少爺作風，總以為事情簡單，真要彎腰又彎不下來，鐘錶講究技術，店裡師傅留不住什麼都免談。丈夫若肯聽她，或許還可設法，但丈夫眼裡她不過是個女傭，哪可能讓她當家，最後是連店面都頂出去，淘金熱似地說要去台北和人投資做生意。

搖搖晃晃大半天，在艋舺下車，文惠女士記得很清楚，從那兒搭萬新線，沒多久在和平車站下車，周邊是馬場町，有位姓周的朋友可投靠，丈夫拿出錢來，一起做木材生意。後來沒賺到錢，交情也沒了，沿著鐵軌找房子租，最後落腳景美鎮，門前路都是土面，下雨天泥濘一片，颱風來了，淹水更是惡夢。

丈夫投資起起落落，日子不是一定窮，但總覺朝不保夕，文惠女士無可奈何，門前一條萬新線，心情好的時候去碧潭，心情壞的時候也去碧潭，手頭有零餘，就搭反方向去艋舺看電影，心情好的時候看張美瑤，心情壞的時候也看張美瑤。

文惠女士喜歡張美瑤是很早的了，在台南《嘆煙花》看三遍，上台北來，張美瑤演《吳鳳》裡的原住民少女，赤腳，說國語，還是那麼美，又看三遍。張美瑤本名是ふみえ，那年代叫這名字的女孩真多，漢字各式各樣，她是文惠（ふみえ），張美瑤是富枝（ふみえ），可是她那麼瘦，安安靜靜有氣質，兩隻眼睛水靈靈的，改成美瑤也好。

《吳鳳》是彩色電影，以為張美瑤會愈來愈紅，卻不知為什麼忽然不見了，台語電影也愈來愈少，文惠女士少了娛樂，萬新線也拆去，丈夫一陣子投資肥皂，一陣子做食品罐頭，老巴望著回收大賺一筆，但再怎麼順利只是蠅頭小利花不長久，倒是偶爾賠上一次，就得花很久的時間來還債。

唯一一次運勢走上坡是投資做鞋，賺了錢，光景正好，可惜丈夫卻死了。

她以為自己會很難過，但好像也不是，直到那人走了一兩年，張美瑤出現演《梨山春曉》，她當然去看，美瑤還是講國語，還是演女兒，但這回碰上柯俊雄談戀愛；戲裡，一場雨，柯俊雄跑呀跑地去給張美瑤的媽媽請醫生，配樂拉得好緊張，來來回回鋸得她心裡難受，音樂一停，回神，才察覺自己哭滿臉，與那人呀，不知是一個人辛苦，還是兩個人難受，實在沒有幸福過。

丈夫走後，坐吃山空，文惠女士得想辦法謀生。日本時代讀的書，現在丁點用處也沒有。想來想去，不如做以前的差事。台北，這種講國語的地方，要早幾年，還輪不到文惠女士，但現在願意幫傭的年輕女孩、外省媽媽似乎少了，難得有人介紹，文惠女士雖然忐忑，還是帶著一口破國語，出門求職去了

最初，只是幫人煮飯洗衣服，早出勤，晚歸家，每天搭車到新生南路去，河渠一帶好多日本房子，聽說以前叫做昭和町，官員教授多，文惠女士應聘這家，太太也在台大裡教書，旗袍腰身好細，那年代大家都瘦，可這太太又更瘦些。一個孩子上學，家事不算多，但得幫忙看顧老母親，這不難，難在老母親講家鄉話，文惠女士常常不懂，餐桌上的菜也不合人家

口味，年底一到，女主人禮貌地把文惠女士給辭退了。

之後，文惠女士改去工廠幫忙煮飯，直到大女兒秀枝高中畢業，可以照料家裡，她決定去做寄宿女傭，收入比較高。第一家雇主是生意人，出手闊綽但生活複雜，毫無章法的宵夜、點心，打牌客人呼來喚去，文惠女士應付不來。第二家先生在法庭裡上班，夫人不忙，老盯文惠女士做事，或許夫人是像以前那位野谷太太想教她，但一會兒罵文惠女士日本氣，一會兒嫌文惠女士鄉土味，彼此都不開心。

聽同行講，條件最好是去美國人家裡，工作量不多，還照時間上下班，但要會做西餐，漿燙軍服，通幾句英文。文惠女士想，前兩項有心學，一定不是難事，但英文呢，她跟女兒請教幾天，打了退堂鼓，原來十二歲與四十歲差這麼多，如果換成秀枝肯學肯去，那還差不多。

她換回來幫店家煮飯，在一間西裝店待最久，師傅學徒七、八人，吃飯熱熱鬧鬧，直到來做西裝的蕭醫師說起找幫傭，指定要住家裡，文惠女士的工作，甚至人生，才定了下來。

●

文惠女士衣裳不多，家居洋裝冬夏各三件，日常工作替換著穿；正式套裝厚薄各一，家裡宴客或親戚間喝喜酒的時候穿。品質好的貴，她買不起太多，夠用就好；市場便宜貨在蕭醫師家裡怕失了身分，雖然她只是幫傭管家，但像她這種情況，管家也得有管家的身分。

她到這家庭的時候，蕭家夫婦剛從北海道回來，一個是據說從小很會讀書，直接保送台大醫科，又被派去國外進修的人才；一個是宛如從未風吹雨打，花朵般嬌嫩的新手媽媽，聽見嬰兒放聲大哭就慌，拉高音調叫：歐巴桑！歐巴桑！

雖然被叫歐巴桑，文惠女士其實比蕭醫師大沒幾歲，也只有蕭醫師偶爾叫她ふみえ。最初住在和平東路，一層兩戶，那時叫做雙併華廈，格局比一般公寓大，廚房預留小間做儲藏室，剛好尺寸能放單人床，就讓文惠女士住下。都說台灣錢淹腳目的那幾年，賺錢人多，生病人也多，換成蕭醫師的說法是：有了錢，人命價值起來，求醫問診成了文明事。蕭醫師每天不是開刀就是開會，本來瘦身材，漸漸虛胖起來，不過，穿起西裝倒是挺派頭的。

醫師娘後來又生一男一女，全是文惠女士一手帶大，相處時間比父母還多。三個孩子上學後，蕭家換了更大的房子，文惠女士常聽客人說巷口捷運站是城市新地景，日本來的百貨公司一開門就擠滿人，清粥小菜不賣大清早而是大半夜，聽歸聽，沒什麼機會去，幫人管家，頂多就是上菜場覺得貨色有些不同，偶爾跟醫師娘請假去附近找家庭美髮，剪個髮型貴上一兩百塊，付錢的時候還真心痛。

新房子給文惠女士帶來最實際的改變，是她由廚房邊遷移到陽台邊，雖然還是小房間，但總算有了窗戶，要多亮有多亮，床與衣櫃是新的，還放得下一台迷你電視機呢——不過，說到衣櫃，有一回家裡人都出去了，趁空小寐的文惠女士，被客廳裡的聲響驚醒，光天化日，小偷呀，文惠女士只敢躲進衣櫃裡連氣都不敢吭。幸好城市竊賊手腳俐落，挑中目標很快走了。醫師娘首飾一搬而空，文惠女士心裡自責又愧疚，做好了捲鋪蓋走路的準備。還好蕭家夫婦沒怪她太多，蕭醫師尚且放寬心說，財物損失總比鬧出人命來得好。

有冷有暖，也有驚險，忙裡忙外，那些年，想來是文惠女士的金色時期。蕭醫師名聲高，各種情況都有人拜託，有人送禮，因為再怎麼達官顯要，一旦生了病，閻羅王面前同樣都是一條命。蕭醫師專研時代病，講好聽叫腫瘤，講恐怖就是各式各樣的癌，蕭醫師管那難解難分的肝膽胰，一年到頭，門扉開開闔闔，文惠女士見慣了鮑魚、茶葉、洋酒，也得花心力學宴客菜、請外燴。後來，蕭醫師看人手不夠，多聘人來分擔日常家務，但這個家庭買什麼、煮什麼、家裡怎麼布置，還是經由文惠女士來發落，也只有文惠女士住在家裡，櫥櫃裡禮物多了，醫師娘會闊綽對她說：愛什麼就拿去，免客氣。

文惠女士當然知道限度，說是住在這家裡，但很知道怎樣做隱形人，她總挑那些保存期限就快到的東西。農曆過年文惠女士有兩天假，回家前醫師娘也會讓她挑些禮物作伴手，小妹就常說，每年年夜飯圍爐，一定都有大姊送的車輪牌鮑魚呢。

後來時光，彷彿車子開始加速，也可能時代變換軌道，各類事情沒法同樣繼續下去，像她這樣能夠寄宿雇主家的傭人愈來愈難找，附近同等級的住宅、上門來的賓客，互相交換情報這一家、那一家雇用了從菲律賓、印尼過來的年輕女傭，做事如何、吃飯如何、話語溝通如何，文惠女士一旁聽著，老不自在，怕生客問蕭醫師您哪兒找來這麼可靠的管家？也怕熟客問歐巴桑妳有沒有認識的人可以介紹給我？

歐巴桑，歐巴桑，別說蕭家人，就連左鄰右舍、來往賓客都是歐巴桑、歐巴桑地叫。她也真是個歐巴桑了，孩子已經成人，煮飯打掃，這些事人人能做，不一定非她不可。她繼續住在蕭家，要說情同家人，那是太不知分寸，但彼此習慣倒是真的，蕭醫師愛吃什麼她知道，醫師娘的脾氣她也知道。蕭醫師沒要她走，該她做的事還愈來愈少，對比外傭，她不知該感到自己身分高貴些？還是孤鳥一隻？她這把年紀，活得好壞總有家庭，獨她一人還寄人籬下。

如果可以，她當然也想回自己的家。偏偏那些年秀枝金錢搞得雞飛狗跳，算盤還打到蕭醫師這邊來。「這一點仔錢，對個來講無算啥物。」那時還沒有手機，秀枝挑了沒人在家的午後打電話到蕭家來：「妳就共伊講孫仔破病，暫時需要錢，敢會使薪水先借幾個月？」

文惠女士忿忿拒絕了，寧可自己定時打公共電話回家，再也不許家裡人打電話到蕭家來。那段時期，蕭醫師聲名正漲，不僅醫界輩分高，若是哪兒出了事，天災人禍，也常是他組醫療團去現地支援。蕭醫師為人不擺架子，舉止接地氣，一口台灣國語更顯親和力，電視新聞有時會播他侃侃而談的畫面，文惠女士總希望女兒女婿別注意到那些。蕭家客廳也愈來愈熱鬧，除了醫界，還有新客高談闊論政黨與選舉，文惠女士常常回神發現這不就是報紙上那個誰誰誰？要不看了電視新聞，才知道家裡幾張老面孔，竟是那樣有頭銜的人。

這種時候，蕭家不缺保母也不缺廚師，倒是很需要一個敏事慎言的管家。不同客人不同款待，誰愛喝什麼，愛吃什麼，盡量記清楚。什麼客人，什麼情況，茶上了就該退，如果真有誰愛聊天，招呼她這歐巴桑，她也知道怎麼應對兩句，說些生活知足的小事，讓人覺得蕭醫師待人好，連對下人都好。

直到有段時間，蕭醫師一躍成為新聞主角，電視、報紙都有頭家被攝影機包圍的畫面，家裡電話響得沒完，有些要轉要招呼，有些直接說不在，文惠女士不想弄清楚也得弄清楚，原來是頭家興致勃勃代表去開醫學會議，卻一腳踩進是代表中國還是代表台灣的仙人掌堆，痛得唉唉叫。

醫師娘當然不開心，那幾天，連跟朋友喝茶、打牌都不去了，悶在家裡對文惠女士抱怨：「以前做醫生，人共你感謝，這馬呢，刊佇報紙在人罵，倒底阮是陀位做毋著？」

醫師娘把照片冊打開，給文惠女士看他們在美國的婚紗照，蕭醫師學術氣，醫師娘戴著花朵寬邊帽，公主般天真。「以前阮佇美國結婚的時，嘛有真濟黨外朋友來，怎樣今仔日罵甲按呢？」即使上了年紀，醫師娘聲嗓還是嬌嬌嫩嫩：「阮就是想欲替台灣做代誌才轉來啊，早知影按呢，就毋要轉來矣。」

頭家的政治事，文惠女士不僅是局外人，還是下人，再怎麼有眼睛，也不好多說什麼。況且，真要從文惠女士的眼裡看，她能說蕭醫師不是好人嗎？見她忙，總要她別忙，讓年輕新來的做，還讓司機載她去買菜。她能說蕭醫師不是好東家嗎？她只是不懂蕭醫師為什麼做醫生忙不夠，還興趣別的？以前看丈夫投資，知道他是為了錢，自以為看準了，其實是天真，你看的別人也早都看到，輪不到你來賺。蕭醫師會是為錢嗎？應該不是，但若不是錢，而是其他，那麼，文惠女士經驗更少了，想到這裡，她便繼續閉上了嘴巴。

●

那件事情過後，家裡就慢慢沉寂下來，這樣也好，文惠女士年過七十，吃不消賓客來來去去。自覺吃了悶虧的蕭醫師也不怎麼想管事了，沒賓客的日子，生活簡單，蕭醫師讀報、看電視，醫師娘不在家的話，文惠女士簡單下把麵條，放點青菜，他也是吃的。

光從這些表面來看，文惠女士的日子過得很好，住在一坪上百萬的房子裡，碗不用她洗，地不用她掃，她只需要接電話，讓家裡隨時有個人，幫蕭醫師交代行程，也讓來找的人可以留個話。

小妹本以為她過的是有錢人家生活，羨慕得很，但日子久了，就知道不是那麼回事。閒則閒矣，時間卻全然是扣住的。每次打電話來，小心翼翼問現在能不能講？轉送親戚問紅包白包，約在巷口便利超商，聊個十來分鐘，文惠女士就頻頻看錶。就算蕭家全無人在，文惠女士也從未想過讓小妹進屋來聊天，唯一一次是蕭醫師夫婦去美國看兒子，順便旅遊，一整個月，考慮到之前遭小偷，蕭醫師主動提起，讓文惠女士找孫女或姊妹來陪住個幾天。

「人客房便便，會使住一、兩日。」蕭醫師說：「頂次提餅來予妳彼个，是最細漢的妹妹乎？」

既然頭家開口，文惠女士也就照辦。要說哪裡不規矩，頂多是除了小妹，她多找了二妹。四姊妹，三個守了寡，難得有機會聚在一塊，嘰嘰喳喳講個夠，還要文惠女士示範洗碗機怎麼用、沙發好不好坐、扮家家酒似圍著喝茶吃點心。然而，新鮮片刻，金窩銀窩比不上自己狗窩，兩個妹妹勉強住上一晚，還是回自己家去了。

文惠女士獨自守著過了一個月，打掃阿姨免來，司機也免來，她克盡職責，接電話，收郵包，生活規律，按時收看《後山日先照》——文惠女士望穿秋水，總算等到張美瑤復出——怎麼人家老了還是那樣好看？梳那麼老的髮型，穿那麼暗的衣服，但整部戲還是她一人在發光！文惠女士晚上八點看一遍，隔天中午重播又看一遍，張美瑤演的角色持家，堅貞，化解故事裡各種糾纏與衝突，文惠女士看得很滿足，很安慰，年歲過去，她演得更好了。

之後兩三年，張美瑤讓文惠女士的生活有了新的重心，不過，有些事情漸漸異樣，文惠女士三不五時感到疲倦，身上一會兒破皮一會兒起疹子，輕輕碰撞就瘀青。時候到了？文惠女士暗想。關於以後，離開這兒以後，該怎麼辦，她不是全無打算，早幾年，曾去看過老人院，但不確定自己能掏出這麼一筆錢，也猶豫要不要跟家人聚聚，享點親情。東想西想，拖著拖著，就到了這時。

蕭醫師或已看出她的老態，但沒說什麼。文惠女士知道自己該主動告退，但遲疑著決定不了時間。冬至前後，文惠女士頭暈，有時昏睡，忘了起床時間，忘了準備早餐，有幾次還耽擱到醫師娘。蕭醫師交代司機把文惠女士送到醫院去檢查，得結果說是造血功能低下，紅血球過低。

只是老了，不是大病，文惠女士自以為是鬆了口氣，可是，事情很快變嚴重，好幾次眼前一黑就不省人事。文惠女士終於開口，說是收拾收拾，馬上就可以走。

蕭醫師點點頭，還是每週讓司機送她去輸血，新聘了人，不是照顧頭家，而是照顧文惠女士。

「妳放心予伊照顧，多住幾個月。」蕭醫師給她找台階下：「一寡厝內代誌，妳亦會使共伊交代、訓練一下。」

農曆年前，文惠女士收拾包袱，離開住了三十來年的蕭家。她的行李不過幾件衣服，手錶，錢包，兩份存摺。

霜般寒冷的早上，少女記憶隱約浮現。那時的草地，走幾步，腳便會濕，但冰冰涼涼的，也很舒服。

文惠女士回家，說是家，其實沒怎麼住過。這屋子，是她出外幫傭之後慢慢存錢買下來的，說也奇怪，丈夫在的那些年，就沒想過買房子，莫非那人還想回南部去嗎？回想起來，文惠女士也不確定，夫妻倆根本還沒好好談過，緣分就盡了。留下來三個孩子，二女兒秀娟比較能讀書，好不容易考上大學，文惠女士安了心，把積蓄拿出來，和已經工作的秀枝，兩份薪水繳房貸，在景美溪邊買了公寓四樓。

她的如意算盤是秀娟大學畢業，去端鐵飯碗，吃公家飯，新家附近有警察專科學校，或可讓兒子阿鴻去裡頭馴服馴服，誰知道，還沒到能進學校的年紀，就先讓警察給捉了去，這下，有了前科，身家調查什麼的，都別想了。

秀娟後來，鐵飯碗是端成了，上下班卻老苦著一張臉，沒吃飽似的。文惠女士那些年正忙，很少在家，無暇顧及兒女想些什麼。熱死人的夏天，阿鴻莫名奇妙給瘋狗浪捲了去，連戀愛都還沒談的青春，竟渾身浮腫地沖上岸來。文惠女士掀開塑膠布，想忍耐也來不及，放聲大哭，這輩子再不可能那樣哭了。陪她去的秀娟一臉茫然，什麼話也沒有，後來老往北投跑，跟人家禪修什麼的，文惠女士知道了，想說這樣也好，有個寄託，沒想寄託到後來，鐵碗金碗都不要，剃髮向佛去了。

屋裡剩下秀枝，結了婚，又有女婿住進來。文惠女士只在端午、中秋與除夕回去過節吃飯，聽阿雲、阿強叫她幾聲阿嬤。秀枝夫婦不是沒想過賣屋，是文惠女士怎樣都不點頭，關係愈鬧愈僵，如今女兒女婿躲債台中，阿強去大陸工作，只剩阿雲一人。

能說落葉歸根嗎？當初買房子，根本還沒想到這一天。房子在巷子尾，巷子很長很長，長長地走到盡頭是景美溪。早年乾巴巴的溪邊，現在整理成河堤公園，更顯出溪邊這些三、四十年前老公寓的破舊。文惠女士剛回來的時候，還能勉強爬幾階，去河堤看看，去買點菜，四層樓，爬一階喘兩階，別說花半小時，是花掉半條命。

「修理紗窗、窗仔門、換玻璃……」

如今文惠女士除了上醫院，絕少出門，成天臥床，睡睡醒醒，有時聽見這個，有時聽見那個，在長長的巷子裡。

「來喔，來買好吃的粿喔，有芋粿、菜頭粿、鹹甜粿、紅豆甜粿……」

「土豆，土豆，北港的土豆又閣來囉，燒燙燙的土豆、香貢貢的土豆、炊甲爛爛爛的土豆……」

有些近得刺耳，有些遠得零零落落，文惠女士記得很久以前還有磨菜刀、磨剪刀的叫賣，那時，她會推開窗喊：「喂，磨刀的，等一下喔。」

她咚咚咚地跑下樓去了，等在攤子邊，摀著耳朵聽刀與鐵磨得嘶嘶作響。

景美，景美，那時的人不說景美，說景尾，景是橋的意思。既然是橋尾，那麼，開端在哪裡呢？新店嗎？她記得萬新線小小的票卡，她在台北最早的車票，搭過去，搭過來，最後拆鐵軌那日，她抱著阿鴻去看，那日真冷，露水凍得她直打哆嗦。

往事葉落般飄下來，文惠女士張開手心，葉子要落頂多只是一個秋天的事，怎麼她就飄了一輩子？文惠女士又摸摸手臂，唉，老人身體跟落葉同樣難看，黃斑，黑點，乾扁扁再也使不出力氣攀住枝頭，就落下來了，落哪兒？落景尾？落嘉義？文惠女士懷念父親嚴謹的規矩，偶爾也記起野谷太太的跪姿，啊，那對夫妻想必不在了，而那個在地上爬的娃娃呢？

●

文惠女士一輩子，常是伺候人的那個，如今換成阿雲來伺候她，就算是孫子也過意不去。她總要阿雲去忙自己的事，自己盡量安靜，盡量睡，睡不著就按電視遙控器，三立、民視、大愛，頻道轉來轉去，總期待有張美瑤，可惜愈來愈少，其他，文惠女士時斷時續，反正不管哪一齣，演員、服裝、布景都差不多，動不動播上百集，隨便什麼時候插進去看都可以。

「做戲倥，看戲憨。」常來看她的小妹，倒是對每部戲都有研究，她說，每個頻道，每齣連續劇，照著時段分配，這樣，一天就過完了。

文惠女士醒著的一天沒有那麼長，聽劇中人吼來吼去也受不了。她和小妹抱怨這些年輕演員說起台灣話怎麼親像柴頭尪仔，時不時就壓下巴，每個重音都誇張，簡直像把榔頭敲敲敲，敲得她頭痛。還有，為什麼，張美瑤又不見了？還活著吧？一說出口，文惠女士心驚肉跳，自己病了也罷，哪能這樣預期別人？可再想想，又原諒了自己，誰都要走到那一天吧？真到那一天，天生麗質的人約莫連死都會優雅些？過一會，文惠女士苦苦地笑了，死，不就是一口氣，沒了，還有什麼差別？又哪顧得上什麼優雅？要有，也是身邊的人費心吧？

文惠女士左思右想以後的事，想多了心裡就平靜下來。終歸是這樣一回事。她的時間快用完了，就是這樣。糊裡糊塗，身不由己，甘不甘願，都同樣，用完就是用完。她不想麻煩阿雲，難過，能不喊就不喊，看診、輸血，能不去就不去。

勉強又吃了一輪西瓜與榴槤，鞋店週年慶還是六折，甜粿、鹹粿都不能吃，土豆倒是吃了一些。

那是一個下雨天，廣播叫賣在巷底一遍一遍重複，像雨滴落到池塘裡，一圈一圈，蕩得文惠女士心裡好難受。

很久很久以前的下雨天，廚房裡蒸籠滾滾冒著白煙，文惠女士把臉頰湊上去，她喜歡那種暖暖的濕潤，可以炊粿，也可以炊土豆，剛從土裡拔起來的新鮮土豆，每個豆莢都沾滿了土，得在水裡洗好幾遍，母親教她邊洗邊把土豆殼捏個縫。

「按呢才煮得透。」啊，歐卡桑的聲音呢。

文惠女士已經記不清母親的面容，但還記得母親和四姊妹吃土豆的情景。每個人都想挑長一點的土豆，看剝開來有沒有整整齊齊靠攏著的三胞胎、四胞胎，那模樣，光看就好可愛，吃起來更好吃了。

年華似水，濕潤潤，霧茫茫，這長巷的叫賣，聽這麼久，怎麼就沒會意過來呢？文惠女士難得起了食慾，張嘴喊：「阿雲，阿雲啊。」

阿雲聽話，貼心跑下樓去，再回來時，手上多了一只熱呼呼的紙袋。

土豆很軟，比她想像的還軟。她自己煮的沒這麼軟，但可能因為太軟了，土豆味道少了些。

「阿嬤。」阿雲看著她問：「好食無？」

文惠女士點點頭，學廣播叫賣：「炊甲爛爛爛。」

阿雲微笑，像個小姑娘。

「妳敢知影，土豆的花是啥物色？」

小姑娘搖頭。

「是黃色的，細卡蕊仔，但是會開真多蕊，規叢開甲滿滿是。」

小姑娘很訝異：「我想講土豆就是佇土內底。」

「是佇土內底無毋著，但是，總是要先出芽、生葉、開花。」土豆是春天種下去的，很快發芽，很快開花，花期很短，很短，有時，第二天去看，就謝了。

「花謝去了後，會發一條長長若像針仝款的枝，鑽入去土內底。」文惠女士邊剝花生邊跟小姑娘說：「彼个時陣，妳就要等，等，等足久喔，等到葉子蔫去，就差不多了。」

「差不多啥物？」

「拔土豆啊。彼條鑽入去土內底的枝，它會成長，生甲滿滿全土豆。」

「原來是這樣。」阿雲點了點頭，想懂什麼似地，改用國語說：「難怪以前課本有一篇落花生，原來花落了才會生。」

「花謝結實，是自然的道理喔。」文惠女士摸摸阿雲的臉頰，這小姑娘，怎麼從來不出去約會呢？

祖孫倆一起吃光了水煮花生，暖暖地睡了。雨停了。日子繼續迷迷糊糊、昏昏沉沉地睡，睡到文惠女士的頭髮塌了，扁了，小妹來會幫她梳頭，有次索性替她剪髮，剪太短，看起來像是剛做過化療似的。

椪柑結實累累的季節，差不多快過年了，秀枝從台中來，提了滿滿一籃。孫子阿強從大陸回來，說話有點陌生。文惠女士勉強坐上餐桌，吃了個沒有鮑魚的年夜飯。年初二，連久違的二弟也來看她，文惠女士體力不濟，見人嘴巴張張合合，耳朵裡灌了漿糊似地聽不清，只知道人家說著誰家兒子誰家女兒，這個怎樣，那個怎樣，文惠女士打個哈欠，孩子般問：「我倒底是生幾個查埔？幾個查某啊？」

周圍的人都在笑，阿雲坐她床邊也笑，文惠女士皺眉，心有疼惜，又想搞清楚：「阿雲真正有孝，阿雲一定是我生的，對無？」

●

等不到第三個西瓜、榴槤的季節，文惠女士輸血次數多了，挖東牆補西牆，難免帶出其他毛病。上醫院去，一床難求，真求到了，請看護費用驚人，不請看護就還是只靠阿雲一個人，別說網拍生意沒法做，就連睡覺都困難。要說往返醫院，文惠女士早爬不上公寓四樓，阿雲也背她不動，找人幫忙一兩次還行，但這情況早已不是一兩次了。

另一件不知該說糟糕還是慶幸的事，文惠女士買了半輩子的這排老公寓，總算達成共識，向市政府申請增建電梯。對文惠女士的情況來說，有電梯當然是福音，可惜工程並非小事，從拆除樓梯間，打地基，搭鋼架，少說也要半年才能完工。

阿雲找母親、阿姨討論了幾次，半年以後的情況沒人敢說，但目前背阿嬤看醫生已經撐不下去，就算醫院給病房長住，費用也付不起，最後的決定是大家都出點錢，在離醫院近的地方，租個有電梯的套房。

新空間連舊家一半都不到，好處是文惠女士不用叫喚就能看到人，終日聽阿雲指頭在電腦上敲敲叩叩，半夜醒來看見阿雲挨著她床邊打地鋪。文惠女士沒抱怨，阿雲就算做不好，也做足了，去外頭買東西，明知文惠女士吃不了什麼，還是會問阿嬤想吃什麼，自己便當裡若有阿嬤能吃的菜，也一定會先挑出來送幾口到她嘴裡。

然而，就像植物不能隨意換盆，狀況本來就不好的文惠女士，搬遷之後退化更快，連上廁所也難了。一輩子端莊自律，髮絲齊整，連裙長都妥妥當當過膝三公分的文惠女士，再怎麼惱恨也還是得包上尿布，髒了又得滿心羞恥地叫喚阿雲，若是阿雲不在，文惠女士簡直希望自己病到無知無覺。

生活無關幾月幾日星期幾，無關上午下午或黃昏，只關尿布與安素，談不上乾淨，談不上美味，更不知優雅為何物，文惠女士知道這一切痛苦都是要花錢的，她好痛苦，又好感謝，腦袋像煮爛的稀飯，阿雲把吸管湊近她的唇邊，跟她說好話，文惠女士只能擠出笑容：

「這一日一罐，食甲阿嬤強欲起肖矣。」

半年過去，電梯工程才剛開工，光等文件就廢了兩個月。阿雲買了輪椅，學會使用製氧機。出家的秀娟帶了師父來為文惠女士誦經，開智慧，要她無須多想，想了也無用，只管專心念佛，念到心無雜念，自然恢復正常。

二妹、小妹也來過，買櫻桃給她補血，湊在她耳邊說有趣的話，逗她開心。

阿雲很知道怎麼抱阿嬤坐輪椅，搭電梯，上下計程車，輸血有時，發燒有時，感染有時，包括其間不爭氣地掛了一趟急診。

第二次掛急診，醫生護士壓壓按按，針筒軟管也都扎了，沒叫她回家，也沒給她病房，暫且在走廊等著。

蜷縮在推床裡的文惠女士，看起來很小，頭髮亂，也髒，那種久病臥床難以解脫的髒，連嘴巴裡吐出來的氣息也是汙濁的。急診室與外隔絕，談不上熱，文惠女士額頭忽忽冒汗，有時睜開眼睛，喘，喘，喘不過氣。

接到阿雲通知趕來的妹妹們，看這情景，心涼了半截。

「姉ちゃん，姉ちゃん。」姊妹握著文惠女士的手，接二連三地喊。

「毋打一通電話共蕭醫師拜託一下？」二姨婆轉頭對阿雲說：「看有法度找一間病房予恁阿嬤住無？」

阿雲搖頭，說阿嬤離開以後就跟對方沒聯絡。「阿嬤有講，人頭家娘身體毋爽快，莫麻煩人啦。」

「秀枝呢？」小姨婆一旁問。

「連鞭就到矣。」

「恁阿姨有來無？」

阿雲點頭。阿姨說急診室情形太亂，等有病房就帶師父過來。

護士送藥來的時候，把文件也帶來了，放棄急救得簽名。阿雲簽了，送去護理台，一會兒又走回來。不行，還得再簽一個家屬。二姨婆與小姨婆看了看彼此：「既然妳媽媽會來，等伊來吧。」

就這麼巧，這時候，阿雲手機響了，不是秀枝也不是秀娟，是蕭醫師家的醫師娘。說是歐巴桑的手機好幾天了都接不通，沒辦法，只好找以前的電話簿，不好意思，打擾阿雲云云。

阿雲嘴巴鈍，一下子也不知說什麼。

「想欲請問恁住佇佗位？」頭家娘在話筒那端說：「阮查某囝雅怡欲送餅去予歐巴桑食甜啦。」

「多謝，多謝。」阿雲一緊張就換國語：「可是，我現在跟我阿嬤在醫院……嗯，後來也有休養啦，但是……喔，好，謝謝，我，我會跟我阿嬤講……」

阿雲斷斷續續把情形交代了，也講了新居住址，讓對方把喜餅寄過去即可。

沒想隔日隨即來探。

那時，文惠女士已經住上了病房，藥劑、設備都安置妥當，稍稍恢復了點生氣，女兒、妹妹們圍繞在床邊，文惠女士半張眼，阿雲指著窗外的自然光，問：「阿嬤，妳有看著無？」

文惠女士微微點頭。

進房來的雅怡小姐，不知是被病房的氣氛感染了，還是從未見過那種情狀的文惠女士，瞬時僵了臉色，紅了眼眶。她怯怯走近病床，摸了摸文惠女士的手，喚道：「歐巴桑，歐巴桑。」

文惠女士指頭動了動。這細細軟軟的什麼，是打從出生以來就在懷裡哭的那個小娃娃嗎？是牽著在巷子裡散步，去遊戲場玩蹺蹺板的小手嗎？文惠女士想回握那細細軟軟的什麼，這幼麵麵是誰人的手？彼个人？摸手就知，幼麵麵，是沒吃過苦才有的，少爺的手呢。

雅怡小姐還是哭出來了，反身藏進母親懷裡。

醫師娘沒說什麼，無論是醫院或人間世，這情景她都見過，也都知道的了。她推推女兒，要女兒近床，把該說的話說了。

「歐巴桑，我是雅怡啦。」雅怡小姐低下身去，可能不好意思，湊在文惠女士耳畔，台語輕輕說：「歐巴桑，我後禮拜欲訂婚喔，送餅來予妳食，妳要緊好起來喔。」

歐巴桑，莫叫我歐巴桑啦，ふみえ，ふみえだよ，叫文惠（bûn-huī）亦會使。是誰在講話？文惠女士覺得耳朵好癢，是誰共我創治？阮阿雲欲訂婚喔？結婚好，千萬要有人疼惜喔。想當初彼个人，手幼麵麵，雖然是歐多桑做主的婚姻，但是，會當佮彼款的手牽手，掠做會幸福呢。

雅怡小姐直起身來，情緒似乎適應了些，看起來平平靜靜，向母親點頭說可以走了。倒是哪兒不知誰在壓著哭嗓，眾人互望，是阿雲。本來還強忍著的小姑娘，被大家這麼一看，反倒放聲哭出來了。

秀枝走過去，安撫阿雲的激動：「歹勢，伊毋甘阿嬤。」

小妹緩場：「這段時間攏伊照顧阿嬤，傷忝矣。」

醫師娘點點頭，別人家務事，退場就是識相。她客氣說歐巴桑和阮作伙這多年，親像厝內人仝款，蕭醫師嘛真關心，若有需要盡量打電話來，又說幾句寬心好話，帶著雅怡小姐走了。

「哎喲。」二妹在病床對面的小沙發坐下來：「敢有人送餅送到病院來？」

「人好意欲予大姊食甜，提來予伊摸看覓，若無欲送去陀位？」

「人欲辦喜事，閣專工來探望，真感心。」

「坦白講，這款情形，秀枝，妳拍算怎樣？」

「若真正到彼時，是欲留佇病院，抑是欲轉去厝內？」

「轉去啦，無論怎樣，轉去厝內較好。」

「現此時市內生活，哪有可能照以前做法？閣再講，轉去，是欲轉去陀位？」

「稅厝遐傷狹，人厝主嘛袂同意。」

「阿雲，妳最近敢有去了解？阮厝內彼个電梯倒底當時才會完成？」

阿雲眼淚已經擦乾了。母親與姨婆一來一往對話，她沒怎麼聽詳細。病房外的走廊，醫療車或餐車推來推去，發出很大的聲響。以前還送餐來的時候，文惠女士只沾兩口，常是阿雲吃掉，低鹽、低油、分量小，做實驗似的。現在文惠女士不需要用餐了，也幸好她聽不見人們對話，她睡著，平躺著，動也不動。阿雲神經質地去看床邊儀器，那條外星軌跡似的波軸，還在一波一波繼續著。

——原載二〇二一年十月《印刻文學生活誌》第二一八期

一九六九年生於台南，曾於台北、東京求學，現旅居柏林。曾任職誠品書店、國家台灣文學館籌備處。曾獲九歌年度小說獎、吳濁流文藝獎、台灣文學金典獎、金鼎獎等獎項。著有《白色畫像》、《天亮之前的戀愛》、《文青之死》、《其後それから》、《史前生活》、《霧中風景》、《島》等書。

# 塚牧之地——洪伊君

## 百樣草

他從機車前座搬下一大捆青草。青草剛割，水分飽滿，掛著幾顆晨露，需費點勁才能提起。他稍稍彎腰，側身將濕漉漉的青草上肩，再從一旁廢棄物堆隨手撿根木棍，自平坦的空地向小坡上走。坡無鋪道，荒草地只有一條被他每日踩出的腳路，隱約浮現，並不明朗。他一大捆念頭沾了肩頭水氣，步伐越拉越沉，思思纏繞，都是「毋知伊死了未（註❶）」。

早些他騎著買不到一年的電動機車，在全市最擁塞的寶山路晃蕩。他的人生都在看這條路長大。從幼時小土路長成號誌閃亮的四線道大路，立上一塊塊連向國立大學、科學園區的指標牌，現在這條粗壯的柏油路，代表著科技城市澎湃洶湧的未來。他沒有習慣過，去年在這裡被撞翻後，更覺得當初步行、坐牛車的小土路已經離他遠去，無論日夜都亮得逼人。

當時他和他那台無牌舊機車被車潮湧翻，年輕駕駛一看那副佝僂身形褶寫的年紀，害怕得踩油門逃亡。老機車摔成廢鐵歸西，他落地的身體也像失能的零件，組不成站不起，眼看車潮就要輾上，好在最後一刻繞過身旁，一條命才撿回來。他的身體奇蹟似地只有幾處挫傷，然而右腿狡怪，傷癒去了一半魂魄，半虛半實，氣力到不了底。他曾為那隻去半條命的腿岔岔過，想揪出年輕駕駛討公道，找阿土商量，阿土搖搖頭：「但是你無牌」。

阿土比他小一輩，受過教育讀過書，總是由阿土告訴他文字世界中，有什麼新規則和變化。他聽了阿土的話，花一個月想，無牌和無半條命的腿誰輕誰重，但只要一想，他就睏，岔岔就在想不出解答的睏意中消磨掉。他的腿傷，終究沒有化為對這個陌生人、這條路、這個世界的指控，而是作為他和阿土之間，小可放入嘴中嗑咬、輕可反覆提的牢騷。

腳骨無力的他無法走快，越來越趕不上周圍的速度，行到這條過於飛快璀璨的大道時尤其如此。不過這樣也好，他索性忽略，看不進那些莽撞汽機車，聞不到路上熏死人的廢氣。今早，他只專注尋找，哪片山壁長出合適的青草，哪些青草濕潤芳香。

草只知道長，就算現代城市布滿水泥，他們也能找到角落縫隙，從不可能之間長出，搖曳生姿，在忙碌的要道上喚住他。他沿著山壁將伸手可及的青草割下，回頭撿起，綁成一捆又一捆。前往墓地的這條路，隨著心意越騎越長，綠意盎然。他踅踅停停，直到機車前座放滿讓羊垂涎欲滴的青草。

「羊食百樣草」，廟裡的說書先生說過。放羊伯一聽就通，他的羊吃遍公墓野草，不分四季，何止百樣。他背起來當口邊話，往後對買羊的人說：「我的羊食百樣草，絕對比食飼料的肉羊補！」買羊的人一聽「百」字就心服，兩手一攤接受他咬緊不放的羊價，秤砣掛在哪個刻度也不計較了。

說書先生的智慧不只如此，這句話還有後半段：「只有一項食未著（註❷）」，當時放羊伯納悶許久，公墓裡什麼草沒有，他的羊會有吃不到的？說書先生吊聽眾胃口老半天，才揭曉：「著是仙桃啦！（註❸）」聽到這，放羊伯接連被說書先生折服。以前說書先生就說過，仙桃只有天庭有，若不是被王母宴請的仙人，過上千百年都吃不到。仙人都未必有資格，何況畜牲，他的羊又不像那隻人精仙不分的孫悟空，有大鬧天地不受丁點委屈的本事，自然要遺憾。

放羊伯打開羊舍的門。說是門，其實是一片以木條和鐵絲控制羊群進出的木板；說是羊舍，其實是以木板和鐵皮搭來為羊群遮風擋雨的處所。自從他最大的公羊受傷後，這一個月來放羊伯天天一大早出門，採集青草，扛上小坡頂的羊舍，風雨無阻。

受傷的大公羊還是趴在地上，站不起，頭歪向備草的放羊伯，一雙羊仔目不知道是睡是醒，看著哪個世界。養了半輩子羊，放羊伯從來沒看過羊閉上眼的樣子。羊的眼睛和人、狗不同，中間的瞳孔又橫又方，像用平頭奇異筆在眼皮上畫的假眼睛，無論喝奶、吃草、打架、睡覺、往生，都睜著一樣的眼神，紋風不動。這種眼睛平時溫馴淡定，最近卻顯得生死未卜。

說書先生那段後話，放羊伯從未向人提，阿土也沒有，但每看到羊仔目他就會想到。他有一個沒說出口的洞見：世間的羊一定是因為吃不到仙桃，眼睛才這樣心願未了的睜著。他沒有仙桃，只帶來俗世青草，大公羊吃幾口就撇過頭，剩的青草都讓其他羊吃去。

放羊伯望著那雙眼，裡面無風無浪，又想起仙桃的事。人生中來來去去數千頭羊，個個四腳踏著實地，頂多互牴腦門撞斷羊角。但這隻大公羊不一般，大羊角堅固堪比金箍棒，不知有沒有才調吃仙桃，好閉眼。

## 老羊哥

大公羊有一對大羊角，長達一尺，張著沒有缺損的弧，長成這樣不簡單，是牠一點一滴沉著威武地活著，足足十年的證明。山羊一玩瘋就腦門互撞，頭殼堅固如盔，沒有哪隻會撞到頭破，血流的往往來自相撞下應聲折斷的羊角。角的傷口幾日就可以癒合，但斷損的角型再也長不回來，永遠標誌著這頭羊的衝突莽撞。

稀有難得的大羊角，成為許多飼養者在地方祭儀中表演虔誠與富裕的道具。義民廟普渡做醮就賽羊角，有人專養神羊，一頭大羊角當成情報，年年探聽其他羊角的尺寸，隱匿自家羊角的生長實情，等比賽當天一舉拚個獎金頭銜。得獎的山羊就此離開羊界，化身為人，以老仕紳形象還魂。雖然一雙氣宇昂然的大角閃著十多年羊生光輝，然而羊身全被塞入華麗俗豔的擺設中，穿襯衫、打領帶、叼菸斗，還用大墨鏡遮住羊仔目，羊沒了羊樣。說是仕紳，更像被人作弄。

放羊伯這隻大公羊，幼時吃奶吃得猛，很快就骨架壯碩、關節有力，足足比同齡羊孩大上一號，牠精神漂亮，放羊伯從未想過對牠舉起閹刀，只想在羊群中多複製一些牠的樣子。羊群裡種羊不能多，多了就要爭奪草料、地盤和母羊。而牠自出世便毫無疑問成為種羊，和母羊們繁殖出一批批健壯後代，如同大家長般維繫著家族秩序，延續滿堂羊子羊孫，成為羊群裡最重要的老羊哥。放羊伯從未想過帶牠去比賽，老羊哥的大羊角，是牠一路活來的身分，不為表演而生。

在這隻大公羊以前，羊群有過其他幾任老羊哥，他們有的是父子爺孫，有的是突竄異種，放羊伯從有記憶以來就看著阿爸養羊，這部羊史比他人生還長，真要追溯，他也說不清楚。

年輕時他在市內做體力活，偶爾放假才幫阿爸放羊，直到四十歲那年，阿爸開始天天在他面前喊腰痠背痛，最後講明要他接手。他不想弟弟妹妹們說話，請人仔仔細細秤過每隻羊，拿出積蓄，每斤每兩都付給阿爸，才接手這二十隻羊。爾後他每日往返公墓裡的羊舍，放羊吃草、招羊回家，四十年如一日，成為大家口中的「放羊伯」。

墓地廣闊，水草豐足，羊群一有足夠時間用餐奔跑，自然長得樂天肥美。加上放羊伯對羊誠懇，對每隻羊的年齡、公母和性格明明白白，搭起羊舍隔間，隔離易受欺負的羊隻，配對親親愛愛的羊們；牢記羊群的組成結構，依此決定誰閹誰生，誰留誰賣。放羊伯積極擘劃著羊群的未來，羊群也在太平盛世下逐步擴張，竟在他手中成為一個一兩百頭羊的大家族，風光占據整片山坡，享用公墓無止境的野草。

那時，從羊舍落腳的雞蛋面，北至十八尖山，東至鳥秋穴，全都是墓，墓碑林立不見盡頭。放羊伯不識字，看不懂碑上寫什麼，但待久也從別人口中知道公墓地的身世，就像每隻羊的年紀、身世他都記得清，放羊伯也知道，在這個歷史悠久的新竹第一公墓裡，哪一座是清朝的墓，哪一座墓已無人祭拜。這裡長期是公墓地，墓葬在人世更迭間代代層積，草木平等地鑽進所有磚仔、石塊、紅毛土之間的土地，覆蓋過富人、窮人、教士、比丘尼、醫士、小孩、閨女，一對對夫妻，一個個閩客家族，風吹又生，源源不絕，化所有人跡為草海。風吹來時，充斥著草與樹彼此晃動摩擦的聲響，天地間除了一波波「沙——沙——」聽不到其他聲音。這片草海，飼養數以萬計的牛羊都不是問題，如果沒有意外。

羊群的威脅幾乎與城市擴張並行而來。公墓地位於十八尖山腳下，山不高，人走入不難，遂成為市內人棄養的去處。這些被踢到城市邊緣的，大半活不了；經歷汰選活下來的，變得猖狂無敵。十八尖山的瘋狂野狗就是這樣，不論名號血統，都為了生存脫胎換骨，只剩本能、攻擊與無賴。這些野狗被山下活生肥美的羊隻誘惑，時不時從山上溜進公墓偷襲。若是正當捕食也就算了，大家都是討口飯吃，但野狗們只是隨機胡來，無論羊跑得快、跑得慢，追上就亂咬，吃也無，舔也無，咬得歡喜就搖搖屁股溜回山裡藏。狗多得防不勝防，若是人沒趕來，狗就咬。有一次放羊伯的羊足足被咬死二十多隻，山丘上羊血四濺，比草海裡鮮紅的蛇莓、墓碑刻字填入的朱墨都還怵目。

威脅不只是野狗，還有一股看不見的力量扭轉草海的未來。草海是羊寓居之地，命之所繫，放羊伯可以努力趕狗、用心增減羊群，但對草海範圍的削減無力回天。草海長於墓地之上，墓地被代代治理者劃為公地，公地雖不像私地受家族分房分產影響，但當變更土地的力量到來，任何人都阻擋不了。當日本殖民政權將十八尖山清整為森林公園，當國民政府遷台後接連在此開發兩個國立大學校地，草海無可避免隨著墓地逐漸縮小，成為現在的六甲地，且將化為烏有。

市府已經在公墓空地矗立起醒目的金屬告示牌，藍底白字印著第一公墓的大限，殯葬業廣告隨之立起，這些廣告以木棍、紙板、帆布陽春組成，上面印著「快幫祖先搬家吧」之類的遷墓督促，搭成墓地裡一座突兀的高牆。

放羊伯從阿土那裡知道期限就在春天。去年開始安排羊群最終的未來，有的羊到別人家的山頭生兒育女，有的羊到補冬羊肉爐裡和各種藥膳熱烈翻騰。現在羊舍裡只剩十隻，包括這隻老羊哥。

一個月前，放羊伯如常在下午來到墓地，打開羊舍，羊群飛快踏過豔如點點鮮血的蛇莓，在墓碑間奔跳找草吃。放羊伯坐在羊舍外的雜物堆上，三月初日照怡人，微風徐徐，他一不小心就乘風神遊起來。

「咩欸～！咩欸欸欸～～～！」一隻羊大喊撕開寧靜。

放羊伯趕忙睜大雙眼四望，羊群向他狂奔，飛竄回羊舍旁找遮蔽。他點兩遍，羊都回來了，就是沒看到老羊哥。

放羊伯抓起身邊木棍，向著老羊哥的慘叫聲，一跛一跛匆匆前行。狗吠與老羊哥的哭喊混成一團，越來越激烈，他的現實是無能乘風，跑不過，飛不了，急得大喊：「嘿！嘿！」，盼望狗能被他聲音中的怒意嚇跑。好幾次放羊伯都要被草叢中的墓構、樹根和爬藤絆倒，只能靠著手中木棍驚險平衡，掙扎不溺於草海中，不知走多久，才看見地上的老羊哥。惡質浪狗可能咬得無趣，已不見蹤影。草海中只剩下他們倆。

風吹著，但草木摩擦的沙沙聲，都遮不住老羊哥低低的呻吟哭泣。腥羶羊血，讓草和蛇莓失去了清甜香氣。

放羊伯再走近幾步，老羊哥狼狽倒在地上，羊身劇烈起伏。羊耳聽進他的氣喘吁吁，顫動幾下，頭轉向放羊伯，一雙羊仔目還是睜著一條方線，沒有波瀾，但停止了哭泣。

「你家己會行毋？（註❹）」放羊伯忍不住出聲詢問。聽見自己的聲音時他嚇了一跳，這是他養老羊哥十年來，第一次對牠說話。

老羊哥卻真的搖搖晃晃站起身，聽見他、聽懂他，對牠再平常不過。牠的後腿流著血，每走一步，羊身都顫抖得更厲害，他們一人一羊，一跛一跛，難得用一樣的速度並行回羊舍。風吹得和緩而綿延，幾分鐘的路就像十年一樣長。

老羊哥回到羊舍，就沒有再站起來過。放羊伯看傷口深，拿消毒水淋上，幾天後不見好，又拿了自己去年腿傷的藥膏來貼。他向土地公問過，看那條羊腿可不可以像他，半條一條腿的獻祭天地就好，不用整條命。但老羊哥沒有放羊伯的運，羊腿一日日潰爛，羊的魂魄被傷口耗得所剩無幾。

放羊伯一樣每天下午來放羊，但早上多來一趟，沿路看到漂亮鮮草就停下來，穿行公墓地，背上小坡頂，將水倒滿空碗，連同青草放到牠眼前，看牠死了沒。

## 遷

阿土的機車前座載著今早起掘的一袋人骨，他騎進第一公墓，在工寮前停下。剛起掘的人骨帶著水氣，扛起要多費些力。工寮門口的雜物堆有幾塊磚，磚塊旁的水泥牆面，用黑漆寫著一個醒目的「土」字，下方是一排電話。阿土走向那個他親自寫的土字，從最不起眼的那塊磚頭下翻出鑰匙，插入藍色鐵捲門的鎖孔，唰的一聲，將戶外熾烈的陽光一把拉入工寮。

工寮沒有窗，徒徒四面水泥壁，壁上釘掛著各種尺寸的刀、鍬、耙、鏟。這些他歷久慣手的家私（註❺），平時冷靜待在寮內，空氣因此混著土、草、骨與金屬的味道，由水泥牆的濕氣濃縮儲存，直到陽光點亮家私的光澤，帶入外頭的溫度，將味道稀釋得適宜呼吸。每當阿土走入工寮，鼻子裡透入這股黯涼的味道，就覺得心安。他已經習慣把這裡當成工作基地，其他公墓起掘的人骨也會被他帶來暫住幾日。就像正要扛進寮內的這一袋骨，將曬足日光、刷清塵土，再依人體骨架秩序，安入家屬精選的金斗甕，吉日晉塔，便正式由骨成金。

民國七十年代的錢特別好賺，人只要出門工作，錢就會呼朋引伴爬進口袋裡。阿土當時剛成家，除了從燈泡工廠裡拿一份穩定薪水，還想找份零工，多賺些奶粉錢。錢如流水的黃金年代，各階神明、各地野鬼、各家祖先，都墊著活人一疊疊鈔票起飛升天，一個比一個風光。第一公墓更是重修、撿骨、合葬接連不斷，只要農民曆上是吉日吉時就門庭若市，跟著地理仙看地的家屬、起掘撿骨的土公仔、重修墓的師傅與工人……等魚貫進出，將山坡的草海踩出一條條小路，網布整座公墓。阿土聽聞公墓人手永遠不夠，什麼工都缺，一放假就到公墓當小工，挑水挑石，割草掘土，撿金晉塔，無一不做。隨著手路嫻熟，他也認識越來越多當地做墓人，放羊伯就是其一。

在第一公墓工作的，沒有人不知道放羊伯和他的羊。放羊伯每天打開羊舍大門後，就和大家一起扛磚石泥沙，自然而然賺起墓地工錢。認識放羊伯的人多，傳聞也多。有人說，放羊伯有兩百隻羊，一隻羊賣一萬，一年靠賣羊賺了幾十萬。更誇張地說，放羊伯靠放羊和做小工，一個月內賺進一百萬。每次阿土過年或遇上兒女繳學費，就想找放羊伯問真假，但又臉皮薄得開不了口。

阿土沒再想追問賺錢的事，是從民國八十年代開始。當時政府宣告第一公墓禁葬，偌大墓地被切割成塊，一塊塊對應著整座城市與國立大學校地一期期發展，排入一波波遷葬時程。阿土和大家一起忙得頭昏、賺得眼花，這裡有上萬座墳墓，每座完整墓碑，都預示著他們帶領家屬祭拜、擲筊、燒金、起掘、撿骨、晉塔的一組工作。先人開不了口，做不了主，只好接受安排，默許子孫聖杯，遷進隔壁山頭的那座安置住宅。

安置住宅由兩個徵地的國立大學蓋成，新式納骨塔，宏偉新潮足以安慰生死。阿土把納骨塔走得比自家廚房還勤，週週日日來，閉著眼睛都能畫出格局。塔裡有一個挑高空間，座落著三層樓高的釋迦摩尼佛像，無論塔位在哪一層樓、哪個面向，都看得見祂，塔內無遠佛不屆。新塔裡每個格子、每道走廊都編號清楚、乾淨整潔，家屬祭祀前不再需漫山遍野披荊斬棘地尋找，家運起伏不再可能是骨罐進水的結果，祖先也不再為住處不適而託夢。這幾年納骨塔更把廢棄子母車改造成紙錢專用車，家屬祭拜後只需將紙錢丟入，集中的紙錢將成批載離現場焚燒，保家屬的呼吸道不受汙染。

阿土向家屬介紹完這些井然有序、乾淨又環保的安排時，雖然他們多半捧抱著祖先沒回話，但眼裡嘴角總透出一絲安慰。只有放羊伯不以為然：「祖先攏到塔內做阿兵哥矣。」

「阿兵哥？」阿土以為自己聽錯。

「你看，這馬香點佇外面、插佇大爐，金紙擲垃圾堆載去焚化爐燒，由神去發落，分予逐家，而且個住一格一格，就干焦兵營的阿兵哥啊（註❻）」放羊伯講得頭頭是道，看阿土無法反駁，又補一句：「住佇遐，無去拜嘛無啥物差別（註❼）」。

阿土並不是真的不想反駁，只是當他想到放羊伯的家、羊都被劃入遷的範圍，就覺得應該讓他講。放羊伯是真正在遷的人，他只是把遷當工作。

阿土知道放羊伯原本住在土地公廟後面的大埤旁。民國八十幾年國立大學要開發校地，墓旁的土地公和住戶也被驅趕，放羊伯清空阿爸傳給他的三合院，和大家一起搬入新規劃的科技社區。至於人人敬重的土地公，庄內討論了十天半月都沒有共識，老主委悠悠說：「當初廟的地理是神牽的，每個地理仙都說那個位置好啊！」大家陷入沉思，忽然覺得怎麼遷、怎麼安都不對，最後決定讓土地公代替大家留在原地。

好在國立大學款待土地公，一群員工和教授還出資修新廟，土地公歡歡喜喜繼續服務地方，只是對象由當地居民轉為由各地來此求學的師生。祂收受教育界的香、油和鮮花，吃起校門口新開的肯德基，將靈力施展到大大小小的考試和營隊活動。有時放羊伯到大學校地裡找羊，舊地重遊不免惆悵，但看到新廟裡的學生囝仔，想到他尊重的土地公還有香火業務，對搬遷就不那麼遺憾。

神轉了業務對象，人適應了新居，羊群卻慣性超人。就算世代更迭，大片水草地的記憶還是在羊血裡繼承著，時不時鑽出來刺激幾隻羊的神經，讓牠們近乎本能地受校園吸引而去。第一期徵收後校地逐漸完工，火葬場位址蓋起九層紅磚大樓，墓塚堆得最密的那片地成為親子踏青放風箏的大草地。新校地和僅存的墓地間拉起界線，樹叢高得能擋住視線，地表凹下的溝渠能吞沒所有步伐，細密鐵網能攔下大小衝撞，但這些都擋不住羊回老家的神祕驅力。

有一年夏天，竟有十隻羊呼朋引伴，低身鑽過樹叢、用角挑破鐵網、羊蹄一蹬越過水溝，跑進學校，晚上在無人的停車場空地玩耍，累了就趴睡在冰涼乾淨的走廊上。夜晚因苦讀而精神不濟的學生囝仔，在離開研究室準備走回宿舍時撞見這些黑影，嚇得精神抖擻，看見黑影有腳，還有四隻時，才稍稍安心。接獲學生通報的駐警隊，比校內任何人都熟悉這群羊，知道看到羊的標準程序就是聯絡牠們的監護人，資深一點的連放羊伯電話都背得起來，有時還幫忙把羊載回公墓。駐警隊老員工並不著急，等到隔天上午才打電話給放羊伯，一邊找幾個工讀學生來幫忙抓羊，但那次羊特別多、特別拗，放羊伯只帶回幾隻，有些頑固分子拉不動、拖不走，待滿三暝三日，才心甘情願轉來公墓。

這些和遷有關的記憶，在放羊伯腦中不斷迴旋，頭幾次還東補西漏，轉久便定型成故事。阿土由公墓小工待到從工廠退休，墓地工作由假日零工變成每日消遣，這些幾十年的故事，他都聽到會背了。

公墓在公告禁葬、遷葬後，已不再有任何下葬和修墓，只剩祭祖時節有些人潮，但也隨起掘而年年冷清。阿土做到現在，已經積累一批老客戶的祖先清單。看多了遷，安在的格外讓人親切。他每日帶著家私，巡看客戶們未遷葬的祖先們住得怎樣，墓上有沒有過長的草木要鋤。這裡仍然是他的去處，遇上放羊伯就聊兩句，兩個成了這裡最常出現的活人。

阿土將那袋人骨放好，走出工寮，回過身仔細拉好鐵捲門。有次山上那些野狗，竟從門縫溜進工寮咬走人骨，他找到日薄西山，才在往十八尖山的小路撿到。野狗就是這樣，突如其來咬上一口，活的死的都不放過，才發現那就是個無情無意義的玩笑，命運一般。

小山坡上的羊舍旁，放羊伯坐著發呆，走出工寮的阿土見狀走向他。放羊伯注意到他，回過神，眼睛笑成彎月，問：「來做工課？（註❽）」

放羊伯話憋了一整天，阿土才點點頭，還沒回答，他就緊接著說：「羊仔今仔日賣掉矣。」

「賣掉!?」阿土身體一僵。

「兩隻。」放羊伯伸出食指和中指，配上笑容，像是拍照一樣。

阿土鬆一口氣，羊群還在，跟著笑：「是佗兩隻？（註❾）」

「一隻是細漢的羊哥。閣一隻大隻的，公的。（註❿）」

「賣給誰？」

「我阿叔的後生，彼個北埔的小弟。伊講伊羊母濟，只有一隻一百斤的羊哥，老矣，無法度配種，找我欲愛羊哥。（註⓫）」

放羊伯那個北埔堂弟，阿土曾見過，他有一大片山，牛羊雞鴨什麼都養。北埔不若新竹市，山是山，庄是庄，土地變遷的速度慢得多。他知道放羊伯養一輩子羊，賣一輩子羊，無所謂捨不得、不甘願。「按呢袂穲啊，伊北埔有整片山會當飼。無你規氣羊攏予伊？（註⓬）」

放羊伯低頭沒說話，只是踢踢腳下的廢棄鐵板。

阿土沒預期他是這樣的反應，抓抓頭再問：「你甘閣欲飼？（註⓭）」

「無矣啦！（註⓮）」放羊伯擺擺手，又忽然想到些事，抬起頭向阿土辯解：「毋過伊無遮骨力啦，伊羊仔攏飼到沒羊倘賣。（註⓯）」

「毋放心？」

「進前有一改，我賣羊仔予人，五、六隻，結果去予伊本來的羊仔攏觸死矣。（註⓰）」放羊伯沒有直說，用一段回憶彎著答。

阿土沒再問下去。羊群的未來，放羊伯想了幾十年，最後這點時間，他想怎麼做都可以。

# 地靈

放羊伯賣羊，吃羊，但不殺羊。就算老羊哥傷重如此，放羊伯也繼續養，至死方休。

清明時節水氣充足，草特別香，當放羊伯提著青草走入羊舍，所有羊都抬頭望向他，口水滿地，只有老羊哥沒有任何反應。

遷墓工程已經開始一段時間，墓地裡放眼望去，都是被大錘敲碎的墓碑。殯葬管理處的人員看到照片裡墓碑碎裂，才核准這門墓遷完，撥放補償給家屬。殯葬業者自己重新詮釋這件事：墓碑是門牌，只有毀掉，祖先才不會忘記已經搬家，又回到這裡。復返，是萬物通性。

放羊伯聽地理仙說過，人有七條魂，一條魂住在公媽牌，還有一條魂跟著骨頭安住在墓裡。他覺得安著骨、住著魂的墓是活的，每年有子孫親友來清掃、掛紙、餵香火，墓還需要人付出，還被記著。若挖出甕罐、取出人骨、敲碎墓碑，一座墓的生命就沒了。

這是第一次清明沒有人來掃墓，也是這裡最後一個清明節。墓遷得差不多完了，滿山遍野的墓都死透了。到處是起掘後的坑洞，敲碎不成形的墓構磚石，工人們留下的啤酒罐，市民夜晚偷載來的大型家具，甚至有被丟棄的公媽牌。在脫離墓地、又仍什麼都不是的間隙中，這個地方無神無靈，匯聚人間各種棄置，成為最荒涼的所在。

放羊伯在小山坡上繞一圈，看見一座被起掘的墓。他知道這座墓。幾個月前家屬隨公告而來，他放羊時遇上，就在旁邊看著起掘。工人足足花了兩個小時，挖歪一枝鐵鏟，弄斷一枝鍬柄，才挖出一個又深又長隧道般的大洞。家屬一人而來，和放羊伯年紀差不多大，告訴放羊伯，墓裡那個他應該要稱為太祖的人，清朝時是新竹富甲一方的大水果商。墓龜上鏟開的大洞穿透兩百年歲月，工人在土石深處找到帶著餘香的檜木棺材碎片與幾片先人骨頭，洞裡還出土一隻玉鐲、一對青花瓷杯，其他柔軟、容易消解的事物都已經成為塵土。

放羊伯繞著那個墓上大洞走一圈，目測尺寸，非常滿意。

回到羊舍後，他試著搬動老羊哥，但看到腐爛的羊腿，腿的舊傷又刺痛起來。老羊哥足有上百斤，以他這副身軀定然扛不動了。用拖的勉強可以，但若直接拖，把老羊哥這身黑羊皮弄得歪膏揤斜，又是了然。

他到羊舍外的廢棄世界裡跛跛漫遊，找到一塊又大又輕薄的塑膠板，被一顆鑲在墓曲手上方的石蓮花壓著，塑膠板凹成弧型，他判別不出這出自何處，是什麼用途，也不在乎。當他彎下腰準備撿起塑膠板，那顆如苞的石頭卻從蓮花變成飽滿的石桃。他把石桃抱進懷中，拖著塑膠板走回羊舍。塑膠板對老羊哥來說尺寸正好，他把麻繩繞過塑膠板，打幾個牢牢的結，備好了老羊哥專屬的禮車。

送葬的只有放羊伯，他抱著石桃，拉著繩，走在前頭。拖一陣，休一陣，沓沓仔行，終於將老羊哥帶入大洞。石桃沉重，他怕傷到羊，放在地上用腳輕輕踢滾下去，剛好停在老羊哥的頭旁。

埋羊比拖羊容易得多，放羊伯從阿土工寮拿一把鏟子，沿著洞緣踩著鏟，將土一點點鏟落。土灑落在老羊哥身上，蓋過牠睜著的羊仔目，蓋過那一頭大羊角，很快就什麼也沒有了。

那一天特別忙，放羊伯來不及空虛，母羊就生了。他以為那隻母羊再過幾天才會生，也以為母羊平時和老羊哥要好，今日母羊的躁動、喪氣，都應該是老羊哥離開的關係。但當下午放羊伯依照平時節奏，將羊放到山坡上吃草，過三小時後呼喚羊群回家，母羊回到羊舍時，五個月大的羊肚已經消落。

其他六隻羊乖巧走入羊舍，母羊不然，在門旁等著放羊伯。他安頓好這六隻羊，拿起一只茄芷袋，由母羊領著，走向對面山坡。

剛生的母羊，耳朵是用來找羊孩的，羊孩容易餓，餓了找奶喝，看不到母羊就細細哭起來，無論距離多遠，草海多洶湧，母羊都能聽到哭聲找到牠。放羊伯在母羊帶領下，順利在草叢中找到這隻剛出生還不太能走的羊孩，羊孩吃幾口奶就舒坦了。他像對待一塊豆腐般小心捧起羊孩，小公羊沒有絲毫畏懼，軟軟熱熱的身軀鑽向他手心，他將牠裝入茄芷袋，和母羊走下山坡，把整片廢墟都留在身後。

夏至那天，阿土到工寮來搬最後一批家私。期限已到，工寮只剩下水泥牆，徒徒然曝曬著，那股融合土、草、骨與金屬的陰翳味道已經不剩，鐵捲門也沒了功能。第一公墓不再是公墓後，阿土一如往常天天到其他公墓走動，把客戶家的墓照顧得乾淨整潔。這樣一來他還是以勞動夯實每一日，不至於對第一公墓的消失過於惶然。

山坡上的羊舍在半個月前已經夷平。放羊伯送走了所有羊，只剩那隻出生於春末的小羊，還有因小羊未斷奶順勢留下的母羊。駐警隊老員工在校園不起眼的一小片樹林裡，幫放羊伯養著這一對母子羊，除了他們和土地公，沒有人知道羊在哪裡。偶爾阿土在寶山路撞見正要割草給羊吃的放羊伯，就停下寒暄兩句，聽說那隻小羊長得又快又好，未來應該也會有一對漂亮羊角。

現在生與死都被隔絕在工程界域之外。這裡沒有羊，沒有先人，浪狗也回到山上，不再代言命運。草海被鋤過、翻過，又被車輪軋過，早已枯黃光禿，風吹過時沒了沙沙草浪聲，異常寂靜。地表廢棄物將在未來由怪手和卡車清載走，很快這裡就會只剩下一大片乾淨、沒有任何記憶的土。

那天阿土載著家私，發動機車準備離開，一個年輕小工打著赤膊向他走來。小工從外縣市來，得標廠商聘了他們一群人，要在三個月內清完這塊地。小工晃晃手中的骨頭，問他：

「阿伯，予你臆，這是啥物骨？（註⓱）」

阿土聽放羊伯說過。他心裡有底，但說不出口，只好衝著小工傻笑。

年輕小工剛出來工作沒多久，什麼都好奇衝動，不熟臉色，見他無聲便自己回答：「這是上大彼門埋的，阮挖出來，叫是囝仔的骨頭，結局頭家來看，講靠夭這毋是人，歸包骨頭攏擲出來，阮才發現應該是羊。阿伯你講好笑毋？（註⓲）」

小工吱吱喳喳說完就走去吃便當了，阿土忽然不知道該做什麼。他從後照鏡看到空蕩蕩的山丘，夏至正午陽光熾烈，一切都在發亮，沒有一點陰影。

他熄火下車，走向山坡後方，過去那裡有一座清朝建的古墓，墓裡埋著一位有錢鄉紳，墓碑、墓桌、曲手、獅子都是用當時昂貴稀有的唐山石刻成，墓又大又美，經過的人都會注意到它。現在這裡只有廢墟殘骸，唐山石在地上碎裂成花，墓碑刻字都成為歪扭痕跡，大坑裡空無一物。

他翻找土堆，果然發現一對一尺長的大羊角。在日照最多、影子最少的這天，地裡什麼都不剩了。

註❶：「不知他死了沒。」
註❷：「只有一項吃不到。」
註❸：「就是仙桃啦！」

註❹：「你自己會走嗎？」
註❺：「家私」一詞在文中為台語用法，指做工用的工具。
註❻：「你看，現在香點在外面、插在大爐，金紙丟垃圾堆載去焚化爐燒，由神去發落，分給大家，而且他們住一格一格，就像是兵營的阿兵哥啊。」
註❼：「住在那，沒去拜也沒什麼差別。」
註❽：「來工作？」
註❾：「是哪兩隻？」
註❿：「一隻是年紀小的種羊，還有一隻大隻的，公的。」
註⓫：「我叔叔的兒子，那個北埔的小弟。他說他母羊多，只有一隻一百斤的種羊，老了，沒辦法配種，找我要種羊。」
註⓬：「這樣不錯啊，他北埔有整片山可以養，不然你乾脆羊都給他？」
註⓭：「你還要養嗎？」
註⓮：「沒有了啦！」
註⓯：「不過他沒這麼勤快，他羊都養到沒羊可賣。」
註⓰：「之前有一次，我賣羊給人，五、六隻，結果被他本來的羊都鬥死了。」
註⓱：「阿伯，給你猜，這是什麼骨？」
註⓲：「這是最大那門埋的，我們挖出來，以為是小孩的骨頭，結果老闆來看，說靠夭這不是人，整包骨頭都丟出來，我們才發現應該是羊。阿伯你說好不好笑？」

本文獲二〇二一竹塹文學獎短篇小說第一名

一九八九年生，南投草屯人。台北藝術大學劇場設計學士，清華大學人類學碩士。當過劇場工作者、平面設計師、研究助理，現為半寫作半研究的自由工作者。碩士期間赴中國貴州田野調查，論文《泛溢的遺產：安順地戲遺產化過程中的跨地域連結與社群性》獲中研院民族學研究所碩士論文寫作補助、李亦園先生紀念獎學金與林淑蓉教授紀念碩士論文獎。抱持對人類學田野工作的執著，近年關注轉向台灣公墓，《破土》創作計畫獲二〇二一國藝會台灣書寫專案補助，短篇小說〈塚牧之地〉獲竹塹文學獎。

# 當成一隻羊——黃麗群

青綸第一次在網路上看到那個笑話，就很想講給明見聽，但是沒有講；青綸也想 LINE 給明見，但是沒有 LINE。一段時間後，青綸只記得笑點是那句話：「把自己當成一隻羊就好了。」把自己當成一隻羊有什麼好笑？想不起來了，或許自始至終也不是個好笑話，反正沒有講。

青綸找出上網買來的絕版二手拼圖，拼圖有兩千片，十四天完成沒有問題。逛網拍時還發現了專門代拼的拍場，計價一片兩毛錢，青綸認為有點荒唐，這就像跳過好吃的直接發胖，跳過旅行直接回家，跳過床就陣痛與產房了，他在心裡跟明見講過兩次這段心得，倒是連考慮說出口都沒有，因為語涉不莊，特別是陣痛的部分。其實青綸更奇怪的是竟有人想要一幅拼好的拼圖，甚至將它掛在牆面，有種招搖小成的庸俗感，如果只是喜愛那些名畫、風景、卡通人物或者文青攝影圖面，為何不直接買一張複製品或海報？但其實結束隔離後青綸也打算將這十四天的時間裱框快遞給明見。青綸拼的是一幅趙孟頫的《心經》。他覺得這一切，包括選擇《心經》在內，同樣很庸俗，但轉念又想反正在明見的眼裡自己本來是世俗的人。

居家隔離對青綸來說並不難，不管是居家的部分或者隔離的部分，青綸不認為自己宅，只是真的不難。在一個看不到終點的節骨眼上，沒什麼比看得到終點的事更簡單。同學敲青綸說暑假幹麼，青綸沒講什麼，只說沒幹麼。你不回家？不回啊。啊你爸媽無所謂。他們還好，他們顧研究生跟實驗室就飽了。但現在留台北很無聊耶。我就玩拼圖吧。「也是啦夏天出門戴口罩好熱。」「對啊。」青綸的想法是本來也沒什麼有意思的地方好去。他準備了兩週的素食罐頭、冷凍食品與泡麵。

青綸將外框的拼片挑出來，每片拼圖都有毫無可疑的去處，每個位置都普通到看不出全景的所以然來，然而每個位置都無可取代，青綸在心裡對明見耐心地解釋：只要少一片，不管是中間是邊邊或是龍的眼睛，都能夠造成等值的完蛋，能讓這之前的所有琢磨一起完蛋，也讓其他圖塊存在的意義一起完蛋，這是我喜歡拼圖的原因，它很公平。一起完蛋。

也或許青綸真正喜歡的只是那種普通也沒關係、普通也不能被拋棄的感覺，過完夏天就要大四，青綸最為難之處是至今所有人都在等待不普通，他很怕聽見那些多了兩輪三輪年紀的人，夢遊似地說，你們這一代真的很不一樣，青綸感覺得到這當中，與其說是鼓勵，更多是自身滾動的落空，青綸坐在台下，轉動什麼都不打算寫的筆，心想對於沒能活得高興這件事，難道你們沒有心理準備？青綸有，所以只想要一點鬆散的普通，但在這時代與這一表人才的學校裡以普通做為志願，幾乎是異端，幾乎像捉弄人似的，反而變成最不普通的狀態；發現這一點後，也只能打起精神，開始各種適當的活躍，青綸不算顯眼，但生得乾淨，天然有種無憂的近人面目，因此活躍到最後，往往不是忽然跟女孩子戀愛了，就是不小心跟男孩子戀愛了。在戀愛與戀愛之間的某個從前從前有一天，青綸與分組報告的學姊經過系辦門口，布告欄貼著一張校外禪修班的傳單，學姊似乎很有興趣，掃了上面的 QR Code，青綸看了看，也掃了。

兩人有一搭沒一搭、像約會又不像約會地一起去禪修班，學姊有同居男友，而禪修班，世上還有比禪修班更滅菌消毒的外觀嗎？青綸回想起站在布告欄前那傍晚，那是大疫元年五月的事，天色血淋淋的，全島嶼像抱膝窩在自家沙發看恐怖電影，眼前真而不真，背後安而不安；至於兩人間那份無言的協調，一般會被很有情地稱為心有靈犀，但青綸更感覺到雙份的狡猾與雙份的可哀。因為世間多毒，我們才會認識，青綸一面將每片拼圖翻向正面，一面在心裡對明見說，接著又在心裡代替明見提醒他自己：這些想法都是所謂散亂掉舉、親屬尋思呢。然而事實上，明見也很少對他們使用這些稠密的詞彙，明見只說大家記得專注呼吸，心在無心處。

青綸框定了四個邊，又將圖塊按照色調十分細緻地分撥開來，乍看每一片都是故紙帶墨跡的黃脆色，不過兩兩相並時就能一眼審判長短，青綸很想繼續下一步，不過終究克制住，只是第二天而已，太快結束的話，成品當中時間的含量將過於稀薄。他從地板上爬起來，去泡了麵吃，喝了三百西西的豆漿，學生套房裡外的氣壓都很安定。

那時週六的禪修班結束，有些學員會與明見在精舍午飯，此地不是大山門，相對規矩簡單，就是長桌上男女分側，十數人一起用餐，此時青綸與學姊不是青綸與學姊了，阿姨叔叔們親近招呼這可愛的一對，有沒有停課？有沒有吃飽？有沒有口罩？但當然另方面，看著春光結伴的少年少女，也些許莫名其妙：是要在這裡修什麼啦？要是都修不好，也不對，要是修得太好，也不對啊，啊要是一個修進去了，一個修不進去，啊，那個就慘了啦。他們悄聲：那個明雲師父就是這樣啊。同樣地，這時明見也不完全是明見法師了，明見出家前都已考到諮商師執照，如今也就三十五、六歲吧，言語通順開明，像是每個阿姨叔叔們最喜歡但又最可惜的那個二姪女，然而青綸對明見的第一印象只有眼睛，在禪堂裡明見的眼睛比黑咖啡還清醒，交睫之瞬彷彿作金石聲，但出了禪堂它們又好像任何時區的月亮與太陽，青綸曾想，明見的師父賜她「見」這個字，是否也因為一直看著眼睛。又莫名感到這念頭好像哪裡不是很清爽。

或許因為他們新來，又或許歲數更相近些，午餐時，明見一向不張不弛地坐在學姊旁邊，青綸的斜對面，好一陣子，學姊對明見的俗家生活有些好奇，偶爾也倚小賣小地造次：

「師父有沒有以前的照片」、「師父留頭髮是怎樣的」、「師父幹麼出家，談戀愛不好嗎？」明見似笑非笑：「這個世界上，當然都是遍地風流啦，不過呢，我就不喜歡當別人的一場韻事嘛。」總之，兩人還算有得聊，青綸插不上嘴，多半只是吃飯，但他相當不喜歡素齋。那一天，學姊不知講什麼，青綸沒印象了，只記得語氣很熱烈，明見卻忽然望著他笑說：「青綸嚼這個滷麵輪，好像嚼得很費勁。」

「也沒有……」青綸不知所措，「可能我平常很少吃這些。」

「但是，一個禮拜即使只有這麼一餐吃素，也是很植福的。」明見輕聲細語，「青綸想像自己是一隻羊在吃草就好了。」

學姊沒有重拾中斷的話題。回市區的捷運上，學姊說：「你會不會覺得每個禮拜六都要跑一趟很累。」

「不會啊？」

「我不太想去了。」

「……這個是什麼意思。」

「不去禪修班我們也是可以見面吧。」

「但禪修班沒問題啊。」

學姊沒說話。

「而且妳不是都跟師父聊很開心？」

「我跟師父聊很開心，」學姊停了一下，「我跟她聊很開心是因為我不跟她聊很開心的話，就會是你跟她聊很開心了。我也很累好嗎。」

「蛤，妳在講什麼，我跟師父根本沒講過幾句話啊？」

「講話又不是張嘴才能講。算了。」

青綸一聽，忽然暴躁出刺：「妳發瘋嗎，妳是在講什麼，那個是師父耶，妳現在到底是在發什麼神經，」青綸說，「妳現在到底是發神經還是故意在找我麻煩？」

「是你在找我麻煩吧，我不想去上禪修班有這麼嚴重嗎。」

「我跟師父講不到十句話耶妳講這樣亂七八糟就不嚴重嗎？妳不要做出一副自己沒有男朋友的樣子。」

還沒到目的地，學姊就在下一站下車了。青綸十分後悔，儘管不是後悔言語無狀，只是後悔把事情弄僵，但後悔就是後悔，第二天，向學姊道了歉，學姊沒有追究，文雅而體面地接受，兩人蹺了一次課，吃了飯也看了電影，也一樣在青綸的住處上床，不過他清楚意識到那句話以後彼此之間只殘留文雅與體面而已了。後來，學姊沒再跟青綸講話，如果就青綸能看到的限動而言，最近正在準備延畢去首爾交換，好像過得很不錯。

青綸不在意每天吃同樣的泡麵、麵筋、菜心與冷凍素水餃，這樣廢棄物很少，有幾個傍晚，他實在有出門丟垃圾的衝動，那時就會開始進行當日的拼圖，原則是區域不計、位置不計，不過前七天每日只能完成不超過一百片，因為到了後期局面會更快更明朗，可是他希望這幅拼圖均勻包含十四天裡每天的一點時間。有一些事，不能太努力，太努力會刮毛它的質地。所以當日一旦達標，就馬上去滑手機。

青綸打開 LINE，再看了一次幾天前那兩條群組訊息，「各位同學好，明見法師因果需配合政府防疫居家隔離政策，至七月二十八號，原訂下週開課的中級禪修班順延，日期另行通知。」「訂正：『因故』」接著就是各人冒出些小沙彌或阿彌陀佛的貼圖，明見在此一向不說話，此刻倒是貼出一張謝謝。青綸沒做聲。

跟學姊鬧翻之後，青綸還是自己去上禪修課，總之他在那裡感覺平靜，可能太平靜了，他常常睡著，被明見的香板拍醒，其實沒有那麼睏，他偶爾也懷疑自己是不是故意的，可是人能夠故意睡著嗎？午飯時，明見的座位飄忽不定，青綸很少跟她講上話，只是一邊吃青花菜一邊想，學姊果然是個瘋女人。

明見走過來在青綸對面坐下，「黛妍最近都好嗎？」

「我不太知道耶。好像還不錯吧。」

明見笑一笑，「好。你慢慢吃，」站起身來，「心情不太好的時候，就記得專注呼吸，也可以跟師父聊聊，如果不好意思用講的，LINE 我有空會回。」旁邊的趙阿姨說：「對啊弟弟，我家那個老大喔，考國考的時候喔，整個人煩躁到喔，都是師父有在開導，真的是很感謝師父。」

青綸心情沒有不好，他在群組裡找到明見的帳號，也不知道要講什麼，想了好幾天，說，我沒有選理組，我爸媽很失望。特別是我媽，那時我的備審資料她都說她不要看。我不喜歡當獨生子。可是小時候我媽真的很疼我。其實我的煩惱好像滿沒意義的。跟很多同學比起來我可能根本不配有煩惱。而且現在全世界都武漢肺炎了。但我也不想要真的很慘。這樣好像很糟。

世間沒有不配的煩惱。明見回了一句語音。漸漸地，青綸在學校看到一隻鳥飛得行蹤古怪，也錄下來傳給師父看，「青綸資質好，可以去讀洞山禪師不行鳥道的公案。」她寫。「拍到這個鳥之前我有在學校看到黛妍，結果居然有點想哭，還滿丟臉的。」「想哭這件事，也需要一點興致，這代表你還是滿有興致的，沒有問題嘛。」「師父不懂啦！」青綸送出。一直沒回音。兩天後的早上，青綸醒來，看見螢幕顯示一則清晨五點零三分的訊息。「不懂的是你。師父就是懂，才出家的。」學姊不是瘋女人。

拼圖這件事令人最快樂的地方，在於它保證了一次又一次、一次再一次完美的、無間的、意象上與物理上的結合。它的字典裡沒有隔離。同時也絕對不會在最後變成不符預期的東西，色就是色、空就是空、煩惱依然煩惱、波羅蜜自證波羅蜜。

青綸難以斷定那一天的那幾分鐘究竟發生什麼事，因為事實是什麼都沒發生，他只是在食堂裡吃得太慢，最後，剩下他與明見兩個人，明見問：「最近心情有平靜嗎？」「嗯……算有吧。」「如果心裡後悔，還是要趕快去找人家啊，自尊心不要那麼強。」「也不是後悔或自尊心啦。」「那不然是什麼。」明見右肘支桌，手指介於對勁與不對勁之間地托著腮，若非要說，思惟觀音像也是這種姿勢，也不是真的不行。青綸不知怎麼解釋，因為一切都很普通，是合也非常普通、分也非常普通的事情。最後他回答：「她就……她不喜歡我跟師父聊天啦，講話對師父不恭敬。」

明見聽了，沒說話，只以細細食指指尖點著光潤的顴底，接著微笑，接著又慢慢將微笑一點一點收進眼睛裡，眼睛雖那麼深，收到最後，也全是滿的。然而遠看神情依舊很莊嚴，她沒有追問不喜歡或者不恭敬，像六分飲食後的休息，得其意而不必過飽，半晌過去，海青一動，托著不鏽鋼餐盤起身離開：「只要青綸對師父恭敬就好了。」

此後，一直到了因果或者因故那時，明見再也沒理會過青綸，不曾回應或說根本沒有讀他的訊息，他猜想自己是被隔離了嗎？但這好沒道理，他只是說自己期末考表現得不太好。然而全世界都這樣了，這一點什麼事都沒有的事，即使是青綸都覺得過度普通，最終只能消耗些既沒有人知道、也沒有必要、可能有些煩惱、卻又不至於太慘的苦行，比方說像這樣自行其是、平行時空地模仿著明見的十四天，一起吃素，一起閉門不出，明見打禪，青綸拼圖，兩人一起專注呼吸，心在無心處。至於因故的故，究竟是觸碰了誰或去了什麼地方，青綸很難揣測。

把拼圖上框快遞過去後，他就不打算回道場了，只是拼圖不能完成，青綸在第十四天才發現它少了一片，床架搬開，套房廁所裡十四天的所有垃圾袋扯散兩回，它少了一片。手機裡有一條推播，大概是這段時間以來第兩百三十七次或者第三百零二次的「不是明見」，是禪修班裡不認識的帳號發言：「師父今天隔離結束吧！大家都要圓滿、平安。」然而不知為何，這次沒有人接話。青綸盤腿坐回地板，慢慢將拼圖一片片分剝開來。每一片都是等值的完蛋。這件事，解決方式並不難，可以向網拍平台申訴，或者再找一組補起來，不過似乎都有些太努力了。青綸還是想不起來那個笑話到底該怎麼講，羊會吃拼圖嗎？他瞬間有個熱情的衝動想把眼前的完蛋全部吃光，不過試著嚼一片後，發現非常硬，要吃光可能真的得把自己當成一隻羊，或者，當成一個笑話，那也可以，但這些也都還是太努力了。他把嘴裡的紙屑吐出來，房間整理好，下樓倒垃圾。

——原載二〇二一年六月十八～十九日《自由時報》副刊

小路攝影

一九七九年生於台北，政治大學哲學系畢業。曾獲時報文學獎、聯合報文學獎、林榮三文學獎、金鼎獎等。著有散文集《背後歌》、《感覺有點奢侈的事》、《我與貍奴不出門》，小說集《海邊的房間》，採訪傳記作品《寂境：看見郭英聲》等。現任職媒體。

# 結紮——李桐豪

狗吠貓叫的聲浪之中，空間裡唯一靜默的是掛在牆上的電視。螢幕鎖定Discovery頻道，無聲播放納粹轟炸倫敦的歷史紀錄片，傑生瞥見畫面上漫天煙霧與頹圮房舍，心想，滿目瘡痍的戰爭場面與他周遭環繞的聲響混搭，其實也毫無違和之感。

那寵物醫院空間狹小卻始終熱門，然而候診區與診療區動線規畫不明，三、五醫生各自在診療台抽血打針，十來名飼主帶著寵物在旁候診，飼主們各自帶來的貓狗，有彼此叫囂挑釁，有關在籠子哀鳴躁動，動物們以不安呼喚著不安，用吼叫回應著吼叫，眾聲喧譁，彷彿戰地醫院。

紊亂的聲波令人頭暈，傑生只得專注聽著牆角一名短髮中年婦女講著手機，婦人懷抱吉娃娃，口氣煩躁而急促：「我等等就回去了啦……在動物醫院呢……對啦！對啦！就帶阿吉來打針……你叫什麼UBER咧？冰箱有包子和豆漿，你要餓了，就先微波來吃，等等回去就順道帶點燒臘回去，不許動！你亂動個什麼勁！就打個針，勇敢一點。」婦人輕拍了吉娃娃的頭，傑生頓時醒悟，婦人話裡前半段是對電話那頭的人說的，後半段是對懷中的狗。

婦人的背抵住一堵牆，牆後隔出兩間手術室，其中一扇門打開，走出一男一女。男人手捧紙箱，女人低頭，一臉茫然。傑生讓道，一個轉身，手肘險將男人手上紙箱撞翻，他連聲道歉，女人突然雙腿一軟，蹲在地上掩面痛哭。整座動物醫院的人與動物們都安靜下來了，空間填滿了女人的哭聲和傷心。傑生定睛一看，男人捧在紙箱側面印著一朵蓮花，旁邊一行小字：「永生寵物安樂園」。

中年婦人雙手掩住吉娃娃的耳朵，嘴巴念念有詞，傑生聽得清楚，婦人口中念的是：「沒這回事。沒這回事。沒這回事。」反反覆覆，彷彿誦念著佛號。飼主們的傷悲渲染著傷悲，唯獨寵物醫院的工作人員在生生死死的每一天鍛鍊成鐵石心腸，一名助理兀自喊著：「香火，香火把拔手術好囉，香火把拔可以進來看香火囉。」態度鎮定如一台飲水機，口氣裡的機械化好似喊著：「請用溫開水。」

香火！香火！傑生回過神，才想到助理喊的是他，香火把拔。

他推開玻璃門，一拐一拐地走進另外一間手術室。診療台上一隻柴犬四肢被童軍繩綁著，眼神潰散，半截舌頭露在嘴巴外，淌著口水，那就是香火了。主刀的平頭醫生正把狗四肢的童軍繩解下：「麻藥退了，觀察一陣子沒怎樣，就可以帶牠回家囉。」傑生大踏步走向香火，未料一陣劇烈疼痛從腳底板傳來，他停頓一下，待疼痛感消退，再緩步趨前。之所以舉步維艱，全拜診療台上的那隻狗所賜。

香火不關籠，平日裡吃飯、睡覺都在陽台，等於在狹小的空間據地為王。去年，小康在陽台曬衣服，不小心踢倒了香火的飯碗，被狠咬一口，到醫院縫了三針。香火咬傷小康，也不是頭一次發生，一隻狗養了七年，前前後後被咬了四次，但他沒有哪一次的反應像這回激烈，他揚言要把這隻公狗給閹了，說不是外出時，與其他狗尋釁打架，就是咬傷飼主，性情太不穩定了。傑生說：「那樣多不人道啊，沒有教不會的狗，只有不會教的主人。」小康回：「被咬的又不是你，你當然沒所謂，你行你去教啊。」兩個人議論了大半年也沒定論。日前，傑生夜半酒醒口渴，摸黑進廚房倒水喝，半睡半醒之際，聽得輕脆聲響，依稀踢倒了什麼，尚未意會過來，腳掌突然一陣劇痛，像火焚，像刀割。小康聽見聲音，下床奔到廚房，一開燈，見地上是被踢倒的碗、四散的飼料與斑斑血跡，香火牢牢地咬著傑生的腳掌不放。

小康被狗咬都咬出心得了：清水清洗傷口，以紗布按壓傷口，大半夜哪裡有急診可掛？後續如何照護、可否申請保險，整套流程熟門熟路。傑生右腳掌縫了八針，以為小康會重提結紮之事，心裡都琢磨好了一套說詞，假使小康又說要帶香火去動物醫院動刀，可以理直氣壯地回：「被咬縫八針的人都沒說話，你可以不要再說了嗎？」然而連日來，小康幫著遛狗、幫他敷藥，什麼都沒說，傑生鬆了一口氣，但暗地裡不免失落：「果然被咬的不是你，就裝啞巴。」

這一天下午，傑生被編輯朋友找去出版社，討論一本剛新簽約的英文小說的翻譯工作。

會議中，小康LINE他，說他帶香火來結紮了，但臨時被叫去開會，問他能否來接狗？傑生在手機上按了一整排的問號填滿對話框，小康僅回了崩潰男友下跪道歉的貼圖。一隻狗咬爛了兩人和諧生活，凶手就躺在手術台上，麻藥未退，半張臉被止不住的口水沾濕。傑生將香火攬在臂彎裡，用T恤下襬擦乾牠的臉，說：「沒事喔，等等就回家了齁。」

手術台墊著一方紙巾，上頭攤一團血塊，如腐爛的櫻桃，「啊，香火的睪丸！」傑生腦中閃過一念，胯下頓時一陣冰涼。在生活中隨時會引爆爭執的兩枚小小地雷俱已拆除，香火生殖器周遭的毛剃得乾乾淨淨，周邊有一道傷口，四、五公分大小，密密縫著黑線。

「要帶回去做紀念嗎？」一旁收拾檯面的平頭醫生突然發話，傑生搖搖頭。醫生半張臉藏在口罩裡，眼角眉梢瞇出小小的皺紋，彷彿在笑。單眼皮濃眉毛，醫生長得好看，那美色是小康驗證過的。七年前，小康前男友家裡養的柴犬生了一窩小狗，小康抱了一隻回家，戲言：「欸，你媽再叨念你長子長孫不婚不生，你就說你養一隻狗，來傳你們香火啦。」說完，兩個人都說香火這名字真是好，如果再添弟弟妹妹，就可以香水、香包一路叫下去。

僅僅三個月大的幼犬，彷彿裝了金頂電池的絨毛玩具，這邊聞一聞，那邊咬一咬，活動力旺盛。某日，小香火撞翻垃圾桶，吞食殘留牛肉麵湯汁的塑膠袋。小康上網查住家五條街外的動物醫院評價不錯，抱著狗急忙衝到醫院。前來接應的醫生給小香火打催吐針，貪吃狗將塑膠袋嘔出來，方才解決了危機。小康回到家，懷抱小狗，笑著對傑生說：「天，那醫生好帥，我濕了。我要每天餵香火吃塑膠袋，帶牠去看醫生。」

這一秒才想起小康，他下一秒就來電詢問香火狀況。傑生說還好，稍待片刻沒什麼異樣就回家了。小康說他開完會了，需不需要過去支援？傑生冷冷地說不用了，小康喔一聲，提醒他露營車就放在醫院洗手間，那他等等買砂鍋粥回家，便掛上電話。醫生離開手術室，頃刻間又拿著一個頭套走進來：「香火可以回家囉，這個維多利亞項圈給牠戴著，這幾天都不能摘下，避免牠去舔傷口。回去觀察四小時，沒有異狀，就可以喝水吃東西，兩天後記得回診噢。」傑生問了費用，掏錢付帳，醫生湊過身接下鈔票，他聞到醫生身上有一種奇異的氣味，彷彿下過雨，泥土一樣的氣味。

傑生把香火抱上露營車，像是抱著一堆癱軟的肉。推開門，舉目望去，小北百貨、全家便利商店、錢都涮涮鍋、鍋神廣東粥……高高低低的騎樓，山高水長，全是阻礙。屈臣氏、JINS眼鏡行、摩斯漢堡前身是平價義大利麵，派克雞排店半年前倒閉，搖身一變成五十嵐手搖飲料店，整座城市的胃口貪新厭舊，一條街來來回回走了七年，兩旁的商店開了又關，關了又開，他想，唯獨他還是跟同一個男人，住同一個地方。

傑生推著露營車像是推著娃娃車，香火戴著項圈，模樣也像個狗臉嬰兒，覺得那場面過於高調，不好意思地低下頭來。牛仔褲口袋裡的手機突然一震，他掏出來一看，遠在花蓮的詩人朋友敲他，問香火還好嗎？他詫異地問怎麼知道？詩人朋友說：「小康貼在IG上了。」

他深深地吸一口氣，小康當然是貼在IG上了。

將推車拉到街角，點開小康的IG。四個小時前，香火坐在露營車招搖過市，咧嘴傻笑；三個小時前，香火發現被帶往醫院，前爪扒著車子的邊緣，死命不肯下車，一臉驚恐；兩個小時前，香火嘴巴被塞著橡膠吸管，施打麻醉，眼神一片茫然，小康寫道：「欲練神功，必須自宮，今天手術，請為本汪集氣。」社群媒體不是生活給別人看，就是看別人過生活，5231則貼文、3.4萬粉絲，小康屬於前者。今天早餐吃什麼，上個週末去了哪裡露營，行蹤全攤在IG。傑生以為，小康有時候比香火更像一隻狗，所到之處打卡標註，如小狗用尿漬建立地盤，把生活裡光顧的每一家餐廳、書店、電影院變成自己的電線杆。沒有PO上網路的事等於沒發生過，小康是這樣跟他說的。社群媒體使用習慣不同，對隱私的需求不同，兩個人索性互不加好友、互不追蹤。一起結伴去曼谷，小康在飯店游泳池畔喝啤酒曬太陽、小康頭髮蓬亂賴在床上耍廢，照片裡的男友視角，從來不是他的視角。

傑生沿著小康手機展示的路線去而復返，同樣的路徑、同樣的風景，唯獨IG照片上神氣活現的公狗神情萎頓了，車上的狗悶哼了幾聲，他蹲下來查看究竟，身體重心陡然往下壓，腳掌湧出一陣疼痛，他想，香火大概是麻藥退了，傷口作痛。他撫摸著狗的背脊，柔聲安慰，一人一狗就蹲在路邊，等待疼痛消退。他望著對街老公寓褪色的鐵門，上頭有褪色的春聯和宗教領袖的書法「清清淡淡過日子，平平安安就是福」，視線再往上攀，虎尾蘭、鐵線蕨、龜背芋，二樓的陽台綠意盎然，一株九重葛豔紅如火，熱熱烈烈地爬出生鏽的欄杆之外。他拿起手機對陽台拍照，拉開手指格放，對著照片裡的盆栽迷惘一下子，然後默默地將手機收進口袋裡，起身，對推車上的狗說：「香火回家囉。」

回家是何其艱難的旅行，腿傷的人走走停停，抵達自家社區大樓門口，半舉半扛地將露營推車斜推上台階，氣喘吁吁搭電梯上樓，而電梯門一打開，小康站在走廊相迎。把香火抱進屋、幫著傑生把推車推到樓梯間，擅作主張把狗闔割的人非常殷勤，但香火一進門，走了幾步路，坐下，然後又站起來，茫茫然地環顧四周，並不理會人。

「香火耍脾氣噢，」小康盤坐地板上，一手撫摸著狗，一手輕敲地上一疊木板：「看！我在幫你蓋房子捏。」香火把頭轉過去，彷彿生氣了。小康掏出手機拍狗。傑生見狀，拔高音量，簡直是怒吼了：「以後你做什麼事可以先打個招呼嗎？香火是我們的狗，不是你的時尚配件！」「我們這大半年講的是空氣嗎？」小康把頭埋在香火的毛髮裡，悶著聲音說：「溝通有用嗎？你想溝通嗎……」小康停頓一會兒，然後說：「砂鍋粥我放在電鍋裡保溫。」

「嗯，我先回一下信件，晚一點吃。」傑生頓時氣弱，小聲地回答，轉頭進了書房。他不和小康正面衝突，眼看場面就要失控了，他就進房間。兩個人不爭吵，兩個人只是討論爭吵，不愉快的日子這樣，愉快的日子也是這樣。日復一日的每一天，他工作結束回家，和小康寒暄幾句，便逕自鑽進房間。門的這一頭，他查單字、做翻譯，門那一邊，小康打電動、追劇、逗狗。偶爾也會對調過來，小康在門的這一頭，錄Podcast、剪接影片，他在門的那一邊看影集、聽音樂或逗狗。早些年擠在同一張沙發上看白鹿洞租來的《實習醫生》、《六呎風雲》的兩個人，後來按著各自的作息節奏吃飯追劇和逗狗，因為追劇的速度不一樣，他們在同一個Netflix家庭帳號，是兩個圖框比鄰若天涯的使用者。

傑生坐在電腦前和編輯講公事，LINE彈出了訊息，詩人朋友丟來IG上頭一個男孩的照片，問他覺得怎樣？他回：「還不錯啊，氣質很像台灣那些寫詩不賣但牢騷很多的詩人，長得清清秀秀的，小小的才華，小小的美色，但有旺盛的寂寞和不甘心。」詩人回覆：「你的辣嘴毒舌從來不叫我失望。」

非議他人，其實也是非議自己。傑生讀研究所碩班之時，投稿國內大報文學獎，得了小說首獎，順水推舟出了書。然而得獎、出書並不保證求職順利，出了社會，當了好一陣流浪教師，始終不得扶正。當然再戰文學獎，或者申請國藝會補助，再寫一、兩本書的雄心壯志也不是沒有，但捧著筆電在咖啡館坐了大半年，一份小說草稿反覆修改了大半年，體認自己的文字並沒有炫麗到足以掩飾人生經驗的匱乏，也就斷了創作的念頭。才華不足以顛倒眾生，但到底是得過獎，在藝文圈的外圍寫寫影評書評，做做英語小說翻譯，游刃有餘，也甘之如飴，他不委屈，知道自己底線在哪裡，至少不用在每一個文學獎賽季開獎，承受屢戰屢敗的失落，做人也不會有酸氣，覺得整個世界都虧待了自己。

傑生和編輯說完公事了，但他還是執意留在房間，沒有起身的意思。打開iTunes，胡亂點進一個播放清單，恐龍的皮、The Crane、打倒三明治，都是他聽都沒聽說過的怪名字，「夏夜裡的晚風，吹拂著你在我懷中，你的秀髮蓬鬆，纏繞著我隨風擺動。月亮掛在星空，牽絆著你訴情衷，有你味道的風，就是我還在等待的愛」，一個青春期男孩的嗓音翻唱著伍佰的歌，那聲音好像一種毛邊書，粗粗的，毛茸茸的。他Google了一下男孩來歷，且看男孩的簡介寫：「自認個性如狗，容易興奮也容易累，因此取名雷頓狗；音樂於他像飛盤一樣，狂奔的同時也在愈來愈多地方留下掌印。」動次動次的節拍如心跳，傑生在男孩的歌聲發一會兒獃，然後拉開書桌抽屜，取出威士忌和酒杯，杯子裡倒了半杯琥珀色的酒液，就是一個漫漫長夜。

每次都這樣，身體熱了，心跳加快了，他在三分酒意之中把自己鬆綁開來，購物網站上的每一件襯衫閃閃發亮，每一款零食看起來都很好吃，他閒閒地滑著臉書與IG，上頭每個男孩都特別好看，但他和小康不同，對這個世界，他從來只看不說。LINE再度彈出訊息，有人傳來照片，點開一看，是他推著露營車走出動物醫院的背影。他拿起擺在桌上的手機，自相本中滑出一張照片，陽台上一片綠意盎然，一株九重葛豔紅如火，熱熱烈烈地爬出生鏽的欄杆之外，他按下送出，寫道：「你不在那兒。」那用戶的檔案照片是一張蒙在彩虹口罩後的臉，單眼皮、濃眉毛，眼角眉梢都是笑意。

有時候，傑生會和那男人比肩在陽台抽菸。他問男人：「到底是你身上沾染了盆栽的味道，還是這些盆栽跟主人一樣，散發一樣的氣味，為什麼聞起來都像是下雨後的泥土味？」男人吐出煙圈，說：「那是廣藿。」

那是香火領著他去的。

他習慣在住家鄰近幾條巷弄遛狗，狗在前頭衝刺，人在後頭緊緊拉著牽繩。一次，他手中的繩子一鬆，香火停下腳步，對著站在街燈下一個抽菸滑手機的人搖尾巴，男人抬起頭，手機的光芒輝映著他的臉，單眼皮濃眉毛，他脫口而出：「原來你也在這裡啊。」男人點點頭，說：「嗯，我是住在這裡。」

一次、兩次遛狗遇見了，寒暄幾句，就當認識了。第四次、第五次的時候，男人問：「怎麼都是你在遛狗？這隻狗有另外一個主人不是？」他回答：「他在網路上遛狗，我在現實中遛狗。」第七次或者第八次，無須Grindr、Hornet或Tinder，男人邀請的眼神讓他內心叮噹作響。「走啊，上來喝一杯？」男人似笑非笑地說。他故作灑脫，用英語回說Why Not？語畢，尾隨男人上樓，兩個人在房間裡讓一切該發生的事都發生。

狗當然也跟著上樓，香火就在陽台上追逐自己的尾巴，非常亢奮。

本來以為驅策著他上樓的是性欲，但坐三望四的年紀了，性愛都遺失了快感，只剩有一搭沒一搭的抽揺，房間裡胡亂接吻、相互吹捧，等待對方一起出來，都不及事後兩人在陽台抽菸聊天來得愉快。屋子裡似有另一個男人生活的痕跡，但傑生從來不過問，他只是問男人晚上都喝什麼酒？《馬男波傑克》、《絕命毒師》很好看，你看了嗎？一聊才知發現兩人同年，同一時期念大學、當兵，愛過的電影，迷戀的偶像極其類似。眼看盛年不再了，傑生想，若是有這樣一個同代人可以陪著一起走下坡，也是很好的。

想不起來在哪本翻譯小說看到這樣的句子：「最好的情人是自己住處三條街以外的人。」男人和他抽同一款Marlboro Gold，而小康也知道他在遛狗時抽菸，一次遛狗三十分鐘，半小時內於那房間裡喪盡了天良，與每一根在陽台事後菸，回家無須任何的理由和解釋，那是多完美的犯罪。

狗是犯罪工具，狗也是共犯，傑生每次上樓前會買一盒西莎，讓狗在陽台大快朵頤。共犯回到家只是搖搖尾巴，咧著嘴對著小康哈哈笑。故而每一次離開男人房間，帶回家的內疚感，都足以讓他在接下來兩、三個月之間，更溫柔與體貼地對待小康，等到哪一天小康數落他碗盤不洗、衣服不摺，數落到他覺得不耐煩了，便重返那開著九重葛的公寓，然後，再做一次。

譬如現在，兩人閒聊幾句後互道晚安，他毫不戀棧地離開房間，從廚房端出小康買的粥，走到客廳，坐在沙發上，喝粥喝給小康看。他看著小康手忙腳亂地拼裝狗屋，香火看著他手中的碗。「啊，錯了。」他把碗擺在茶几上，俯身拿起地上一塊木板，換掉小康手上的一塊：「那是狗屋的窗，這才是狗屋的門。」把自小康手上取下的木片嵌在窗子的位置，又拿起一塊木片擺在屋頂的位置，小康把手中的那塊卡在門的地方，劍拔弩張的情緒不復存在，兩個人不交談，安安靜靜為香火蓋好了一個家。

「香火，welcom home。」小康把香火往狗屋一推，香火突然弓起身子，哀哀地嚎叫起來。「壓到傷口了！」傑生把香火攬到自己懷中，側過牠的身體檢查傷勢，小康也湊過來，兩個人見香火生殖器紅紅腫腫，彷彿睪丸還在裡面，彷彿結紮並未發生，兩個人都愣住了。

傑生正猶豫要不要當著小康的面，拍下香火傷口的照片上傳給男人，「狗狗結紮／術後／傷口紅腫」，小康已經在手機檢索關鍵字，念出搜尋結果。「狗狗術後傷口紅腫，可能是因為傷口組織液和微血管破裂，流入了蛋蛋皮。如果傷口並沒有裂開，可能是狗狗對縫線過敏。當然，狗狗興奮，陰莖球充血彷彿蛋蛋還在裡面。陰莖球？」小康停頓了一下，又查何謂陰莖球：「公狗陰莖根部有一個球狀腺體，即為陰莖球。公狗在交配過程勃起後，陰莖球會迅速充血膨脹，周徑增大到原來一倍左右，這是為了在交配過程中強力鎖住母狗避免掙脫與其他公狗干擾，藉此提高受孕機率。」

「什麼跟什麼啊。」傑生笑出聲來，自以為找到答案了，心頭一寬，於是，懷裡的狗也不叫了。「嚇我一跳欸。」小康把臉埋進香火的毛髮磨蹭，耍賴地說：「啊，對不起嘛，香火。你以後不能傳香火了。」傑生發現小康的髮旋也有了零星的白頭髮，稀微的酒意讓人突然心生傷感。暗戀、告白、約會、爭吵、和好、同居，時光讓他把一隻絨毛玩具般的幼犬養成英俊的大狗，但也讓他把一個光芒萬丈的王子愛成了一個平凡人，青春年少，到老白頭。

小康用手指梳攏著香火的毛髮，他也伸出手梳攏小康的頭髮。「幹麼啦？」「我看你這裡有一根白頭髮。」「很賤欸你，去洗澡啦。等等再幫你擦藥。」「等等，我把粥吃完。」「那我要去洗囉，你吃完，碗要記得放好啊。」傑生突如其來的親密之舉讓兩人都尷尬起來。小康走進浴室洗澡，他把空碗拿去廚房，見櫥櫃裡每一根銀亮的刀叉並排另外一根銀刀叉，每一只白瓷碗扣著另外一只白瓷碗。小康物有定位，事有定則，又豈止廚房，連香火放在陽台的水碗、飼料碗、飼料罐都有固定位置，他一個沒擺好，都會被叨念個大半天。傑生心想，小康在網路上言行舉止大而化之，但對秩序的執迷倒是比他強得多。

冷冽的自來水流過他的雙手，他閃過一念，等等，香火的碗平日都放在陽台，何以他會在廚房踢翻？他回憶著事發當晚始末，他一如往常睡前飲酒助眠，夜半酒醒喝水，稍早，狗在外面吃過了，並沒有餵狗……那一晚，他從那個九重葛陽台返家……除非是故意，腳掌突然一陣劇痛，像火焚，像刀割，「小康知道了。」

耳端頓時一陣轟轟然的耳鳴。他掏出手機，點開小康IG，照片一張一張往上滑，手指停在一張照片上，陽台綠意盎然，一株九重葛豔紅如火，熱熱烈烈地爬出生鏽的欄杆之外，就單單一張照片，什麼文字都沒寫。事情也許不是他想的那樣，浴室裡傳來嘩啦啦的水聲，小康唱著歌唱得正高興：「一個夏夜晚風的愛，一顆寂寞的心的愛，一個還在等待的愛……」當然他也不可能去跟他求證，他只是低頭看著小康IG，發現小康前幾分鐘PO了新照片，戴著維多利亞項圈的香火站在狗屋旁邊咧嘴笑著。小康寫說：「狗根本不會笑。狗只是咧著嘴哈氣，飼主們善自以為狗狗笑了，他們就會比較快樂。」

——原載二〇二一年十月一～三日《自由時報》副刊

復旦大學新聞學院畢業，著有《不在場證明》和《絲路分手旅行》。

# 禮物——邱常婷

這幢濱海小屋風景很好，右側面海，有一片落地窗，望去便是碧藍海灣。她的好友聯絡上她，說是當做給她的一份禮物，祝賀她回來。當然並非整幢屋子是給她的禮物，而是因規定隔離的這些日子，讓她借住，或許就不像一般人隔離起來都是住防疫旅館，讓人心情煩悶。

儘管對她來說，住哪裡都是一樣的。

她每天打開電視看新聞、等市公所人員聯絡、回報健康狀況，早上九點定時回覆簡訊，也在訂外送早餐來時多加一份報紙關注疫情，感覺該有的都有了。卻沒想到剛進來兩天肚子便開始悶悶地痛，是月經來臨的前兆，可她不確定，想網路購買一些生理用品，又覺得還不到時候。

那之前她已翻過整棟房子，沒有她要的東西，倒是看見幾樣好友留給她的小驚喜，像是有海豚圖案的整組碗盤、以海洋生物為主題的睡衣、貼在臥室天花板的螢光海星。夜晚她關了電視，穿著睡衣坐在窗邊聽海潮的聲響，那聲音像一根根的刺，刺著她的耳膜，但她仍然側耳傾聽，同時想像白晝裡海灣的風景。

過去她很喜歡海，更喜歡在平緩的海中游泳，她和好友是童年玩伴，好友沒想親近海，卻喜歡從遙遠的地方看海。兩人從小就約定好以後要各買一幢海邊的房子，結婚有了丈夫以後也要強迫他們兩家人一起做鄰居。後來好友先結了婚，有了個兒子。而她不久前才剛和男友分手，當時男友出國工作，她跟著去了，卻因疫情的關係男友沒了工作，兩人承受不住巨大的生活壓力而分手。此時她回台灣又要隔離，問遍親戚沒人願意收留她，她正想著要去住防疫旅館，又是一筆花費，久未聯絡的好友突然用臉書私訊，讓她來這幢傍海的房子度過隔離期。

她其實知道好友的意思。這房子打理得多麼美麗，那片能容納海灣風景的落地窗也是恰到好處，讓她想起她們過去第一次在海邊野營。那片沙灘夜裡無人，連一盞路燈也沒有，放眼望去只是一片漆黑，取水還要走到好遠的海濱公園公廁。可是她們年輕，帳篷少帶了東西怎樣也搭不起來，身上衣服又因早前下雨而濕重，兩人遂脫了全身衣服攤在外帳上陰乾，升起營火取暖。她至今仍記得好友赤裸的身體蒼白瘦弱，在火光下螢螢發光。她們互相取笑，夜裡因沒有帳篷，穿上半乾的衣服也全身發冷，她於是在沙灘上挖出一個洞，將好友的身體埋入，只剩一個笑嘻嘻的頭。然後她替自己挖洞，也將自己的身體埋了，兩名少女咧嘴而笑的頭顱就這麼聊著天，直到疲憊至極，雙雙睡去，埋身的沙替她們保暖。隔天兩人醒時，看見遠處的當地人震驚地看著她們，彷彿難以置信，她們當時在初昇的太陽下笑得多麼開懷、無憂無慮。

她關上窗，彷彿回憶裡的海水潮濕侵襲下半身，她到廁所一看，發現內褲上有點點血跡，不過這兩天一直是這樣出血，她的腹部持續悶痛，像有一枚成熟的果實即將落地。

她打開電腦，搜尋關鍵字：懷孕　症狀　出血

閱讀了幾分鐘後，她上網下單衛生棉，卻是更加焦躁不安。她又在「搜尋」打了幾個字，意圖再買些什麼，想了想，刪除乾淨。

一天又將過去，她到臥房躺上鋪有水藍床單的軟墊，不知為何，她感覺這幢濱海小屋彷彿從四周逐漸向內擠壓，變得愈來愈小。眨了眨眼，又彷彿只是錯覺。再小也小不過曾經和男友一起租賃的公寓……回到台灣以後她很少想起男友，隔離獨居的日子卻讓她思緒紛雜。他們本來一起有個夢想，要到澳洲打工存錢，回來就可以買房子，現在想想，真是天真。

睡到四點她就醒了，向著海灣的落地窗正投來微微晨曦，整片天空是深藍色的，這樣的時刻連空氣都有種特殊的氣味，空氣寒涼，彷彿萬物均還未醒轉。她打開冰箱，檢查昨天網路下訂送達的食材，這樣的時候她突然就想做奶油燉菜。

幾年前她開始吃素，做的奶油燉菜也是蛋奶素，奶油加一點橄欖油融化，高筋麵粉加入幾匙攪拌，隨後慢慢加入鮮奶，小火煮成白醬。青花菜燙過了擺在一旁備用，紅蘿蔔、馬鈴薯削皮切塊用油翻炒，鮮香菇也切成片，橄欖油炒香，接著把三樣食材放進鍋子裡燉煮，放

入一塊香菇高湯塊，蓋上鍋蓋，直到筷子尖端可以輕鬆插進食材中。最後白醬倒入湯鍋內，點綴幾朵青花菜，不時攪拌以防燒焦，關火前加些鹽、胡椒調味，即完成。

好友的兒子很喜歡奶油燉菜，冬天她們總是會煮，游過泳後喝上一碗，身體會整個暖起來。

她摸著肚子，感覺肚子也漸漸暖起來，不再那麼一陣一陣地抽痛。

其實不管怎樣都好，不管是怎樣的結果，都有對應的處理方式，就好像……她把碗放進水槽，爐子上的奶油燉菜仍冒著熱氣，她把整鍋都倒進水槽裡，紅蘿蔔、馬鈴薯和青花菜滿滿地堵住排水口，底下承接熱湯的水管因熱脹發出聲響。可她再也吃不下了，她的胃泛起強烈的噁心。幾次漱口過後，她抬頭，不經意又看見了落地窗外的海洋。

那片海多麼美，她突然能夠理解好友為何總愛遠遠地看它，並且從不相信海裡的光景比遠看更美。因為好友年幼時曾溺水過。她暗想，怎麼可以忘記？她們一起去平溪玩水，她眼睜睜看著好友往較深的水域走去，突然之間便開始踢水，水花踢得又高又多，她還笑著，以為好友兀自玩得開心。

是後來附近一名釣客發現不對，衝進溪裡將人一把拉起，她才知道好友不小心踏進了踩不到底的深淵，她死命掙扎著，岸上還有頗多大人在準備烤肉用具，卻沒有一個人發現。

連她也沒有發現。

後來她總是希望當時將好友拉起來的人是自己。

曙光從海面上的雲朵破出，染得接近海平線的地方金光閃閃，她累了，卻不想回臥房睡覺，她答應好友來這裡，其實更像是藉這個機會自囚，她的牢房，她的折磨，那片海洋更是充滿詛咒的祝福。

她們曾經無比接近年幼時的夢想，好友先結婚生子，買了海邊的家屋，她和男友則賃居附近的一套公寓。彼時男友不知為何時常不在，她便不時和好友一家在海邊玩耍。

她向來認為自己爬入水中前，好友的神情十分特殊，像是望著即將消失的重要之物，因為每一次都是如此，她便更喜歡潛入海中，憋著氣忍過數十秒，再甩頭出水看好友欲哭的表情。好友的丈夫是個隨和的人，起初總跟著好友一同待在岸上，陪兒子玩沙，她卻一次又一次向他們慫恿，離開好友潛入水中，那將會多麼美妙。一次又一次，好友終究拗不過，催著丈夫帶兒子在水淺處摸摸海浪的泡沫。她向遠處游去，露出挑釁的微笑，像一隻海妖。她其實一直知道，好友羨慕自己的自由和勇敢，那對水的深深恐懼，如果可以讓丈夫和兒子代為消除，或許有朝一日也能和她一同泅泳。

待她因手機聲響昏昏沉沉醒來，才發現天已大亮。回過訊息，意識到自己就睡在落地窗旁，伴著海浪聲汩汩，她瞇著眼，還無法適應陽光燦爛的海灣風景，而腹內的疼痛仍波動如潮汐。

屋子又變得更小了。她想：外面的海卻更大了。

那時的濱海小屋從裡頭的窗戶向外看去，也差不多是這樣。碧海藍天，沒有煩憂，彷彿不可能發生任何悲劇。她撫摸肚腹，使勁搓揉，隨後用力拍打，她希望血可以流出，畢竟這怎麼可能是一個孩子？她怎麼可以有一個孩子？突如其來的癲狂卻在無人的寂靜中獨自消弭，像緩慢越過海洋的日頭。

從落地窗邊回望整幢屋子，她彷彿這才看見那一室的藍壁紙、海底世界裝飾，就連她們高中時一起去恆春旅行，在海生館買的魟魚玩偶也被置於電視機旁，唯恐她看不見。她記得好友不曾將自己過去的房子打造成這般模樣，所以一切都是為了她，就像是包裝精美的禮物，以至於她既享受，又悲痛，既懊悔，又沉迷。她不知道好友究竟是什麼意思，也不知道應該從這些觸手可及的物件與窗外海景解讀出什麼樣的意義，只是她從來不能拒絕好友的邀請，就像好友也從來不能拒絕自己。

屋外海濤聲陣陣，海浪捲著小石子滾過一遍又一遍，那聲音能夠穿透牆面，走入這幢濱海小屋，猶如鬼魂，讓她夜不能寐。她便是像海浪聲一樣輕輕地想起，昔時燠熱的暑假，她如何再次引誘好友下水與自己共游。她的慫恿與哀求已像是她們永恆的遊戲，所以她從來不認為好友會捨棄堅實的沙灘來到她的地盤，唯能驅使她身體的延伸——丈夫與兒子替自己延展近水的可能。好友對水的恐懼她曾經那麼想要替她解除，這恐懼導致了她們的距離，這是她不能允許的，或許是貪婪，所以她要一次次請求她來。

那日的海很奇怪。她後來總是這麼想。陽光璀璨且風平浪靜，她和好友的丈夫、兒子愈往深處下去，男孩仍不太會游，便讓父親教導他。而她依然從容自在地徜徉海面，滑著優雅的仰式。天空碧藍如洗，海水清澈冰涼，浪也是輕輕的，淺淺的，卻在她翻身時看見，一波浪潮莫名捲走了好友的兒子，那孩子還那麼小，可能就是因為太小了，才不能夠反抗水流的力量吧。好友的丈夫沒多想便往孩子游去，那面容甚至是恐懼的，不解明明上一秒還抓著孩子，怎麼下一刻他就被捲走了。她自然也向孩子游去，男人先到了，可是另一股浪潮將孩子與男人吞沒，再也不曾浮起。她眼中最後的畫面，竟彷彿男人與孩子笑臉融融，像她和好友年少時將身體埋在沙灘中，僅僅露出一顆頭顱，如今只將沙灘換成了海水，將男人與孩子帶走。

她游回岸邊時，要站起身卻發現身體竟如此沉重，彷彿海不讓她走，她跌倒在地，耳邊一直有一道激越的，好似刀子切過冰塊的聲響，她好不容易集中注意力，才知道那是好友的尖叫，綿長悠遠，像是春夜裡的夜鷹鳴啼。

為此，她曾經痛哭過。她放聲大哭，痛徹心扉，愧疚自己帶他們下水，可是好友從來沒有責備過她，在那之後，甚至也沒有刻意疏遠她。反而是她和男友連夜搬走，刪除了好友的聯絡方式，也拒絕接起她的來電。

以至於不久前好友重新找到自己，令她也只能佯裝什麼事也沒有，什麼事情也沒發生。

她躺在落地窗旁，一邊是海洋，一邊也是海洋，無盡的藍色就像她在海中泅泳時，藍色將她淹沒，顯得屋子愈來愈小了。她的肚子依然悶悶地疼痛著，直到一股濕意漫出內褲，從內裡推擠出一股又一股的液體。她突然不知道自己身在何處，那感覺就像一抹浪花拍打上肚腹，那麼輕淺，那麼無傷。

她聽見大門外的動靜才終於從昏沉的白日夢中清醒，大抵又是外送員或宅配。不知不覺，隔離期也快結束了，儘管還需自主健康管理七日，好友之前已表明清楚，她可以住到再也不需要為止。她取走外頭裝在牛皮紙袋裡的生活用品，打開置於其中的一包衛生棉，走入廁間，脫下褲子，發現腿間終於落出血塊。

當她走出廁所，再向屋子的右側看去，落地窗外的海洋仍靜靜閃爍。她想起好友，這一切都是為了她，是嗎？如果是的話，她該開心或者難過？這是禮物或者咒詛？可是一切似乎也早已不再重要。

其實她並不知道好友現在在何處，以及是否已原諒她，除了邀她在舊居度過隔離期，她不曾再收到好友的消息。

——原載二〇二一年六月四日《自由時報》副刊

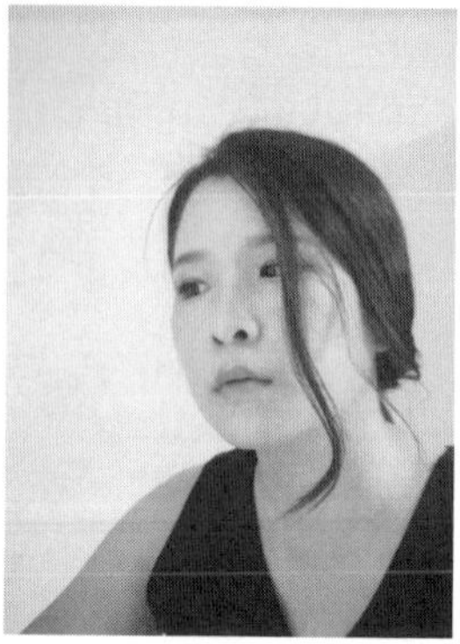

一九九〇年生。東華大學華文所創作組碩士畢業，後任職友善書業合作社，目前就讀台東大學兒童文學研究所博士班。曾獲聯合文學小說新人獎首獎、教育部文藝創作獎、金車奇幻小說獎、林榮三文學獎、二〇一九年Openbook好書獎等。並獲文化部藝術新秀補助、青年創作補助。出版有小說《怪物之鄉》、《天鵝死去的日子》、《夢之國度碧西兒》、《魔神仔樂園》、《新神》、《哨譜》。並以〈斑雀雨〉獲九歌年度小說獎。

# 厭世半小時——王定國

## 1

漢蒂是兩個人的名字。漢蒂早餐店。

幾年前的早餐店還沒命名，那時也只有一個明蒂，她掌廚兼掌櫃，蛋餅鍋貼樣樣自己來，費工夫的豆漿則委外，每天清晨苦等沿街配送的豆漿車，輪到郊區這小店往往已錯過尖峰時辰。為了抓住上班族，她也曾上網求助黃豆粉的沖泡祕訣，口感卻更稀淡，加糖熬煮還是聞不到黃豆香，客源大量減少，只能期待社區老人拄杖前來，有的只喝兩口就留到餐後充當漱口水，仰天咕嚕幾聲沙嘎的穢氣，再把它吐在自己的豆漿杯裡。

直到初秋轉涼那日拂曉，明蒂發現路口來了個奇怪的人，他在急煞的車聲中從夜間巴士跳下來，車頂上正好落下當天第一道曙光。他背著大包行囊，頭上一頂壓深的漁夫帽，沿街對照著門牌和手上的紙條，最後停下來的地方，恰就是明蒂敲開兩顆雞蛋剛要下鍋的大鐵盤。

他點了十個鍋貼，一份鮪魚三明治，明蒂告訴他飲料沒得選，紅茶都免費。

最後一台機車噗走後的騎樓，只剩幾個老人還在細嚼慢嚥，這男的卻吃得更慢，時不時望著路燈逐盞熄滅後的暗光。明蒂打眼瞧他，臉孔曬傷，長T恤的汗漬黏在胸口，不知道那背包裡散發出什麼怪味，只見推輪椅的外傭不客氣地掩起鼻子，不多久那些輪子已被推往慢車道的林蔭中。

明蒂送上紅茶，聞到從他帽簷拂過的秋風中那股海藻味。男的叫住她。

「我是來幫妳的。」

她沒聽過這嗓音，想也不想他何人。天邊都有殘星，誰又認得哪顆殘星。

「這裡不缺人。」她冷冷說。

「我當然知道，」對方說得斬釘截鐵，「我也不缺錢。」

這時他打開了背包，從裡面拉出一截草繩，連著草繩拖出了八隻死螃蟹，野腥的氣味果然嗆得嚇人。他告訴她，這是從海邊親手抓來的伴手禮，上車前還活跳跳爬在簍子裡，途中滲出了異味才塞進背包藏起來。

三明治沒吃完，他先把一整串螃蟹拿進廚房，打開水龍頭泡在鋁槽中，順手摘下帽子沖洗揉淨，兩手抹著那張亂髮的臉，接著溜了幾眼廚間的擺設，開始正經八百踏著丈量的步伐，嘴裡念念有詞。

明蒂從店外跟進來，覺得這男人無禮又可笑，一來就是當家作主的架勢，也沒打聽這家店早已不堪虧損，再撐不久就要提前退租關門，他來這種破廟裝什麼神，沒看到香爐裡連灰燼都沒有了嗎？

「明天早上就可以開始。」他說。

「你是要做什麼？」

男人不回答，一逕撥出電話詢價，滿口磨豆機的規格、有機黃豆的行情……掛完電話後，問她如果不住在店裡，鐵門就別上鎖，傍晚前他會開始備料，凌晨四點再來大顯身手，而她只要早上七點來開鍋就行，所有的雜事都不用操心。

明蒂說不出話，卻已慢慢想起曾經來電預警的友人，說有個男的一直在打聽她的消息，莫非就是眼前這男人？她再暗暗瞧那輪廓，還是毫無記憶，想得到的只有去年出遠門那一次，可是那天晚上夜色模糊，根本就沒有察覺……

她機敏地往後退，想要轉身出去，卻聽見那些死螃蟹好像復活了，正撩著腳爪刮在金屬的槽壁上，並且發出了嗷嗷的吐泡聲。此刻她已意識到，苦日子也許還過得完，恐懼的日子卻就要開始了。

凌晨四點他沒有來開門，因為整晚他就關在裡面，一步未曾離開。他把上午吃剩的三明治當晚餐，直接睡在油汙的磨石地板上，四點鬧鐘響，醒來先把浸泡的黃豆瀝乾，然後倒進磨豆機，直到汩汩的攪拌聲由下捲起。這段等待中他接著揉麵糰，腦子裡牢記著價目表上那些蔥餅蛋餅的種類，完成後再回到爐邊開大火，待那黃豆原汁慢慢滾出泡沫，這時他就守在爐邊不走了，握著大杓不斷翻攪著鍋底的沉渣，直到看見天剛亮的光從鐵門底下漫進來。

明蒂照他指示七點來，看到的第一眼是他貼在門柱上大寫的豆漿，客人已坐滿了騎樓，等她斜身繞進店裡，平底鐵鍋已在小火的爐上熱騰騰等著她。她悄悄伸指沾了水彈向鍋底，水滴陣陣滾跳後一溜煙不見，正就是她只要鋪上鍋貼就會嘁嚓起來的瞬間。

經過一波波你來我往的忙亂，店裡只剩保溫櫃裡兩顆饅頭，他趁空出去抽菸，回來時明蒂正在數錢，一把零錢被她重重甩落在奶粉空罐裡，臉臭得要命，從頭到尾不發一語。店裡只有他這外人，與其無故惹惱她，只好又回到廚房，開始清理灶台上的豆渣，也把切剩的葉菜收拾乾淨，這時卻瞧見她已在櫃台那邊解下了圍兜，看來是要走了，兩眼對著店裡的空氣射出冷冷的怒光。

他趕緊跑出來叫住她，笑著說：「妳還是把鐵門鑰匙留下來好了。」

她回身瞪了一眼，問他笑什麼，「你到底是要怎樣？」

成漢還笑著。對了，就是漢蒂的漢。成漢說：「我很慶幸沒有被妳趕走。」

她不想再理會，昨天那股怒氣還在，覺得自己不僅被指使，一夜之間連廚房也被占領，越想越不對，走出騎樓時刻意鼓起後肩頸，越想讓他知道她不好惹，心裡越不安，難道又是個要來傷害我的人？

第二天還是一樣的凌晨四點。夜裡蚊蟲攻擊，他噴了大量殺蟲劑，戴上口罩後坐在廚房口的紗門下睡著了，醒來雖然昏昏沉沉，卻也沒有半點猶豫，備料就緒後就等著磨豆機再度響起，這時天未亮，屋後伴著蟲唧，寂寞又像刺一樣刺進心裡。第三天還是一樣的時間，且在那瞬間他充滿喜悅，心裡一再湧起從此以後都會這樣的決定，至於為什麼都會這樣，因為就是一定要這樣。雖然只見過她一面，卻已是那麼久的思念，好不容易找到這裡，還不能忍受這一點點的冷落嗎？第四天一大包的黃豆就快用完了。

一週後他卻發現了異狀，打烊的店裡陸續出現零星掉落的紙鈔，有的晾在桌腳，有的扔在鐵鍋下，再來更誇張，一整疊直接躺在敞開的抽屜裡。那是一看就知道的詭計，讓他直想笑，笑她用老鼠藥毒老虎，多麼笨拙的心機。他不想拆穿，卻又覺得如果視若無睹未免又太矯情，只好一次次幫她撿起來放在櫃台上，直到她再也無計可施，這般拙劣的誘惑才慢慢停止，但也使得空氣中莫名浮現一種尷尬的喜感，頗像默劇才演完，聲音卻還憋在喉底，雙方都在忍，看誰打破這種寧靜。

三個月後，房東上門來了，明蒂心知肚明，地點不好，租金又沉重，本來就打算棄租投降，怎麼知道一夜之間生意轉好，對方大概就是聞到了豆漿香，專程探消息來的。那麼，以後租約到期是要退呢還是要繼續，她不敢有想法，卻也不想那麼快拒絕，一陣寒暄後房東房客同時靜下來，似乎就等著誰來下指令。這時成漢剛好捧著一桶廚餘走出去，直覺背上掠過一道涼涼的眼神，他相信那是惶恐的眼神，但在他看來卻也是求助的意思：這個人還會留下來嗎？應該就是這樣的意思。

「生意只是剛開始而已。」他走回來，口氣篤定得讓她吃驚。

房東終於笑著說：「這間店啊已經換了好幾手，只有你們做得最出色。」

明蒂表情冷，靜靜聽著他們這樣的唱和，不知道該笑還是該哭，本來就是白白的臉，此刻不知何故燒起一陣熱，白就更白了，白得心慌慌，毫無一點踏實感。

當晚她一直沒睡好，半夜打開陽台門，循著零落的燈光望去，巷口最暗的那屋頂就是她的早餐店，覺得好迷惘，根本不知道這男人帶來了什麼心思，既不是合夥關係，也沒有僱傭的情誼，發薪那天給的錢其實只夠他去看幾場電影。看他還是趕不走，第二次就更遞減，拿在他手裡不會不知道那點錢對他多輕薄，他卻數也不數，像超商給發票那樣直接塞進口袋裡。

他帶來的睡墊更讓她想不透，每天捲著圓筒狀綁在上下樓梯的欄杆旁，客人就算不在意，遠看卻像一大截黑木炭那樣礙眼。他若要租個套房或公寓沿街都有，一個大男人硬要這樣擠在樓梯下睡覺，到底像什麼，殺人犯嗎，逃難來的吧？

不過她已不再感到恐懼，清晨來，午前就離開，完全避開了一個男人的黑暗，且又不必管他生死，是他自甘如此，沒人要他吃這種苦，撐不久總是會走的，只怕生意做起來卻又故意走得無聲無息，像惡作劇一樣，讓她天剛亮突然措手不及。

睡不好當然就因為這困擾，每晚總是不安地揣測著，想到天亮後就要去煎鍋貼，究竟那鐵門是開著的，或者終於還是關下來了。於是每次快要來到巷口，總要稍稍偏著頭，閉上眼，然後慢慢瞇出迷濛的細光，瞧那騎樓下還有沒有擺出那些桌椅？如果有呢，如果沒有呢，心裡其實是沒有答案的，什麼都知道的話，人生也就不會這樣了。

去年出遠門就只有那一次，根本不知道會有這個人窮追而來。

那是一場靈修性質的聚會，友人強押著她去朝聖，經過漫長的翻山越嶺，火車停靠在一處荒涼的小站，有生以來第一次從窗邊看見了海。

「聽聽海浪、多接觸一些人，對妳有幫助。」友人是這麼催促的，說自己曾經也和她一樣，好幾年一直走不出來。

初夏傍晚的沙灘，撿拾漂流木的年輕男女陸續歸隊後，友人把她介紹給他們，不久之後她的雙手已被旁邊兩人分別接了過去，圓弧一拉起來，潮聲變得很安靜，聽得見沙子被海水洗淨的聲音。

手持大聲公的領隊開始致詞，他把活動取名為「海的祕密」。

其實海是沒有祕密的，他說，開闊的海象徵包容，海浪會捲走我們所說的話，而且不會再以原來的面貌回來。大聲公繼續說著，要求每個人輪流介紹自己，和大家一起分享從痛苦中重生的真實往事。

明蒂聽了就想逃。在她後來被證實的極短暫的生命中，好不容易才走到這沙灘，何苦還要站在眾人面前揭開自己，這才是最痛苦的吧。她只想趕快回到即將開張的早餐店，那裡只要忙一上午就能填飽肚皮，其他那些填不飽的已沒有意義。

但好像來不及了，她的兩隻手已縮不回來，一邊是男人的手勁，一邊是陌生女子的熱情，使她覺得忽然又沒有了自己。圈子裡開始有人低語，幾分鐘後又輪由另一個人說著自己的脫困經驗，輪到的人先跨前一步，讓火光照亮他全身，因此所謂的痛苦很快就如糖蜜般融解在溫潤的笑臉上。

她卻憋著一句話，心裡說，放過我吧。

這時卻突然響起歡呼聲，每個人紛紛往後看，只見堤防出現一個綁頭巾的男人，他提著帶柄的長形木箱，正沿著鑿石的棧道走下來。大聲公說，今天的熱炒店最辛苦了，等他送完這道菜，我們歡迎他留下來好嗎？大家拍手叫好，正在自我介紹的節奏自動暫停，她也暗自慶幸逃過了一劫，吁了一口氣，看見頭巾男子已從臨時讓開的缺口走進來，然後蹲在柴堆旁替他們分菜，嘴饞的幾個一擁而上，嘖聲讚著箱子裡每人有份的玉米、香腸、雞翅膀……

然而後來還是輪到她了。

柴火燒起來了，潮水很安靜，沙子是金色的，環繞成圓弧的每一雙腳霎時清晰起來：裙子的腳、牛仔褲的腳、裸露到大腿的腳……此刻出現在他眼前的是一條七分褲，底下兩個腳板正在互蹭著，左腳不斷挖沙，右腳則撩起沙堆幫它掩埋起來，掩埋後落單的右腳只好自行鑽洞，像落荒而逃的螃蟹扒得沙土隆起又四散，不像左腳已經躺在溫暖的沙窩裡。

這時她終於開口了，只說了兩個字，明蒂……說完不再有聲音。他默默蹲在一旁分菜，突然很想幫她，只要趨前將那些沙子蓋上她的腳背就行了，然而一旦兩個腳板都埋在沙堆裡，接下來她要怎麼介紹她自己，不就像個不能移動的軀殼漂浮在沙灘上嗎？

「我叫明蒂，」她又說了一次。

他的目光從腳板移上她的七分褲，來到她的腰身以及緊抿著雙唇的臉上，臉上滿滿的憂愁，掛著求救訊號，一看就是不曾快樂過的表情。如果能被允許，他很想拉著她離開，才不至於讓這眾目睽睽的卑微繼續受傷害，這是他做得到的，畢竟自己曾經也是這樣的人。

人圈裡靜默著，潮水停在岸邊，一隻海鳥呱呱兩聲後飛走了。他還在猶豫該怎麼幫她，幸好已有人適時填上了她的空白，節目才又持續進行，風微微吹來，轉弱的火光再度捲上夜空。他則不動聲色，分完了菜從原來的缺口退出去，爬了幾層棧道坐在堤防上，然後再三確認她所處的位置，雖然已看不見她的臉，但她頭上的星星彷彿正在指引，使他更相信那張臉已映入他的生命。

他一直等到活動結束，分組的人群逐漸散去，這才又回到沙灘，拎著隨身的尼龍袋開始撿拾野宴後的殘骸。裝滿空啤酒罐的袋子被他拖在背後匡啷響，像個孩子玩著舉目無親的遊戲，實則他正在尋找她的蹤影，直到因為遍尋不著而焦急地奔跑起來。

後來他跑回熱炒店，逢人就打聽下午前來訂菜的人，有的搖頭，有的搔著腦袋後還是搖頭，最後是女會計翻出了帳單才找到一個電話號碼。為了打聽她的下落，這組號碼從此輾轉千山萬水，每個接到電話的都想幫他，而他總在期待落空後緊接著又陷入落空的期待。但越是這樣，他越無視於曾經困頓的傷痕，找她的意志反而更堅定，一直到終於背著行囊從夜間巴士跳下來，前後歷時一年三個月又五天，難怪那日拂曉看見那一道曙光時，內心莫名激盪，一瞬間讓他熱淚盈眶。

## 2

手工豆漿紅了早餐店的口碑，日營業額開始破萬起跳，明蒂反而不再像往日那麼繁忙，她幾乎十一點過後就能抽身，慢慢逛進傳統市場買她晚餐下廚的食材，帶回清理一番還來得及回來關帳。

午前等著打烊時，成漢總是靠牆坐在長椅上，直稜稜的肩頸挺著兩眼緊閉的臉，不像在等客人，卻只要有人上門就能彈跳起身。他還能分辨明蒂的腳步聲，從街廊那邊走過來就聽得見，碎步、停步、讓一下摩托車、再慢下來逗逗狗，或者也有扶著牆壁大概感到暈眩的時候，通常這些不同頻率的聲音出現時，她那有點左傾的鞋跟會再幫他辨認，因此只要確定是她，而且已走了進來，他就把兩眼闔得更緊，睡熟了那樣。

明蒂並不相信他那麼能睡，好幾次走進店裡故意不吭聲，想抓他裝睡前那對活蹦亂跳的眼睛，結果就是一直緊閉著，完全不讓她發現微瞇著或顫跳著的眼皮。在她面前，他就是要做個無關緊要的人，這是深思熟慮後的決定，半年下來已變成了習慣，不看她，不嚇到她，不為難她，甚至不讓她覺得他還活在眼前。這很難，但他做得到，即使下午需要出門購物，他也盡量避開她常出現的路徑，萬一遇見了也會趕緊閃開，然後等到傍晚草草吃過飯又回到店裡，從此關緊鐵門直到天亮，讓她相信這男人就算一直賴著不走，到底是個上天派來的好人。

打烊前的店裡實在太安靜，明蒂偶爾就會坐在櫃台寫信，寫信前先觀察，看著他的頭臉胸肩兩隻手甚至看到骨盆腔，只要什麼地方出現百分之一秒的動搖，她就寧可不寫，就看他這活化石裝到何時。有一回客人同時上門，這種寧靜的對峙才暫時停止，她忙著去煎蛋餅，他跟著跳起來，來來去去送完飲料後，經過櫃台時總算瞄到了她在信上的弟弟。弟弟你今天又有進步了嗎？他不敢停下來，但也不想被她排除在外。弟弟你會好起來的。他跟到煎鍋旁，拿著紙盤等她起鍋，順便又再溜它幾眼，於是那個弟弟又來到眼前：多忍耐啊，我一定會把你救出來……直到客人吃完了，他開始收盤子，那還沒寫完的信已被她塞到抽屜裡。

這天中午總算讓他聽到幾許的惻隱之意，朝著綁在樓梯角的睡墊說：

「你不知道這裡油煙特別多嗎？該拿去丟掉了。」

「還好，每天晚上都有拖地板，還用酒精消毒。」

「附近很多空房子，隨便找一間都比這裡好。」

他不太確定這訊息。如果做滿一年的苦役就能打動她，那就快了，只剩不到半年的刑期。他不敢妄想時間能縮短，萬一耐不住，不僅白來這一趟，甚至有一天，他想像有一天聽了她的話，果真去租了房子回來，鐵門已換了鎖，而她躲在裡面不回應……

「不然上面有一個夾層，雖然堆滿舊東西，清一清也像半個房間。」

聽來誠懇，故意說得不誠懇，隨便說說而已的樣子，不看他一眼。

半個月後，他卻發現樓梯轉角擺出了一雙拖鞋。平常他只睡在下面，根本不曾想要爬上樓，這雙拖鞋無疑就是神祕少女的心防，到底是對他打開了呢，或者又像撒鈔票那樣只是對他試探著？

幾天後他終於悄悄爬上樓，夾層很低，頭髮幾乎抵到白色平頂，所謂的舊東西卻都不見了。他覺得不可思議，應該是某日下午趁他外出時僱人清理的，而且還載來了一張單人床，床靠著白牆，其他空無一物，大概只供他躺下來而已。然而他沒有躺下，不敢躺下，默默又回到樓下的過道上，把黑色的睡墊鋪開，這才躺下來，心裡再度湧起往日的悲哀，覺得她暗地裡所做的，已經超過他所能想像的溫柔，雖然只像蜻蜓點水，卻已讓他感到波濤洶湧。

弟弟，我們都撐過來了。

她又在寫信，這次先把錢數好放在旁邊，等寫完再夾到信裡。自從早餐生意變好了，她很欣慰又能寄錢回家，以前傻傻地寫信，總是等不到回音，才知道弟弟根本收不到信。上次同時寄了錢，雖然明明知道將又是白費，至少寄去的信不會又被拿走，幾天後果然弟弟就有了消息。

只愛酒杯的那隻手，藏了多少她的信，一想到就氣得發抖。幸好弟弟不氣餒，靠著不想死的意志撐下來，就算狀況差的時候連餓好幾天，最後也會打電話求救，讓附近的里長託人送餐放在他的房門口。幸好這陣子他稍有進展了，會悄悄出門四處走走，還寫信來說他去過哪裡，遇見了誰，看到了多少有趣的事物。她想再過幾年吧，或者就算還要好幾年，只要他的鬱病好轉，她也要教他做早餐，一起把生意做起來。

寫著勉勵的信，腦海裡還是恐懼著那個人。男人如果是從外面帶回來的，還會像個人嗎？母親守寡多年，難得找到一點依靠，兩姊弟不敢阻擾，從此和她一起墜入深淵。那個人剛來的時候還算順眼，一喝酒馬上變回原形，摔杯子，翻桌子，再來就是打人。社工上門查訪那天，戒了半天酒，裝一副文謅謅的死樣子，還特地打起人模人樣的領帶，恭謹地倒水給客人，竟然也端來一杯給她，兩手捧著，水杯裡晃盪著，擺明就是知道她去報了警。在那當下她能想到的就是逃，來不及想的是房裡的弟弟，還有就是簡單的衣物、逃難的錢，社工看她頻頻使眼色，刻意讓她送客到門外，才抓緊了機會逃離那個世界。

去年母親的忌日，下定決心硬闖，當晚的回程票也一起買好，想不到這男人已三天不見人影，早知道就陪弟弟多聊一夜。整個房子像被颱風掃蕩後那樣的殘敗，三個房間只有弟弟那間關著門，她跪著單腳趴在門下喊他，直到推門進去才發現他戴著耳機坐在陽台，已經分發到部隊卻又被除役的蒼白的臉，眨著一雙沒魂的眼睛，看見她回來眼淚跟著掉下來。

兩姊弟反鎖在房間，時不時附耳傾聽門外的動靜，她說得快又細碎，像在交代逃難的遺言，不知道弟弟聽懂否，那煎熬的身心又能撐多久，只知道他也跟著緊張，急著告訴她里長又來過好幾次，都被趕走了，再也不怕誰來指指點點。

「沒事的。」明蒂說。

「不要再說沒事，姊，那天晚上我都看到了。」

啊，她強把自己的聲音噎住，喉嚨燒起一團火，眼底又是那個迷濛的夢魘。那年是何年，那日又是何日，那半夜裡的嘶嚎一下子穿越她的殘生，被掏空後的她只能裹在棉被裡，直到天亮還沒把衣服穿回來，整個身體彷彿都不見了。

信寫好了。

「李成漢，你再幫我寄信。」

她把糊好的信封拿在眼前晃晃，交代裡面有錢，改用掛號郵寄。

這段日子他已跑了好幾趟，都不曾拒絕。忙碌中她偶爾抬頭看，發現他又穿梭在滿客的桌間，才想到他早就從郵局回來了，就是不知道已經回來了多久。

「李成漢，那一桌要結帳……」

只要忙著煎鍋一時走不開，她就這樣差遣，並不覺得唐突。

或例如說，李成漢，下個月開始賣一些豆沙包吧，說得也很自然。

若有人上門乞討，看著他直接從收銀機拿錢給錢，早有了這樣的默契。

也可以說，這麼多年來總算第一次，當她連名帶姓叫著一個男人的名字，竟然可以感受到一種平靜和安心，這是從來不曾有過的，雖然只是三個字的短音，感覺上這樣的叫喚卻已足以撫平某種不安的傷痕，即使他都沒有回答，竟好像已經回答了那樣。

於是來到了這天下午。

這天下午她悄悄來到店裡，確定他不在，開了鐵門又拉下來。自從上次替他買了床，這大半年的每個午後再也沒來過，反正被他占領的世界就這麼小，根本不想管他不做早餐時做什麼，沒事就來突擊檢查難免會尷尬，而且兩人都一樣冷，硬要說起話來就像兩個深谷隔著一座山。

不過今天是來談事的。想了一整夜，滿腦子就是年底到期後的租約，房東電話來問了，大概仗著早餐店生意好，直接問她要不要提前再續約，不然以後這賺錢機會就要讓給別人。

想了一整夜，當然就因為店裡這個古怪人，以前趕他不走，租約到期應該就沒話說了吧，然而這麼簡單的事反又讓她煩心，一旦他走了，不就要一起關門了嗎？若要認真算，每個月賺的其實都是辛苦錢，租金並不便宜，是她占了他的便宜，薪水只給半個月，其餘的若不是被她扣著不給，就是他也堅持不要，酷得要命，不知那腦袋裡怎麼想的，就算真的不需要錢，能撐多久都不需要呢？

朝北的房子陰暗，只有少許光線從鐵門的條縫篩進來，這隱密的光彷彿幫他守護著專程帶來的好消息。是的，昨晚終於想到的，也就是邀他合夥，以前少給的就當作他的股金，以後的盈餘各自一半，他願意的話就從明天起算，或者從明年新的租約開始也可以，以後各自沒有虧欠，也不用再擔心他有一天撒手走人。

出門時雖然一度猶豫，最後她還是穿來了短裙，經過這麼漫長的蟄伏，彷彿第一次走進別人的春天，四周紛紛瞧來平常看也不看的眼神，竟然就讓她害臊著了，充其量只是短過膝蓋十公分的花裙子，穿在自己身上卻像完全裸露了那般。女人一旦受過傷害，唯一剩下的大概就只有這一點點分寸吧，還能不省著用嗎？

打從穿起短裙那一刻，心裡就這樣一直雀躍著。

不禁又想起每次打烊先離開，總有一雙眼睛跟在她背後，越是這樣更不敢回頭，只能把那悄悄的凝視帶回家，日久之後竟然也會寂寞。每次直直喊著他，喊完才又覺得好像缺了什麼，只好謹記著下次是不是應該對他放低聲量呢？每次看他曬著那兩條圍兜，自己的紫色老是被他緊靠著，他那黃色黃得好露骨，慢慢晾乾後顯得更輕薄，飄著飄著像要染指過來的樣子，看久了竟也覺得那樣的曖昧有點難受……

好想抱住他。

光線慢慢變短了，殘餘的光影拖在長椅上。她試著去坐下來，學他挺起背，顧著不動的肩頸，連頭髮也貼著牆。試了好幾次，還是不習慣眼睛一直緊閉著，因此她很快又睜開，卻看到了平常坐在對面櫃台的自己，這使她忽然又有點惶恐——只要他一直坐在這裡裝睡，這角度剛好對著她的素顏，不快樂還有什麼素顏，醜醜的樣貌每天都被他瞇著瞇著看盡了。

想到他已快要回來，她趕緊抱起紙袋，袋子裡都是幫他替換的物品，例如牙刷，男人的牙刷都不常更換的吧，或例如香皂、面紙、用到黏膩出油的梳子，從沒看過他出門買過這些，孤僻到一點點什麼都不讓她知道，到底還有多少的不知道被他藏了起來。

她爬上夾層，想把盥洗用品歸位，迎面卻是一圈圈的蜘蛛網，黏答答的絲線撥開又纏來，而她最在意的那張床，剛買不久已經泛出灰灰一層粉沙。這把她愣住了，他根本不曾睡過一晚。為了再求證，她衝進浴室一看，就是看不到他曾使用過的痕跡，轉開的水龍頭咕嚕嗆了幾聲，慢慢才有斷了氣的鐵鏽水洩出來。

無處可坐的房間裡，她沮喪得乾脆蹲在地上，一蹲下來卻想哭，轉眼間那股自信已瓦解，剛才的喜悅忽然都不見了。眼前這情景，比她的想像還陌生，本來以為他會把行李搬上來，床架下面都是空的，只要東西慢慢多出來就會像個臨時的家，難道他不需要嗎？真的一定要像個失魂落魄的男人那樣嗎？

其實她早就想起來了，那晚她獨自躲在沙灘岸上，看到的頭巾男子分明就是他，拖著匡啷匡啷的尼龍袋，跑遠後又跑回來，四處巡望著，所有的人都跑光了。她卻看得入迷，以為那是海邊男人一種無聊的遊戲，沒想到那根本不是遊戲，原來他是在找她，還聽說找了幾百里，找到了卻又這樣拒人千里，到頭來也許只是她自己會錯意，被他像玩一場遊戲那樣糟蹋掉了。

頭巾男子回來了。

他買了幾個橘子，兩個胡椒餅，一份用來躲雨的報紙。被雨打濕的報紙後來一直放著，剛開始是忘了丟掉，想要丟掉時已經丟不掉了。報紙的日期正好印證著此刻他所見到的最後一面，當然也是最後一天。但他毫無預感，甚至內心充滿驚喜，因為鐵門關下來的瞬間馬上聞到一股香味，而她的香味一直都是紫色的，紫到深處的那種落寞感，如同搓洗著她的圍兜時，這種味道就會從她的腰身飄出來，聞起來甚至有點淒涼。

所以當他瞧見從樓梯口急奔下來的身影，心裡馬上悸動不已，多麼想要趁這機會叫她的名字，畢竟每天的見面只有早晨，不像現在可以拉近彼此的距離。可是她正在生氣，她一生氣馬上翻起更白的臉，兩隻眼睛稍拉長，瞇著不看人，掩在淩亂的瀏海下眨著莫名的淚光。

她不只生氣，此刻他發現自己的睡墊已從梯階上翻落下來，顯然是被她用力踹下來的，原來的綁繩鬆掉了，就像攤開了他的身形趴在她腳下。他不敢上前，只能先把燈打開，沒想到燈光一照，那貼在牆邊的身影馬上縮成一團。

是啊，她就是沒想到他一進來就開燈，這燈光多像落幕時分，一瞬間把她不想裸露的全都照亮了。她開始後悔為什麼要穿來短裙，邀他合夥的事更不想說了，多麼丟臉的事，就為了討好他，才那麼慎重專程來，這一定會被他恥笑吧，男人不都是這樣恥笑人的嗎？

生著氣，只好氣到底，於是對他說：

「明天我要回老家，不會來這裡，結完帳你就放著。」

「我可以借一台車子載妳回去。」

「管好你自己的事。」

她說完瞪他一眼，直直走過他頭上的燈光，看他沒打算開鐵門，決定自己開，扳著十指往上抬，鐵門咧咧咧不到一半，心好痛，眼淚暗暗含著，想到再不低著頭鑽出去，剛才那樣的醜態又要被他看見了。

早餐準時開賣，卻已端不出好喝的豆漿，客人啜著大量冰塊來不及溶解的紅茶，一口熱又一口冰，悶悶沒說什麼，倒有幾個熟面孔按捺不住，紛紛探問明蒂去了哪裡，於是就有人搭起話來：

「一定是回去辦嫁妝。」

「我早就看出你們很像一對夫妻。」

「記得要發帖子喔。」

他聽著默不作聲，勉為其難開始送紅茶，大冰塊還卡在桶底，心裡就像壓著那塊冰。半夜裡一直心神不寧，豆漿煮了兩次，鍋底燒焦了都沒察覺，本來是他最拿手的，整個心思都被她帶走了。

他一再回想，倘若當時把那被踢翻的睡墊當回事，好好問她為什麼氣成那樣，說不定還有轉圜。他犯的錯就是太沉默，就像當初沒說清楚就登堂入室，直把她嚇在一旁，從此為了讓她免於恐懼，一切都聽她指使，忘了當她手足無措時其實只是個孤單的女人。

不然他認為，相識以來，昨晚的燈光最美，是他第一次在燈光下看見她，多麼想要和她長談，說說自己為什麼大老遠找來這裡，反正遲早都是要讓她知道，卻沒想到她莫名崩潰，從來沒什麼交集竟也悄悄掉下眼淚，可見導火線還是那張床，早把它說清楚就沒事了。

因此他已想好，就等她回來，他會說明白海邊那間熱炒店。那段幫傭的日子，他也一樣婉拒了朋友的空房，每晚就直接躺在鐵皮屋頂下的泥地上，海風吹過鐵皮會有一種冰冰的口琴音，而四周如曠野，沒有人也沒有一聲狗吠，那種孤寂如同置於死地，不再有任何懸念，只有隱隱然一股重生的喜悅蠢蠢欲動，像蟲一樣沿著冰冷的背脊慢慢爬進腦海。

這樣說當然還不夠清楚，明蒂也不可能懂，但事實就是這樣，只要他一躺上床，全身的神經就會緊繃起來，所有記憶開始對他襲擊，一整晚都別想安寧。前後兩個醫生都曾問他所歷何事，也沒有一次說得明白，只能大略描述他曾為了撿回一頂被風吹落的帽子，誤把水塘看成灰色泥地，一踩空才發現表面只是一層薄冰，而兩隻腳已陷入濃稠又冷冽的泥淖裡。四周昏暗，沒有人來幫忙，同伴們邊走邊笑著，他們趕著要去山頭迎接新年的曙光，而她也是，照理說她不應該是，她應該為他得不到救援而生氣，且趕快找一根竹枝拉他上來，結果她甚至感到羞恥，從頭到尾不發一語，默默跟著那些簇擁的腳步一起離開他。

那是她的帽子。

小學愛上她，從此跟著她進入中學，再退一萬步用第三志願進入她的大學，然後一起踏入這寡情社會。感情路上的至死不渝，原來就是那樣一陣風，那種瞬間的淡漠竟然遠比真正的疏離還要絕情。被吹落的帽子只是個象徵罷了，此後她的冷漠、迂迴、一次次的謊言才開始接踵而來，直到某個夜晚敲著她久久不應的門，才知道從此已經萬籟俱寂。

即使不是那頂帽子，生命中的任何時刻，遲早也有其他的什麼會被風吹走吧。因此他不吞藥，也沒有割腕，根本不做那種更羞恥的事，他只選擇放逐離鄉，躲起來兼差各種網頁設計，也曾做過民宿管家迎接款待一對對的甜蜜新人，直到那種種甜蜜快讓他窒息，才又翻山越嶺，來到寬闊的海邊暫宿下來。

於是才有那天傍晚的沙灘。倘若當時不是蹲在人圈裡，根本不相信這世上還有個讓他心疼的女人，那雙腳一下子劃開他的傷痕，明明就是她自己的痛，卻也讓他痛得毫無道理，難怪那瞬間他一點都不遲疑，心裡是那麼篤定，即使再也不相信愛，終於還是愛上了她的孤單。

至於為什麼會是她，因為就是她，沒有人像她。

明蒂原本要搭客運，卻又想到摩托車已多日停擺，而若騎車回去還能載著弟弟出去走走，於是臨時又改變主意。她的起點還是早餐店，騎到斜對面的街口停下來，藉著路邊車輛的掩護看見他兩手貼在腰際，躬身聽著有說有笑的一家老小。他對別人是那麼親切呢，看了更加黯然，本來沒打算回去的，是那瞬間不知道怎麼面對自己，才說了那樣的氣話，現在只好真的出發了。

她騎出街區後，沿著快道旁的小路穿進縣界的郊野，客運通常不走這條捷徑，以前還有個小站，載不到客人就撤掉了。母親去世前載她走過這裡，看完電影急著趕回家，雖然再快也要半個多小時，她卻轉過臉對她說：阿蒂啊，妳知道嗎，我越騎越害怕，好像很快就要到家了。

「那就回頭啊。」她吃著風大喊。

然後聽見母親悲哀地叫著，「什麼話，妳弟弟還在家。」

就為了弟弟，母親走了十年她才逃出來。太慢來到外面的世界，才發覺原本伶俐的手腳都笨拙了，只好暫棲在安親班帶小孩，晚間報名學繪指甲花，逢到假日又擠進了烹飪班，不容時間白耗掉，滿心期待那些失去的都要找回來。

她就這樣找到了愛，男人對她好到夢裡會笑，可見想要多麼幸福都能在夢中。男的開賓士，一樣只有普通文憑，早晚載她去補習，為她將來的身分做準備。一聽到對方父母準備設宴款待，她花掉半年積蓄打扮自己，第一次學穿高跟鞋，走起來像鴨子，試了多少次才慢慢相信自己可以變天鵝。晚宴設在飯店裡，她臨時帶一條假項鍊放進皮包，打算如果不夠氣派就去洗手間掛起來。結果男方家族來了八個人。

「妳這樣騎車危險啦。」一個檳榔大叔叭她兩聲，轉過頭來叫罵著。

八個人的家族團上座後，她跟著他從舅舅叔公喊到伯父伯母，喊完就剩旁邊兩個位子空下來，於是大家開始等待。菜單上有龍蝦，她瞄到下面一行是甜點和水果拼盤，眼睛只能放在這張卡片上，暫且避開了他們的小聲交談。可是幾分鐘後他們已不再說話，只聽見男友正在幫她解釋為什麼家人沒到，因為她爸爸出國接單，她弟弟還在開夜車衝刺聯考……

然後她應他要求站起來，把她最近所學稍加粉飾，說她還在摸索，以後會再更努力……沒有人看她，菜還沒來。他們彼此交換幾眼，拿起濕毛巾，喝點果汁，懶散的目光游移在讓她對不上的角落。但她還是很認真，就她所學延伸到孩童的早餐，若有機會，她說若有機會我要開一家孩童早餐店，孩子們不再賴床就是為了要來吃早餐。這時她才發覺身上缺了什麼，胸口陣陣冰冷，氣喘不上來，原來忘了戴上那條項鍊了，整個脖子都涼掉了。她不知道他們為什麼突然那麼冷淡，這使她開始不安，覺得很對不起這些人，很不應該擁有這個夢，而且也非常的不配，畢竟是曾經被汙辱的身體，穿得再好看還是抹不掉汙辱過的痕跡。

這時後面跟上了一台大貨車，和她一樣停在路口的待轉區，開車的探出頭，音樂轉小聲，看來是要罵髒話了，嘴裡念著什麼。她不理會，卻聽見鵝叫著，原來滿車都是鵝，一隻隻的長脖子挺在鐵籠裡看著她，像在期待誰來救牠們出來。

她還是等著他，卻已不敢想，家族團散筵後，人也慢慢不見了。

從此她開始生病，想死又不想死，病到第四個月某一天，推著點滴架過馬路，走進一間空盪盪的三面牆，房東就在裡面等著她，被她的樣子嚇了一跳，臨時答應可以不拿三個月押金。合約簽下來後，她才開始想像早餐店的雛形。

然後就是那天晚上的沙灘。朋友專程帶她去那裡，應該只是要幫她療癒，不見得早已安排頭巾男子在等她。可見一切純屬偶然，一年後他帶著那八隻螃蟹來，恐怕也只是男人的浪漫，無處可去，投靠一個落單的女人，不就只是這樣而已嗎？何況那些死螃蟹後來還是又死掉了，白吐了那些離鄉背井的泡沫，死了兩次，真不知道那又算什麼遊戲。

剛才超前的貨車慢了下來，莫名其妙跟在她旁邊，到底是逗她玩，還是他的車子有問題？她猜得出那一臉的猥褻，正想要瞪他幾眼，才發覺安全帽裡滿臉都是淚，早已模糊一片。鵝叫著。路面正在微微上升，不遠處就是那條大河溝，過了河溝橋就算進入了鎮郊，也就是快到家了。弟弟還不知道她要回來，她也不知道那男人究竟在不在，這一趟會不會又是冤枉路，人生為什麼會這麼累啊。

陡坡就在橋前，貨車催足了油門上去了，她放慢了速度，等著它先上橋。然而怎麼知道呢，貨車卻在這時候突然頓了一下，開始往後退，而且明顯地滑下來了，這時她又聽見鵝叫著，鵝們嘎嘎嘎嘎地大叫著，好可愛，牠們竟然也會吶喊，她就這樣聽著，一直聽著一直聽著都沒有閃開。

## 3

每到午前，成漢就會在門外曬圍兜，把他的、明蒂的一起夾在鐵線上。紫色圍兜缺了主人沾染的油脂，曬完就會稍萎縮，加上隔日還要再洗，總像賭著氣又乾又皺的臉皮。如此日復一日，原來的紫色已暗暗呈灰，顯得掛在一旁的黃圍兜好亮眼，風一吹來給人忽明忽滅的感覺。

他每天多出來的差事就是結帳，這任務是生氣的明蒂那天下午交代的，要他結完帳先放著，沒想到已從夏天放到秋天。結完帳若再清理店外桌椅，出門吃飯大約落在午後一點；要是散客臨時又來外帶當午餐，他上街時小吃店幾乎都已打烊。

因此他不再追記流水帳，每天的結餘都鎖進抽屜，隔天若有材料商請款，收銀機不夠給，就回頭去拿昨天的錢。這樣的動作也是日復一日，直到上鎖的抽屜已滿出來，他把所有現金拿出來數清楚，才知道這段日子明蒂賺了多少錢。

他也找出她經常寫信的地址，寫給她弟弟，問他說你姊姊在不在家，大概什麼時候回來店裡，我有重要的事想和她談。弟弟都沒回信，於是他又寫了一次，算是邀請，問他有空要不要來坐坐，就算姊姊不來也沒關係……

寫得猶豫又心虛，實情卻是自從她回老家，那一整天他還充滿期待，第二天已開始徬徨，到了第三天就再也靜不下來。沒有人來電，沒有人來信，沒有人還敢打趣明蒂是不是回家辦嫁妝。由於太久沒消息，使他不得不往壞的想，想到快要絕望時才趕緊把她從黑暗的深淵搶回來。

所有管道都已試過，才知道她的人脈近乎絕跡，就像當時的熱炒店裡一樣也是遍尋不著，沒幾個人認識她，沒一個對她特別有印象，最後還是那個帶她搭火車的朋友，不情不願透露一個大區域，等於讓他又從零開始。

他已習慣漫長的等待，當初對她一無所知都能等了，何況如今滿腦子都是她的身影。只有明蒂自己不知道而已，其實她很美，是他唯一所見最不起眼的美，白紙上簡單幾筆輪廓那樣的臉，添上一點顏色反而失去了光彩，然而世人只愛表相，才輪得到他從內心深處看見她。一年後他帶著那八隻螃蟹來，虛張聲勢罷了，根本不敢正視她，很怕一見面就被拒絕，才會那麼死心塌地任由她指使，像個末代的愛情奴隸，而且絕口不提愛情。

他總算等到一個冷冽的暮冬上午，發現對街來了個年輕人，微傾著右肩，走得有點遲緩，來到騎樓站定後直直望著他，久久說不出話。憑直覺，他很快就想到了，應該就是那個弟弟。

他自報姓名，果然就是他，說完靜默著，口齒還算清晰，不愛說話而已。

成漢想起曾經邀他來的那封信，猜想他是接受了邀請，只可惜她沒有跟著來，不禁惶恐又不安。這個弟弟卻又什麼都沒說，走進廚房看了看又走出來，望著牆上的價目表，又看看對面牆上張貼的家教班廣告，看完才匆匆掠他一眼，且很快又停在他的圍兜上，眨著直直的眼睛毫無表情。

「我知道了，你是來參觀姊姊的早餐店。」

他點頭又搖頭，困難地笑笑。成漢拍他肩膀，轉身帶他進來，很想問他姊姊為什麼沒有一起來，卻又覺得這樣對他太冷淡，於是趕緊拉著他坐下。你姊姊對我很小氣，他說，每次收完帳就走了，她做什麼事都不讓我知道，像這次，那麼久了……然後又接著說，店裡生意這麼好，可是也很沉悶你相信嗎？如果她一直生我的氣，客人是看得出來的，哈，我到現在都沒聽過她的笑聲，以前她應該不會這樣吧？

弟弟還是沒回神，於是他轉開了話題。

「你沒有回信，我只好去找你，你家門口有一棵九重葛，應該種了很多年才會爬那麼高蓋住了陽光，不過我還是看到了樓上穿白衣服的人影，如果那就是你，那應該知道我在外面叫了很久，叫很大聲……」

說著想起了空跑一趟又帶回來的錢，他直接打開鐵櫃裡的抽屜，拿出那兩疊早已束好的紙鈔，臨時又想到應該拿什麼打包，隨手抽了幾張包燒餅的油紙，一連裹上三層，再用塑膠袋裝在裡面，拎起來就像一包外帶的早餐。

弟弟兩手藏到背後，猛搖頭，一直推說不要。

「姊姊不喜歡這樣，她說我們缺的不是錢。」

他把手繞到他背後，那交叉的十根指頭緊扣著，硬得像石頭。

霎時聽見他低低的聲音哭了起來。

成漢只好把手放開，卻看見他從夾克口袋掏出了一張摺紙，想遞給他，卻又像是做了壞事，摺紙一丟馬上往外跑。他跟到外面，看他沿著明蒂常走的廊下蹬蹬走遠了，走得很急卻又很慢，微傾的右肩搖晃著單薄的背影，走到路口的轉角處都沒回頭，然後像一雙鳥翼的黑影翻了過去。

那張紙是裁剪過的報紙，看不到日期，框著幾欄字，照片裡的貨車亮著車尾燈，輪胎下躺著一台女用摩托車，彩色安全帽像個破碗朝天掉在一旁。

報紙說，載鵝的說，當場目擊的檳榔店也說，異口同聲說天底下哪有兩台拋錨車撞在一起的。然後就是那個載鵝的，酒測值零，對著記者描述當時的情景：我早就發現不對，圍巾掉了也無所謂，一路上好心提醒她都不理睬，後來就算我的車子滑下來了，她也應該……明明還有一段距離……

外面越來越冷，他草草收掉騎樓下的餐具，瑟縮在長椅上啃著冷掉的饅頭，剪報擱在腿旁，用他斜睨的眼尾再瞄一遍，總希望那根本就是別人的悲劇。可是那載鵝的卻還在閃著車尾燈，於是他站了起來，緊繃著神經去拉下鐵門，兩手開始莫名顫抖，慢慢走進廚房，看看灶台上那些鍋爐杯盤，再茫茫然回到前廳，像在檢視自己的失物，明明什麼都在，卻已如同失去一切那般。不知過了多久，忽然感到一陣暈眩，他只好趴在牆上慢慢蹲下，壓緊了兩邊的太陽穴，然後深呼吸，直到發覺好像沒辦法了，這才開始放聲大哭。

漢蒂是兩個人的名字。漢蒂早餐店。

早餐店的招牌掛起來時，成漢四十二歲，就在他的生日這天。為了迎接這重要的日子，他用明蒂的錢簽下三年租約，還買了兩個大鳳梨擺在櫃台，花店推薦的九宮格盆栽櫃陳列在樓柱旁，店內不時散發出礦物漆的土香，桌椅也全都換新，房東還特地送來了一串鞭炮，把這個早晨炸得喜氣洋洋。

他也布置了夾層房，親手洗淨牆面地板所有的汙漬，床罩換上紫色圍兜一樣的花紋，當晚就睡在上面，而且睡得很好，再也不會流著淚醒來，使他不得不相信她在陪伴，用她不存在的肉身環繞他，而且時不時在他面前拔下自己的頭髮。

這畫面一直來到夢裡，卻不純粹是夢，而是真實的事又來到夢裡重演，每次如幻如真，早已數不清她這樣的動作重複了幾次。因為就在整理著床鋪時，翻開的枕頭滑出了一根頭髮，微鬈著髮根，呈現著在她頸下完全一樣的髮色，他想了很久才體會到她當時的心機，原來就是用這根頭髮來測試他的情意，難怪那天下午發那麼大的脾氣，就因為發現頭髮文風不動才使她終於絕望的吧？

從來沒有摸過她的手，她卻竟然連頭髮都拔給他了。一切都未曾開啟，一切竟然已在眼前，這時他才知道，原來被接受是那麼幸福，何況是被愛，被一個不快樂的女人所愛，傾注她最後一次的勇敢，可惜他是那樣粗心錯過了。

每天凌晨他還是一樣準時醒來，走進廚房先把黃豆撈起，瀝乾後倒進磨豆機，接著再把雙手洗淨，擦乾，後退兩步站在屋中，然後進入前後大約九十秒的靜定，包括思念，最後才按下磨豆機的電源。這儀式般的動作完成後，他趁著攪拌聲還在汩汩翻騰，走去掀開鐵門上的投遞孔，仔細查看黑暗的動靜，黑暗中從來沒有動靜，卻已足夠他想像明蒂即將下車走來，然後替她開門，從而展開曙光將至的一天。

但是每到下午，只要是黃昏將近的下午，外面逐漸傳來活躍的街聲，總有幾戶人家會提早亮燈，眼看著這樣的景象將又是別人的夜晚，這個時刻他最想死，所有武裝在他身上的強悍就在剎那間徹底崩潰，心裡痛到說不出話，只能不斷自責，且又一再陷入絕望，想不通那台貨車明明正在倒退，她為什麼為什麼沒有閃開？

為了讓她知道一個人應該如何堅強，他示範給她看，黃昏一到就開始狂奔在操場跑道上，一直跑，沒命地跑，以他最不擅長的百米衝刺連續跨過他生命中所有的瞬間，像一支憤怒的冷箭強行穿入暗夜，直到墜落在瀕死邊緣。這時他臉色鉛白，有時就乾脆蹲在路邊嘔吐，經過適度休息後再沿著小路慢慢走回店裡，只等好好地睡上一覺，然後又在凌晨四點準時醒來。

他知道這很愚蠢，非常愚蠢，但也知道只有這麼愚蠢才像生命。

——原載二〇二一年八月《印刻文學生活誌》第二一六期

彰化鹿港人。文學起步甚早，轉換跑道後封筆多年，短期任職法院，長期投身建築，二〇一三年重返文壇。

著有小說《那麼熱，那麼冷》、《誰在暗中眨眼睛》、《敵人的櫻花》、《戴美樂小姐的婚禮》、《昨日雨水》、《神來的時候》、《夜深人靜的小說家》和散文集《探路》，連獲時報開卷十大好書、《亞洲週刊》華文十大好書、台北國際書展大獎、九歌年度小說獎、台中文學貢獻獎、第二屆聯合報文學大獎。

# 夜永唄——吳佳駿

那天經過一保堂時，老師說要下去買個東西。

車內開了暖氣，外頭低冽的溫度使玻璃結成模糊的霧面。用手指稍稍劃開，窗外的遠山被靜白的漫天散絮遮掩，隱隱下沉，濃淡不一。自行車的輪子在濕滑的石板走道驚險地保持平衡，輾過的縫隙裡填滿霜晶，用力一點吸入空氣便感覺全身腔道都在抗議。雪甚是潮冷，行人大衣肩寬上的白色不用兩步就會消失。若是落在紅脹顫抖的臉頰上，便散成牡丹的形狀，好似清美的淚痕。

真珠二十四小時後就要返國了，但她說她還沒開始整理行李。她靠著車窗，用日光照明，手中的筆不斷在格紙上拉著線。一保堂的屋簷累積了一重過夜的白，但和她肌膚的透潤相比，卻也顯得單薄。木屋町這裡的櫻花甚是有名，而現在枝頭啞然無息。

《夷門廣牘》裡有記載楊貴妃的玉容法：「金色蜜陀僧一兩，研極細，用蜜調或乳調如薄糊，每夜略敆，帶熱敷面，次早洗之，半月後面如玉鏡生光。」古集所載之美白偏方多有帶毒，而我也未曾看過真珠使用鉛白或甘汞一類致死之物。她每天從冷藏室拿了黃瓜沾著大醬和泡菜吃，效果形似比這一眾化學之力來得可怕。

「不知道老師去買什麼那麼久。」我幫她打開了車內的頭燈。

把格紙本立了起來。說話的時候看著對方，不一邊行溝通以外的事，這是大家在工作坊裡喜歡的習慣之一。

「是不是玄子餅？去年亥月，老師從一保堂帶回來時，你吃的滿開心的。」

「喔對，我喜歡紅豆沙跟核桃和栗子共生的感覺。」

「共生？哈哈哈。」真珠摀住了嘴巴瑟瑟地笑著。

「這樣用不對嗎？真是對不起。」我說。

「我怎麼會知道呢？我又不是日本人，只是很好玩而已。」她收斂了笑聲：「那時是開爐的季節吧。」

「喔對啊，軟絨絨的季節。」

「軟絨絨。」這幾個字的發音是mo ko mo ko。我和她重複了幾次這個字。

mo ko mo ko, mo ko mo ko, mo ko mo ko, mo ko mo ko.慢慢的，真珠的mo ko mo ko在聲音裡變成了一個我曾聽過她吟唱數次的旋律。

車門被打開，老師一腳跨進駕駛座。

「感謝大冷天還來堂裡！路上還請注意路況！」身著西陣織圖飾短衫的店員送至店門外，清亮的聲音裡完全沒有正月的寒度，讓在車內的我和真珠不由得也點頭致意。

吉川老師關上了車門：「不好意思久等了。」從提袋拿出了白色和紙外裝，上面有著俏皮的紅色字跡。

「大福茶。」老師說：「京都人正月時喝的，路上泡著喝吧。」

●

對大部分日本人而言，我所在的工作坊就是神宮寺老師的工作坊。

常年在電視台的綜藝節目上，神宮寺老師一直以中生代設計大師、民藝美學中堅分子身分客串著日常生活的嘉賓。不但年輕時就有留歐經驗，加上明顯混血兒的臉孔，除了每個月固定的拍攝，老師在關西幾所美術大學也都有開課。

神宮寺老師的個性十分熱心外向，這也反應在他喜愛穿著自製的茜紅外罩上。《小雅》裡所說的「君子至止，福祿如茨。韎韐有奭，以作六師。」和老師的形象就十分相像。剛到日本時，我也是參加了老師為留學生所開設的特別講席，才有機會進入工作坊的。

開學後沒幾個禮拜，來自各國的留學生便多次受神宮寺老師邀請，去他在鴨川旁邊極度奢華的日式古宅家中同歡。老師的父母是七年占領時期從美國返來的日僑，戰勝者的身分和語言的優勢讓他們在一片混亂的日本無往不利，還收購了這間曾經新選組集會地點之一的老宅。

幾次之後，多少有些不愛熱鬧的學生不再出席。於是晚會變成學校裡最活躍最洋派的日本人，和總是嫌京都晚上超無聊的歐美交換生們，在那裡交換著青春的放縱與異質。他們會在凌晨十二點喝High了之後，要不醉倒在祇園對面的鴨川河畔，要不跳上末班的京阪電鐵到大阪夜店繼續狂歡。山茶花開之後，席間日本以外的亞洲臉孔鮮少出現，我也僅和兩人在那裡有過談話。一個是真珠，另一人則是中華人民共和國駐關西的大使。

那次是聖誕節，神宮寺老師明顯酒喝得興致高昂，不斷從倉庫拿出他蒐集的各式稀世珍寶。先是奈良春日神社地下室入口左手邊的順風明王像，再是狩野常信的《猿猴捉月圖》，件件懾人，似都不是些私人會有的東西。中國大使低聲地用中文問我這些東西是真的嗎？我說我真不知。直到老師拿出一幅有著竹林的字畫，說是懷素的真跡。

「假的。」我和大使說。

「嗯，這個我還看得出來。」大使說：「不知被騙了多少。」

也許是外務過多，真正進入工作坊後，我反而很少有機會遇到神宮寺老師。

那些晚會上的常客留學生們，也都被熱情地歡迎進工作坊裡。但假以時日，相較於待在木頭室內一整天安靜地做著雜事，大家更喜歡跟著神宮寺老師到處見見世面。畢竟，多數人都是以一年或半年的時間來日本進行交換，在這樣的短暫裡花上任何心思都很飄渺。櫻花紛落，蘇芳、棟花、泡桐、月見草、馬醉木、石楠、虞美人、丁香、花水木連袂開演時，每天還會到工作坊報到的，只剩我和從忠清北道來的真珠了。

共同掛名在工作坊代表取諦的吉川老師，也有在大學開課。甚至，就是在我所交換的大學，只是從來沒有人提過這件事。第三個學期，我才選了老師金曜日的課，關於日式庭院設計的。和神宮寺老師需要在電腦前等著第一時間搶的不同，第一堂課時，教室裡只有六個人。

每堂課，老師會先做一點簡短今日主軸介紹，接著開始放一個很老很老的電視節目，遠古時代NHK拍攝的《京都建築巡禮》。

教室在舊校舍最裡邊，靠講台的窗景是右京區的神樂岡八町，過去曾是王國維的居住之地；而與後排位置為伴的則是山坡上巨大樟樹岔出的枝葉，蓬發的綠葉讓天空使了勁也闖不入課堂的緩汩。

整個學期清如漣漪，老電視節目特有的螢幕白色秒數動得十分冷輕，窗外簌簌落個不停的針葉往往比喇叭傳出的聲音還要立體。內容大約是在介紹京都區域幾個重要的枯山水庭園設計：龍安寺、天龍寺、大德寺……都是一些搭公車可以到的地方。我到了期中才明白吉川老師被安排在這間教室的原因。老師放的是錄影帶，在圖書館的那台移到校史室後，這間全面把遮光百葉窗換成聲控開關的學校應該只剩這裡還保有可以播放的設備。

在課堂上，老師不會和我們閒聊。即使在每次放映結束後大約半小時的討論時間，大家都沒特別感想，他還是會在講台上講著一個又一個其實已經超出在座所有外國人日文能力的課程相關。沉默一直到下課鐘響，老師才會從底下抽出他的公事包，並說謝謝大家今天的到課，祝大家有個愉快的週末。

老師並不會急著離開，但他整理東西的氣場總會讓人感覺，如果要跟他聊天應該也得先用學校電子信箱寫信給他「吉川老師，貴安。次週下課後欲和您閒聊工作坊附近可愛的狗狗，再麻煩您確認。謝謝老師。」可能像這樣之類的東西吧，我沒寫信給他過就是了。

學期末，最後一堂課是所有人上台報告，也是我印象氣氛唯一比較放鬆的一次。我的內容和茶道之始的千利休有關，利用母語的優勢加入一些圖書館找到的資料和老子與道家的比對。報告結束後，老師和我說，以前去中國訪問時被中國的學者拿假的《抱朴子》內容騙，放到自己論文裡結果在國際研討會發表時大出糗。

「你引的看起來比較像真的。」他露出牙齒笑著和我說。

本來在名單上，學期末應該有兩位同學需要報告。但另外一人，一個法國人，不知是忘了退選還是怎麼了，最後還是沒出席最後一堂課。我一個人報告完的隔天來到工作坊，老師在我桌上留了一包茶葉和一張紙條。

「這是在日本級數很高的土佐茶，味道和香味都很特別，只是我一直覺得喝起來很像河濱的雜草。大部分人都同意這種茶是和印度、中國茶完全不同的系統，是日本限定的品茗體驗，這我也同意，但還是希望它可以好喝一點。記得泡的時候溫度不要太高。」

●

夏日假期開始時，許多人都留在工作坊裡幫忙，大約到八月中旬的盂蘭盆節才回家。經過一個春天的回暖，千百種植物努力地在春雨和梅雨裡開滿了花。六月初開始，依序從紅花發酵製成紅花餅；六月中旬，柿子疏果後，會製成柿漆備用或是直接進行柿染；梔柏、紫薇的葉片，跟著七夕的竹子一起被掛起來晾著等著製程。

常有人說，京都的夏季是由祇園祭開始，至五山送火而終。但若以燠熱來斷別，六月中旬真珠便已忍受不住，穿著短褲涼鞋來工作坊了。相信她自己也知道，這樣打扮在特別幾位老師傅眼中甚是不好，但她便一副老娘就是個交換外國人這個冬天就要走的氣勢，在板桌前架了三台攜帶式電扇開工。

相關的製靛不是由工作坊處理，大多是在原產地進行加工，再將靛泥送到這裡。但工作坊這邊還是會跟著四時節氣推出相關的產品或作品，以夏天為例，在小滿那天，由吉川老師象徵性地割下的一叢蓼藍後，也代表著藍染的季節開始。

在初夏夜時，工作坊外多了一隻白黑相間的老貓。聽前輩說，每年只有夏蟲追火之時才會看到牠的身影。也不知是單純躲避原居處的酷熱，還是貪戀工作坊外椴樹叢出的蜜色花苞。一路從繡球到龍膽，月亮每夜從婆娑的花影中升起，淌沅的香味摩蹭著工作坊的桐木，彷彿溫度計上變幻的不是氣溫，而是醉人的趴數。夏日的慵懶換來的不是悠閒，對應對熱暑的選擇性遲鈍，收束的內心浮起各式潛於深處的幻影。《徒然草》第十九段所說的：「嫩葉在樹梢的涼爽中茁壯，與世之間關係的渴望和對人感情奔波的孤獨也就越發強烈。」便是指這樣的季節。

那天早上，我在真珠的房間醒來。

前一天傍晚五點鐘左右，我一個人到出柳町附近的居酒屋吃飯。天氣太熱，想輕輕地喝一點啤酒，配上沾著薄薄一層鹽和胡椒的烤雞肉串。因為是在京大附近的連鎖店，大約六點不到學生就讓座位半滿了。裡頭的冷氣開得好強，我吃著可以無限吃到飽的高麗菜配桔子醋，遲遲不想起身結帳再回到燥熱的室外。

一直到七點半，明顯客滿，聚餐的體育社團已經喝開，肩並著肩唱著阪神虎的應援曲時，我才拿起明細朝滿是油漬的條紋玻璃大門走去。

真珠就坐在櫃台旁的二人席上。我看到她，她也看到我。

「我在等人。」她說，桌上擺了四盤已經完食的盤子和三大杯的三得利，店員還沒收。

「喔，好。」我轉頭回去等我的領收書。

真珠是沒有朋友的。

她不是這期留學生裡唯一的韓國人，另外還有兩個首爾的男生跟一個釜山的女生。三個人總是和歐美人玩在一起，去琵琶湖跳水、去飛驒野營。真珠沒在跟他們來往。我問過那兩個韓國歐巴為什麼沒看過真珠和他們講話，他們說，那個女生很沒禮貌。

「不是真的沒禮貌啦，是如果在韓國的話她不應該這樣跟男生講話。但她不是壞人的。」釜山女生偷偷傳了私訊跟我解釋過，歐巴說真珠很沒禮貌時，她在旁邊會突然變得異常沉默。

在工作坊裡，真珠明顯有在試著跟作為前輩的日本人說話，但不知道是不是她那一頭金髮的緣故，開話題的總是她，講最後一句話的也是她。

我想起她那每次看著別人轉身卻還有話想講的神情，突然想捉弄一下。從店員妹妹接過找錢後，我又把頭探回去：「騙人的吧。」說完連我自己都覺得怎麼那麼無聊，笑了一下就走出店門：「明天見喔。」

八點的京都充滿著水聲，天才暗不久，往南邊的熱鬧望去，三条大橋上滿滿的遊客。擺上納涼床的星巴克是整個視角裡最接近的光源，中間有黑漆漆的是京都御所，入夜後櫻木的晃動裡點點風鈴聲有著市松紋的質感。從賀茂大橋的階梯往下走，是著名的鴨川跳石。在黑暗中石頭的輪廓不甚明顯，但熱愛此地早就來回走上百遍的我並沒有差別，鞋襪都沒脫地就走上河流中的石面。

三角洲的下鴨神社今天似乎舉行著祭典，好多穿著浴衣的人從地鐵站走出來，往糺之森的內部走去。燈籠、小黃瓜、涼扇，裡頭一定有著撈金魚的流動攤販。古木參天，人潮湧動，萬物的靈動在這個晚上似乎無法止息。

就在這時，我被推下水。

真珠的黑色Converse鞋在我眼前的石面上。她的手中還拿著錢包，用食指夾著領收書。

「對，我騙人，我就一個人。」

她幫我從水裡爬出來。沁骨的湍急被我劃開，旁邊傳來嬉鬧的水花聲。

「現在，你要陪我喝酒。」

其實也忘了後來還有沒有喝酒。

真珠的房間放了一張那種很便宜在IKEA買的組合桌，白色的。陽光在上面切出俐落的三角形陰影。縱向開闔的西式窗戶下放著一盆五加科的植物，盆栽是梨花白，床具則是有縞感的無印白。我醒來時沒看到她的蹤影，於是躡手躡腳地往外面走去。

她住在一個什麼什麼莊的地方，是那種在日劇裡會出現的木造建物，真不知道她一個留學生怎麼找到這種地方可以租。從二樓往一樓走去，怪聲不停的樓梯，腳步除了要放得很輕，還要確保自己不是踩在木頭的敏感部位。玄關往外看去，可以發覺幛子後有很寬闊的簷廊，上面的欄間連著區隔空間的鴨居。屋架的木頭上還有以黑色金屬鑲嵌的四角。

真珠在一個像是公共廚房的地方，她打開冰箱翻找東西。水槽裡滿滿沒有洗的鍋碗餐具堆積。我打開水龍頭，正想說到人家家裡幫點忙時，她出聲制止了我。

「那不是我們弄的，你幫他們洗，以後我室友就會更理所當然地都不洗碗。」她眼神堅定地逼我放下碗筷後才離開：「早餐快好了。」

雖然有點害怕會不會遇到她的室友得要打招呼，我還是乖乖找到看起來像餐桌的地方坐下。桌面上的東西很雜亂，電信繳費單、Switch、大家的日本語初級2……我發現有一隻貓也在這個空間，牠在保養不錯的小舞壁前面看著我。

早餐是布里歐麵包在中切了一刀擠入淡淡果香的鮮奶油、有放薑黃的飲品、塗上奶油和鹽味焦糖的吐司跟百香果和泡菜。

工作坊的大家在桂川旁的石礫地上烤肉，據說這是京都人不做的話，夏天就沒辦法結束的活動之一。從下午一路烤到晚上，日本人開著車子把全家都帶來，還是學生的便帶上同校的朋友前來同歡，連吉川老師也帶著師母和拿著長長捕蟲網的弟弟出席。真珠帶了一罐道地的韓式辣醬，那些平常說可以吃辣的人沒幾個有辦法在淺嘗後保持泰然。

作為在場唯二的外國人，日本人們不論認識或不認識，在附近時都會禮貌地和我們搭理幾句。我的部分，珍珠奶茶、珍珠奶茶和鼎泰豐，大約就是在類似的幾個話題裡打轉。真珠那邊就豐富多了，BTS、TWICE、孔劉、宋仲基、金所炫……不管男生女生都能和她談上一兩句韓文，逗得她大笑不止。

吉川老師拿了幾枝線香花火過來。京都市內有大量古蹟，建築法規保存了大多的木造老房，也限制了包括煙火施放的火事。老師糾正了我把它當仙女棒用的衝動，食指和中指拈著底部，倒過來看著火花慢慢向上靠近捻緊的掌心。幾個夥伴從橋上一躍而下玩著深水炸彈，看到我們在點火，也游了上岸。拿了幾根圍在一起蹲下來，小心翼翼緊靠守護著那細瑣纖細的光亮。

「線香花火就是人的一生。」老師和我們介紹。

火花剛沾至和紙時是春日牡丹圓潤的起，燃燒出聲音時叉開的劈叉劈叉是初夏分枝的松葉，劇烈噴灑後緩緩收攏的是仲夏的柳垂，而最後煙絲的盡頭是秋天散落的菊花花瓣。

「日本人的夏天就是這種感覺啊，很短暫的。」吉川老師和我們說。

我看著真珠的臉在微光之下，和其他日本前輩的模樣。那好像是種，我和真珠真的和他們是不一樣的展示。

一種夏天，內斂、不帶遺憾的消逝、也不饞寂寞。

真珠和我在夏日的後半走得比之前近上許多，但也不是近到有什麼事好認真的程度。我們抓空去了一次那天那個下鴨神社的祭典，玩了水占卜，那籤詩太難，我和她都解不出來；我們也在綾部看了花火，聲音很遠，光很亮。當最後的八重芯錦冠菊把夜空所有黑暗都填滿時，我們像是忘了呼吸一樣的感動。

不知道為什麼，在萬物歸於真切的那縷寂寥裡，我覺得她和我有著同一種感覺。

肉烤完後，大家延著桂川沿岸的運動公園一路往北。

真珠指著路上珍貴文化遺產牌子上的介紹，問我其中一個字「俯き加減」在中文中會如何解釋。稍微低著頭的樣子，印象有書直接寫俯仰之間，我想了想。

「就是很短的時間吧。」我說：「韓文呢？」

「這是其中一個我一直搞不懂的字。」

「為什麼？」

水聲幽亮，大花梔子和芙蓉正做著交接。白鷺、蒼鷹從嵐山的上頭找到一股風，便朝著河面滑翔而下。

「你把它拆開，不是會變成『鬱』、『向き』和『加減』三個部分嗎？」

「是啊。」我說。

「我一開始，是將它理解成，多少面對著自己的憂鬱。」

「真的？我沒想過是這樣解的。」

「應該不是，但我太好奇了去問了吉川老師。」

「他怎麼說？」

真珠把手搗在心口，步距零碎，鞋底揚起沙塵。額頭先緩緩向上，幾步後，又低下看著地面：「這樣，老師那時就這樣示範給我看。」

走至渡月橋的南岸，這個晚上有于蘭盆節的放水燈，亦是五山送火之日。時間一到，跳動的火光在人群的驚嘆中旋轉著。距離甚遠，火光的顏色微弱得像是不小心滴落瓷盤的醬汁。但僅僅把手機拿起對焦的時間，炎焰便燃燒至觀光照片裡的模樣。

「我第一次到日本時，從關西機場出來，搭上Haruka一路就到了京都。訂的飯店在嵐山，晚上入住時只有聽到水聲，什麼都看不到。但隔天早上一醒來，走出戶外面對旅遊書裡只有小小一格照片的風景時，我嚇到了。」真珠和我坐在隔壁，草地上的露珠和在人群中的我們一同享受這時的靜鬱與謐皇。

「我那時很震驚，好吧，可能不是震驚。那天我們還去了金閣寺，就是那種第一次來京都的觀光客路線，去完金閣寺，在小巷弄迷路了一下，從北野天滿宮的後門進去。我那時就覺得，好漂亮。真的好漂亮，這整個地方。不管怎樣，我以後一定要來這裡工作。我要住在這裡。」

安靜之中，幾萬盞的燈籠像是無數的飛龍在黑暗的桂川水面上飛過。松屑香味在空氣中久久不散，吉川老師和師母在旁邊默默地合起雙手祝禱，于蘭盆便是日本的中元。

「京都人不是很喜歡說，啊哪個哪個世界遺產我都沒去過呢。表現他們生活在這樣的城市多年，那些風景從小到大看也膩死了。」

日文程度遠超過我的她，在幾個月之前早已獲得吉川老師的答應，在韓國畢業後可以再回來工作坊就職。雖然心裡有底，但和家裡告知時，父母還是毫無妥協地否決了這個可能。回家，交換的期限一到，立刻回來。

「結果我住在京都要一年了，我還是好喜歡搭著公車去這些景點。我真的覺得我看不厭京都的種種，不管再怎麼膚淺，觀光客再怎麼多的地方都是。」

和真珠對比，曾經來過日本找她玩的哥哥，要從明年開始在美國定居了。在亞歷桑納讀了個商學碩士，只花了一年，極有效率，和這個拖了幾年還沒辦法從藝術專科畢業的妹妹不同。家裡兩老沒人照顧，她知道至少這次沒辦法耍任何脾氣，於是寫信告知了吉川老師。

「漂亮嗎？你覺得。」

好像在信中閃躲了拒絕的理由，吉川老師在一次工作坊只剩我和他時問了我知不知道真珠出了什麼問題。我那時挺驚訝的，因為直到那個時候，在大家面前我和她都像是個私下沒交流的台灣人和韓國人。我們錯開進工作坊的時間還有離開的，在裡頭也不會交談。不是在意別人對我們的看法，單純只是覺得這個場合，兩個人一起也不會多什麼樂趣。但吉川老師卻以一種你是她最親近的人，我知道你知道的語氣來問。

我忘了我回答了什麼，但不是不知道。那是一個不知道最像謊言的瞬間。

久久不熄的橘紅包圍了惘然，不知不覺間又是一個歲時的更迭。

在活動結束人潮散去後，我們兩人坐在只有星月的桂川河畔。她唱了一首歌。起初只是淺淺的低聲念著幾個字，那頻率不快，十分纏人。音調都類似，聲音愈來愈小，但詞語的意義卻更加深入，往幽暗不見底的地方垂釣而去。宛若在水平的木架上放置兩捲蠶絲線，任由它們不斷地鬆開，順著地心引力和時間，朝著這個世界那沒有人保證過的底部而去。

開始有音調的時候，她好溫柔。我不知道她唱著什麼，但她每一節樂句，都像是我從不認識的她。在某個覺得疲累的時候，把自己所有的防禦都給卸下，看著風和自己氧化。回應的停頓和未知的害怕，在更加接觸黑暗之時都能有所成立的可能。
她吸了一口氣。
我知道，在層層的黑暗的底下，那裡有著火。把所有心靈努力突破而來的蠶絲線，焦化、彎曲，有著赤紅的底蘊。會記得意識到達此處的模樣嗎？我不知道。
「你會記得現在的我嗎？」
她跟我說，這首歌叫作「夜永唄」。
眼神裡好像還有著花火。

●

茜草根在中秋節前後採收，灰汁媒染。差不多就是那個時候，工作坊的全部人，只來一次的要來不來的，都一起去到神宮寺老師在長野北部的娘家。
據老師所說，這是行之有年的傳統，一開始只是在秋收農忙之際，神宮寺老師請一些最初的工作夥伴回娘家採收。山區的日夜溫差大，除了主力櫛瓜外，各式蔬果在那裡都可生長得不錯。只是後來，大家還是打著回去下田幫忙的名義，但更像是員工旅遊一般去鄉下打擾老人家一番。特別是最近幾年，在外國生加入以後，基本已經是給一些沒見過農田的歐美人農家樂體驗營了。

「不過楓葉每年都很漂亮就是了。」在車上吉川老師跟我和真珠說。

神宮寺老師的娘家十分寬闊，就算來了平常連工作坊都不一定塞得下全員，房間還是夠按男女國籍分得恰恰好。我和兩個歐巴被分在一房，不是日本的亞洲男生組。除了房屋，農地也大得嚇人。從橫越村子的唯一車道，一路到山腳之下都是他們家的。由任何一端往另一邊看過去，都遠到無法辨識站在另一個邊際的對方面孔。

來的時間似乎太早，山林的顏色已不復綠蔭生機，但離樹葉變紅還有段距離，荒芜宛若夏的臨終。山村的靜謐別來有趣，不同於京都極致內斂的寂靜，這裡的流動更像是無聲。耳朵所能辨識的，幾乎都太過於自然而無法被稱作聲音。在這樣反應緩緩擱淺在思考的世界，我們往著車道的方向，從山林側開始收割。陽光在白日用類似的路徑拂過工作時的肩頸，到了黑夜我們才回到室內。神宮寺老師帶著歐美人在餐廳裡喝酒，裡頭的電子音樂有時會傳到已經累倒在塌塌米上的被窩。

我們預計在此地待上一週，等到月亮不是圓形，便會返回工作坊的生活。老人家們端出各式只在電視節目上看過的鄉土料理，一盆一盆，從念得出日文的到完全不知道是肉是菜的。各個不知道和神宮寺老師有沒有親戚關係的老人在大家周圍，可能因為這幾年接觸慣了歐美人的熱情，居然會帶著微笑主動和大家攀談，好不似日本人。知道我家是那個有鄧麗君的地方後，紛紛感謝起在幾年前大地震時伸出的援手。

全部的作物趕在我們離開前的一天採收完畢。看著隔壁阿伯開著重機具過來，頓時感到無比的荒謬，但內心著實有著難得的成就感。只是回頭一看，山頭仍是沒有一點紅色。

幾天下來本來就被招待得十分豐盛了，但最後一餐仍是太過誇張。和室的正中央立了人家營業在用的大蒸箱，長方形，超過四公尺長，不到兩公尺寬。面積大到可以劃分出蔬菜、菇類、肉類跟海鮮四個區域。所有人拿著碗筷在四周圍繞，直接從裡面夾取想吃的東西。雖然旁邊有附調味料，但光是農家等級蔬菜帶出來的清甜，就讓所有人驚訝不已。咬下一個叫作萬願寺甜辣椒的東西，被它的好吃驚訝到讓我想告訴真珠，卻發現她不在室內。

在吃到一個段落後，我離開屋子想找真珠。不在庭院，我走上斜斜的車道，盡頭是出這個山村唯一的道路，一條橫跨溪流的小橋。上面有個人影，披著一件感覺是鮮豔色彩的外罩。

神宮寺老師正站在那裡看著河水，手裡拿著杯子，看動作他才剛喝完裡頭的東西。我本來以為是啤酒，但走近才發現是個茶杯。我上去和他打招呼，他看來有些驚喜，開心地問我要不要喝茶，我才注意到他把整套茶具都帶了出來，坐在月影稀疏的橋墩上品茗。

我恭敬地接過茶杯，那香味很奇特，有花果茶的氛圍，又好像有種酸粗酸粗的感覺。我不知道為什麼是這兩個字，但就覺得是酸粗。

「小心燙。這茶很特別對不對？」

那熟悉的味道一入口，我就馬上知道答案了。自己泡的時候從來沒有泡成這麼香過，所以本來還很疑惑。

「土佐茶？」

「咦咦你知道，真是太厲害了。」老師喝了一口：「我真的太驚訝了，這茶我很喜歡，但接受度真的很低，特別是日本以外的人對這樣味道更是不熟悉。」他又喝了一口：「真的厲害。」他舉杯對我，我連忙有樣學樣地也對他舉杯。

遠處好似有個添水，那是種用竹節做成的裝置。長端在下，短邊朝上，水從上方流下積於短節，等筒部因滿載的重量如翹翹板往下掉落，其中的水傾倒而出，再歸位循環。叩響底下的石頭，清脆。久居此地的動物早已習慣黑暗中落下的聲音，大多不被驚擾。鳥群在月亮掛上山頭時振翅而過，澗谷的盈潤比深藍色還飽滿。山村的夜晚好像什麼顏色都有，明明就是個沒有明度的世界，但每個輪廓卻又清晰的輕盈。

「我本來以為可以看到楓葉的。」我說。

「楓葉？可以啦，農事做完了，山頭自然就紅了。」老師很開心地回答我：「雖然我不太常在工作坊，但我知道你和真珠同學一直都有去那裡幫忙。」

「謝謝老師。」我說：「我很喜歡日本。」

老師笑得很開心：「吉川說他抓不準你的想法。」

「這樣啊？」我有點訝異：「我很喜歡老師。」

「他說他很想把你們兩個都留在工作坊。後來真珠自己來問，卻又反悔了。他說他不知道發生什麼事，想說問你，但你好像回答得跟不懂日語似的。」老師幫自己跟我又都倒滿了茶：「這讓他在想你是不是從來沒有打算以後要在日本工作，但他又覺得從表現上來看不像。」他舉杯，我也跟上。

「你想待在這裡嗎？」老師問。

我沉默了一陣子，把頭稍稍抬起，手心按壓著胸口，再將視線朝下對準腳尖。

「我不知道。」

老師按了一個開關，是個攜帶式的熱水壺。沸騰的聲音和橋下的水聲混在一起，不論什麼溫度，水都在翻騰著。

「真抱歉你在日本的這陣子我沒什麼出現在工作坊，但跟著吉川也能學到很多東西。」

「我很喜歡兩位老師，只是，」我停頓了一下：「總覺得兩位老師的個性相差好多。」

神宮寺老師大笑。

「我們在年輕時雖然想做的事情不同，但看到了很類似的東西。」老師說：「我們有很多共通點，除了專業的部分，還有許多喜好。像吉川他也很愛喝茶，他家裡有幾塊上萬的茶磚一直捨不得喝。」

竹做的添水又斟滿了清水，聲答山阜。

老師的笑容持續，卻在裡頭嘆了一口氣：「真希望你們有機會看到三四十年前的日本，那時的我們還保留著很多真的很特別的東西，但現在，真的都被外面的東西沖洗乾淨了。」

「不會的老師，我來這裡還是有感受到很多很特別的東西，我覺得是日本才有的。」

老師笑著搖搖頭，沒有繼續說下去。

那個晚上，我夢見了年輕的神宮寺老師和吉川老師，兩人有說有笑地幫楓葉漆上茜草的染料。我走上前想幫忙時發現，整片森林已然陷入大火。旁邊的眾人使勁地把我們拉上逃離山間的巴士，風景快速地在車窗外倒退。山頭連綿，淺絳、今樣、深緋、燕脂、蘇紅、紅鳶、唐茶、錳腮、鶴頂、妒嬌，黑煙壓境，分不清是葉紅還是熾焰。因燃燒不斷舞動的世界裡，似乎看得到其中有個渺小的身影。真珠佇於風勢強勁的山頂，在光和呼喊聲中，像是滴到清水裡的染料暈開。

二〇二〇年開始，病毒封鎖了國境，我在台北的某個小小藝廊和一些善良的人工作著。一次在中正紀念堂轉車時，不知道是不是因為挑高的空間會讓人想得比較多，我看著身旁戴著口罩的人們，心裡突然響起那首〈夜永唄〉。

昨日才降過寂靜的大雪，闇啞的低溫裡，這個在賞楓和賞櫻時的熱點顯得十分清淨。從停車場到山門之間要走上一小段不短的階梯，界限兩邊被冬季的枯樹巨大地包圍住，不難想像夏日鬱綠成片時是何種程度的療癒。我們那日離開寺院時天色已漸暗，枝頭被月亮柔和的光芒侵犯時驚擾了上面的烏鴉，振翅飛起，白靄的山景裡迴盪著牠們的叫聲。道路旁邊的黑暗彷彿也因此興奮地流動，在真珠要踏下最後一階時，一隻小鹿從林子衝了出來，把我們都嚇了一跳。

最後一次看到吉川老師，是真珠、老師和我三人一同前往常照皇寺的記憶。隔天真珠就要返國了，但她說她還沒開始整理行李。

「好冷。」真珠說。

「對啊，不過妳回家應該會更冷吧。」我學她把雙手舉起來搓熱。

她聳肩。

老師在和住持談話，我和真珠並肩坐在大殿前。沒有預告的，遠望之處重雲騰轉，天空降下綿密不止的大雪。本在三人登階而上後略微露出石階原本的黑色，也在剎息之間陷入多重的群白之中。雪花遮擋了所有山形，視線裡常夜燈的形狀，也漸漸和白銀包裹的杉木混淆。我和她都和彼此又靠近了一些。

「我媽教過我，覺得冷的時候，閉上眼睛。」我說。

「你要偷親我嗎？」

「閉上眼睛，然後想像有一條線在妳的血液裡。」

她乖乖照著我說的做。

「線跑過妳的腦袋，妳的肩膀，妳的肚子，現在，跑到妳的手掌裡。試著握住它，感覺那條線的感覺。」

她握緊雙拳。

我們的額頭輕輕靠著，不知道誰會先睜開雙眼。

住持和老師從殿裡走了出來。

「唉呀，好大的雪啊。」住持說：「諸位待一會兒再走吧？」

「是，待會。雪太大了。」老師說：「不好意思，再叨擾了。」

「山裡的雪感覺跟城市不一樣，特別漂亮。」真珠轉頭和住持說道。

「雪到哪裡都是雪啊，就和這山不管何時都是這山。」住持微笑的回應：「不一樣的是施主您啊。」

雪落下的聲音有個獨特的旋律。澄淨空明，卻又熾熱暗流。不知道什麼時候，那個溫度接觸到我們琉璃般的內心。觸碰到的一瞬間，久藏於記憶的水氣便迅速凝結，在表面形成花碎般的結晶。

「唉呀，你這人怎麼這樣，把我學生給弄哭了。」吉川老師搖著頭對住持說。

捷運進站，我睜開眼睛，鬆開拳頭。

想想我真的好久沒去日本了。

——原載二〇二一年六月《印刻文學生活誌》第二一四期

一九九五年生，高雄人，曾獲林榮三文學獎、台積電文學賞等。著有《新兵生活教練》。目前就讀北藝大文學跨域研究所。

# 那些彈力球為何消失？——李承鴻

我在獨居套房躲著外面滂沱大雨，啃著帶邊吐司，隨手拿起鋁箔裝的可可牛奶大口一併咽下，忽然想起那天夢到的場景，無垠的黑暗空間中，出現了一面光圈，圈內是夏天的藍色，無風。突然我手裡多了一樣輕巧小物，是那個鐵盒子。

那天，我把房裡各個櫃子裡莫名依然存在的物品翻箱傾瀉。其中，在床邊那方鴨頭書桌中的抽屜，最上層的，帶鎖的。我早已忘記我把鎖扔到了哪去。無論我如何用力扯著把手它就只是以輕微的鐵製卡榫撞擊聲回應，於是我起身拔起整張桌子搖晃，聽見了金屬撞擊抽屜木板的聲音，又隱約聽見了某些東西撞擊著鐵盒的聲音，乓乓乓！於是像晨鐘般好像敲醒了在睡夢中某樣款式的深色花紋大衣。

還記得小時候玩的彈力球嗎？那種乳膠質地，中間一圈赤道微微突出劃分了南北半球。那時小學的福利社，貨架上的大紙箱裡滿滿是同款小塑膠袋裝的彈力球，像從我家頂樓望向放學時的國小校園滿滿的小學生頭。一顆五元，廉價又普遍，得之可喜，棄之無謂。要說每顆球的不同之處，它們都有各自的調色與暈染，基底是白色，作者在上面碰撞顏料，可能是單色的條紋或多色的色塊排列組合。有些色調乏味，藏著靈魂的乏味，彷彿是地球某處的童工，那些製作玩具的孩童，經過上萬次手工塗色後細膩琢磨的乏味。而有些像木星或海王星那類迷幻色澤，甚至我曾以為它的圖案是參考著某個千萬光年外的星雲後精巧細緻描繪。

關於我的第一顆彈力球，我依然對於它印象深刻。那天是小一的家長日，母親帶著我走下位於地下室的福利社。校園的福利社往往都設在地下室。地下室沒有隔間，因此就用廢棄的舊桌椅圍成一個較小的空間當作福利社。因為可以從桌椅的間隙望向一片漆黑，所以總想著，會不會在黑暗的那頭，有個隱匿的來自荒漠的商人願意讓我用古代巨象的獸皮或蛇形怪物的鱗甲換取可鑲嵌魔法石雋刻複雜梵文的巨劍；或在最深處的通風窗映出的一方微光地面旁，有個通往神祕國度的地窖，那樣的國度還存在未知大陸等待探險家挖掘征服。但這些幻想在我看到那一簍的彈力球後置之度外。畢竟，那些球是我親眼所見伸手可及的，且無論如何，巨劍也需要有能鑲嵌的寶石。那時的我圓滾滾的眼睜著無辜地看著母親，母親同意我拿一顆後，我拿起其中一顆，像是我望著母親的眼神的那顆，或像是母親眼神的那顆，那個穿著深色花紋大衣的母親。

後來的日子，同學之間的對話流傳著漫畫裡的故事，七顆龍珠換一條神龍一個願望，於是我一顆又一顆地買。可是在故事中，當許完願望後，這些球又會散落各地。世界太大，而我還太小，所以我把其中的六顆放進了囍餅的小鐵盒內，又把小鐵盒鎖在抽屜裡，最後一顆則隨身帶著，等到那天我想到那個值得我犧牲所有小球許下的願望。

但故事沒說的是，如果沒有馬上許願，那些龍珠會又一顆一顆失散。於是隨著一顆一顆如星球閃耀的小球四散後，願望就這樣一一作廢。

關於第一個願望，是許給奶奶的。在我奶奶還像個正常人時，我就不太跟她說話了。她只會說台語，我只會說國語，所以我多半默默聽完她說了一長串台語後，我會回她一句：「聽不懂。」若我真的有什麼想說，我也會用國語跟她說，而她也就回我：「聽嘸。」但似乎我們的血脈裡藏著另一套古老荒野術士的沉默語言，會意或象形，眼神或默契，比手或畫腳，大致上我們還是能傳達事情的輪廓，只是輪廓。

出生在那個年代的奶奶，像乘坐一輛滿載疾駛的公車，沒有座椅扶手握把。奶奶是傳統道教的信仰者，遇到廟就拜，遇到神就跪，虔誠謙遜卑微。主神、天公、至側邊每尊不同方位不同掌管項目的神祇，她總要一一默念完全家人的姓名生辰住址，燒完紙錢才肯離去。

那時是小二的暑假，奶奶穿著深色花紋大衣，原本並非要去拜拜的，但因為我們語言不通，坐上了錯誤的公車，一路越開越村落，於是我們在某個中型大小的廟下了車，奶奶又忍不住要去廟裡好好繞上一圈了。而我就發著呆，看著帶燕尾的屋脊，永遠在準備起飛；或看著石柱上的小蟠龍被鐵欄杆圍了起來，就像被豢養的家禽走鳥。

順著龜裂的水泥地把視線拋往廟後，廟後面有一間用木夾板建成的破爛小屋，屋頂是鐵皮隨意搭起的，而屋外一位小男孩，堆了石頭，然後推倒。正愁無趣的我便跑向他跟他玩了起來。我拿出我的彈力球，和他解釋這顆球的奇幻故事還有玩法，我們把它往地上用力砸後看著它高高彈起，他的眼神也跟當初我第一次接觸這種魔幻彈起的擠壓飛天的夢幻倩影時同樣的閃耀，一閃一暗地閃耀著，那種光芒足以喚醒任何沉溺孤寂枯槁的人類再次相信這世界不是本悲劇末日小說。而後他的妹妹聞聲從屋裡跑了出來。

他的妹妹，穿著一件髒紅短袖上衣和淺灰短褲，膚色略微黝黑，是那種值得同情的黑。但其實我根本不記得那身裝扮的配色，只是想起那樣的環境和神情，自然而然就為她配上了適合她的穿搭。而短髮蓬頭下的那雙眼瞳，藏著一種天真的無畏感，那大概是她全身最值得收藏的珠寶，但卻又有種異常的類似恐怖谷的冷懼不適。那雙眼眸中發亮的那一部分，像是沿著剛果河逆流而上，歷經瘴癘叢林和無底裂谷後，最終在一處萬年前的古老地層中掘出的一對水晶骷髏，卻在未來鑑定後得知那只是上個世紀中葉，某個痴癲的吉普賽探險家隨意埋下的贗品。縱然仍存於博物館流於後人紀念，紀念這則世紀大玩笑。

我們仨就這樣互相丟著小球，或聽著小球彈向各種質地的聲響。整個過程沒什麼語言，我只是偶爾打量著那間小屋內的構造：一個大鐵鍋下面生著火，幾張老舊不堪的木椅，有點空洞的房間卻又太小而稱不上空洞。

在奶奶催促著我要離開時，男孩問我可以把彈力球送他嗎？我斷然拒絕，卻借他把玩了最後一次，也是它最後一次彈起。他大力擲向旁邊的河谷，我看著球呈拋物線地浸入清澈的河水，接著他拉著他妹妹扭頭走向那間木屋。我錯愕地看著那雙背影，而他妹妹頻頻回頭看向我，好多年後我才能理解他妹妹那眼珠中翳影後面所遮掩的大致輪廓。

這是我最後一次單獨和奶奶出門走走。幾個月後，奶奶出了車禍，那天天還未亮，奶奶騎著腳踏車，被一台醉醺昏頭的小發財車大力擲向旁邊的變電箱。那天夜裡，全家開車去醫院看奶奶的情況，父親開著車，我坐在副駕駛座，我妹與母親在後頭，母親不停念佛迴向給與死神搏鬥的奶奶。當時是無雨的夜晚，天頂半球的其中半邊渲染了微微的靛藍，但在回憶裡，總感覺我整路看著車窗上的水珠不停地生成壯大滑過吹散。

後來聽說，奶奶能活下來，算是燒了一輩子好香。至少，在高速奔向醫院的一家人，坐在後座的母親一直堅信，是她一路默念心經感動觀世音菩薩，在那個將死的瞬間，菩薩回到車禍現場，強拉著奶奶解脫的靈魂回到肉體，只是不知道哪一刻出了錯，縱然千手如千瓣玫瑰從容迴旋地禮讓那隻該握著奶奶某一魂的手，卻又在即將握起的瞬間陰陽錯差地擦指而過，或縱然千眼睜望，卻某一魄剛好縱身躲入了陰陽兩界交叉編織密網中其中一個位在盲點的口子，糊裡糊塗如失神般（神失了神？）千眼望空。幾年過後的某一天，看著那好幾年機械式起伏的軀體和那些醫療器材融合成巨大半生化體後，我許下願望。

第二個願望差不多是在中學時許下的。五感交織的暑假，燠熱溽濕難耐的肌膚觸感、泳池旁瞇眼張望的全身黝黑的中年救生員、冰店店員額頭滑落的汗滴滴入的刨冰那沁爽口感、撞球間直衝入鼻龍蛇混雜的菸味霉味、那位在我願望中出現的男孩他不上不下的喉結共鳴正在形塑時的低啞聲線。

那是將升中學的暑假，那位男孩叫王清誠，家住瓦磘溝旁——一條曾經是新店溪河道的溝渠。我們住得很近，他家離我家只要走五分鐘；據說這段路程沿路所視的土地是漢人向平埔族用兩條狗換來的土地。現在商住大樓百貨公司高高矗立，再也沒人喊這塊叫狗園了。

清誠是我的小學同學，但直到小六才跟他漸行漸近。那時我們一起被分配到外掃區，總在打掃時間摸魚，在一樓的廁所拿掃具當武器互敲。他單眼皮旁有顆愛哭痣，淡色平頭凸顯兩筆眉濃，身材跟我相像，但略寬於我。逐漸要好後，我最常跟他聊遊戲，我們會互相用隨身碟傳遊戲檔案，讀取對方存檔，分享破關要訣。但直到畢業之後，我們才真的約出來玩，或約去他家打遊戲。

我喜歡他家的擺設。從陽台進入到客廳，客廳小巧玲瓏，L型的沙發和一台四十吋左右的電視，左手邊擺著一座魚缸，一條氣派的紅龍巡視著自己的地盤，婀娜如扇的尾鰭和傲氣逼人的眼神，眼珠子像銀河系狀的圓盤中鑲著一輪黑洞，目光直挺挺地平視著我。旁邊還有一台電腦，我總是坐在他旁邊看他打遊戲。我也喜歡他家庭成員的擺設，和我家十分相似，我們都有一位奶奶、一位父親、母親、一位妹妹。我們十分相似，猶如我曾在午夜十二點，啟動某些一連串咒術祕法，在鏡子前將自我解剖重新煉成後，奮力從鏡中拉出另一個我，從此我犧牲了能在鏡中看見自己的魔力，換取了他的存在。

在那個重複幾千萬次的女聲催趕著說「時間快到嘍！」，我們離開網咖時大約快六點了，陽光黯淡了許多，此時走出室內也比起正午來得舒爽許多。我們晃到仁愛公園的溜冰場，依著略微生鏽的鐵欄而坐，看著水泥牆上立可白的塗鴉，一段可有可無的時間，等待晚餐時間。

「陳雅婷孤單寂寞覺得冷 0932520167。」清誠發愣著無意識地念著。

「說不定打過去是個男的。」

「欸，這邊還有寫著『謝怡萱臭婊子。』」

「你會不會好奇她到底是怎樣的人？」

其實我不喜歡傍晚的夕陽，讓人惴慄不安，太陽要落不落的分身之時，類似立於丘狀頂峰的小球，隨時會落下而感到慌恐懼怕，只要一分神，哪怕只是眨眼瞬間，它就會無聲地背叛你滑下谷底消失幻滅。所以當時我只是敷衍地隨意附和，搓手搗頭。

「欸！你看對面那個男的在吃檳榔，我一直好想吃看看。」

「不要，我覺得超噁。」我想起父親嚼著時，嘴裡黏稠血液感的檳榔汁液。

其實上了國中以後，我就忘了清誠，他消失了。

國二那年的一日，放學後和班上同學來這座溜冰場抽菸時，我看著那些立可白塗鴉，看得出神。忽然來了兩位一臉迌迌仔的中年男子，跟我們一群人瞎聊了一陣。我一直記得其中一個略矮的男子，話著當年進去出來又進去出來的勇；說有一次為了幾個月的賭錢菸錢酒錢檳榔錢，把素未謀面的臉當棒球砸下去，邊說邊握著空氣球棍，扭腰擺頭，俐落地把手拋了出去。而後繼續又聊了一陣，有的沒的，或有血沒淚的，擋了兩支菸，換了一句好好做人，擲步離去。

我們一群人揮了揮手，向那兩個中年男子道別後，看著那對背影，那個較矮的，一手塑膠杯裝著淡黃色液體，另一手扣著酒瓶和檳榔袋；較高的那位男子髮型邋遢、肚肉微凸，撇頭朝著手上的塑膠杯吐進一抹髒紅腥渣。他吐出的髒紅檳榔渣，讓我想起了我爸，想起了那年的暑假吃檳榔的男人，想起了消失的清誠。

我的記憶失而復得。

他消失的那天，台北很大，我還太小。永和的撞球間，總在地下室，一小時六十塊。在溽暑時那真是個好去處，兩個人加兩瓶麥香，一人一百塊就可以耗掉整天最熱的幾小時。但我必須說，我真的不太會打撞球，架竿亂架，定竿打成拉竿，左賽右賽總算不好只好靠賽，所以我多半就坐在沾染了厚厚一層香菸焦油的沙發椅上發呆。清誠原本也不強，但確實很有天分，再後來他對老闆很有一套，所以有時會偷習得一招半式，把我釘在沙發乾瞪眼看著他得意的笑容。也不知道他吃了什麼藥，那個暑假原本平分秋色的身高硬是被他超了快半片瀏海。他漸長自信的語調也拉攏其他桌的常客，我就看著他們挑球，黯然自己練習運竿出竿，木雞落呆。

我不知道一切是怎麼開始的。確切來說，我不想記得，若我鉅細靡遺地講出來，不乏淪為陳腔濫調，甚至只要上網搜索關鍵詞，你能看到的影片都比我所描述的精彩萬分。那天老闆不在，坐在櫃檯的女孩愣在旁邊愛莫能助（或早已見怪不怪）。真的沒什麼好敘述的，也許在櫃檯旁邊不顯眼的位置，還有一張表記錄著，記錄哪天沒發生這類事。若當時我是旁觀者，我大概就想著又來了或竊喜有好戲看了。我們被包圍著，一群叫囂的國中生，他個性就是衝，可我們只有兩個人。我已無法抑制住雙腳顫抖，於是拉起他的手臂，眼神示意，他沒會意，我只好逕自地往外衝。

砰！那時我已經跑出撞球間，橫過馬路，我看著跟不上我的他，嘴微張，像吃著檳榔的嘴，我就這樣看著他長達一世紀的一秒，緩慢蛇行的血液沾染了整段的記憶，僅存他那一珠蘸著，在血泊上，望向我的混濁眼珠。

永和的路蜿蜒崎嶇，外地人總說永和是迷宮，但對於一個異鄉人，在他鄉迷路並非丟臉之事。我和清誠有一次在永和迷了路，我們以為望向最高的那棟大樓，永遠朝它前進就會最快走到目的地。永和的路是彎曲的，像帶著反重力的，越想靠近就被推得越遠，擠破頭卻徒勞無功地跌到永和的另一端，我們在自己的家迷了路。

可那天我竟沒有轉彎，像在所有曲折老舊房屋群開了條甬道，長驅切開水泥磚瓦，像精密切割機具割成完美的橫切面，穿過一切如剖開易氧化金屬般重新賦予新切面光澤，廳室裸裎、鋼條外露、神龕成半。我如摩西無理穿越紅海，炒菜的婦人、如廁的大叔、性愛的情侶，茫然望著直奔回家的我。

我把自己拋進棉被裡，情緒顛覆，思緒行至無路，柳暗花明想起了七龍珠的故事，拿出鐵盒子想許願時，才意識到我的球不夠，我摔了鐵盒子，我摔著鐵盒子，我摔凹了鐵盒子。

那天夜裡，我走到陽台，望向陽台外的小學，我把那顆染著暗紅顏料的彈力球拋入眼前的國小。但我還是許了願，對著鏡子許了願。鏡中的自己有顆混沌朦朧的眼珠子。

接續的暑假，就在那些漂浮在水中的冰塊間，那些微微絲柔扭曲的光影間，流竄而逝。冰塊消失在附著著水珠的玻璃杯裡。

我失而復得了記憶。

可是，時間倒轉，理應如唱盤上一根探針從終點拉回原點，同曲同調義無反顧地機械式重複再重複。可我的記憶卻是失憶般地從原點出發划出了弧形的、蛇行的、橢形的、象形的，各式各樣的路徑，每一種路徑皆合情合理，無可挑剔的起承轉合，但又在枝微末節中悄無聲息地代換主角，錯生矛盾，真假難辨。像是那場我曾做過的夢：我走向位在走廊盡頭的家，打開大門，發現我獨居於某個窗外有風有雨的小套房，格局精簡、用品勤儉，厚重灰塵沉澱，突然一隻貓對著我喵喵叫著，我才意識到我養了貓，牠似乎好幾天沒被餵過飼料般地飢餓嗚嗚，東翻西找卻發現飼料袋已空。我走到隔壁鄰居門外想借點飼料先擋著餓死邊緣的小貓，鄰居卻跟我說我沒有養貓（背景有著輕盈的貓叫聲）。我怔怔地走回家門，關上大門，穿過客廳，房間躺下，醒了，一切就順其自然地接回現實。

樂華夜市整體是一個Y字型。

之後的連續幾天，我都會走到樂華夜市Y的右上角，那裡有一家便當店，我就佇足在店前發呆。汩汩湧出的回憶訴說著，清誠說這個地方是他父親開的麵包店，而且不只有這一家。他說他父親年少輕狂，母親在他父親二十一歲時，留下三歲的他含恨失蹤，因為她發現他不只有這一個家。他會告訴我這些事，是因為一次在他家打電動時，一個女人帶著他妹從房門走向大門，一聲不吭。

「那是誰哦？你媽？」我狐疑地說。

「算是，我妹的親媽媽。」

「蛤？親媽媽？你跟你妹不同媽媽哦？」

接著他說了他的故事，我默默地聽，像在說著我或我們的故事般，雖略有出入卻在節點上巧妙吻合。他又笑著說著他的繼母，帶點鄙夷輕蔑，他戲謔的笑聲令人發癢，我順勢抓了抓手臂肩膀，抓出縱向血色條紋。

也許他自己也會發癢，所以他手臂上也有血色條紋，橫向的。

在奶奶出車禍的前半年，那時梅雨季，空氣的罅隙填滿了濕味和霉味，緻密得讓人窒息。一天下午，一個莫名的女人闖入我的家，幾番爭吵；比雷還大聲的吵，我不怕雷但我怕吵，我不怕痛但我怕哭。

同一年的暑假，奶奶突然到安親班來接我，說要帶我出去走走。

母親消失了，我們搬家了，搬離了那個我喜愛的格局的公寓，到一棟新式高層大樓。我多了另一個母親和妹妹。奶奶也變了，陰沉無語，任性易怒，尤其是對新來的家人。她的笑容變得珍稀如命，如電腦遊戲中的命，失去一次少一次。

開學後的一天放學，我晃跳著輕巧身軀回到家，奶奶走出房間穿過走廊迎接我，我笑盈盈說著學校的趣事。那天有幾個笨同學，把整張手壓進黏鼠板，慌張地向老師求助，後來靠著工友幫忙才把那些亮黃黏稠的膏狀物去掉。當然我知道奶奶壓根聽不懂，所以我搶在她前頭說了：「聽嘸。」接著她說：「聽不懂。」我們笑了，可是奶奶很快地收回了笑容，嘴角歸位。我跟著她把臉板了起來，她似乎察覺到了，於是她勉強地又撐起嘴角，我們又笑了，她短暫地又笑了。她一次用掉了兩次笑的機會。也許是最後兩次。

車禍之後，奶奶的記憶反轉，像顆膨脹的紅巨星終究抵不住引力開始塌縮般，越活越小。但這並非像是電影情節般奇幻，反倒像是僵持的壕溝戰，整個家被拖進泥淖，越掙扎越桎梏。起初幾個月，她忘了繼母和妹妹的名字，忘了自己身在何處，忘了那一年是民國幾年。但遺忘事小，錯置事大。約莫半年後，一次全家去醫院探望奶奶，奶奶望著繼母，卻喊了我母親的名字，繼母糾結扭曲的輪廓，我敢保證她就再施那麼一點力就可以用自己的臉部肌肉擰下自己的嘴唇臉頰眼瞼。但無論如何，她是我的奶奶，我父親是奶奶的兒子，我家裡住著我父親，一切該是規律的環環緊扣。我雖不忍躺在病床的奶奶卻依舊知道她記得我，她是我奶奶，我是她孫子。但錯置的也許是我，我走錯了家，認錯了父親，記錯了奶奶的病房。

直到那一天，奶奶望著我的臉不發一語，終於叫喊不出我的名字時，維持一切運作的連結瞬間斷裂。環顧四周，我才驚覺那是個如此悲哀的處境，被囚禁在滿是同樣呆滯眼神老人的昏暗空間。流質食物的氣味、強烈的消毒水味、藥膏藥水味；走廊上一位約莫五十歲的大伯，在我面前滑過輪椅，他竟是這層樓少數自由行動的病患；交誼廳那台還是方體形狀的電視機，前面輪椅上坐著一位傾斜的老人，電視機的影像，乏味得像面鏡子，要他把剩餘的生命殘值耗在和自己的對望，那個無法再行走說話甚至對這個世界比個中指都無法做到的自己。

視線所及，是複製後難堪的無止盡的貼上，病床病房樓層醫院到整個永和乃至整座城市的醫院，直至全世界所有腐朽的老人。再側身進入時間軸，腐爛皮囊到腐臭屍骸，過程的衰敗又要十幾年。生生不息，永無匱乏。

所以我許下了第一個願望，願與願違的願望。相比第二個願望，第一個願望我並不想它實現，因此我當時並不在乎小球有沒有湊齊。

奶奶終究連我真正母親的名字也忘了，接著是父親的名字。此後，他們母子的對話再也沒有文字，或應該說那些文字沒有任何意義，如空望無語般，或握著手卻眼神迷惘；像顆年久失修褪色的彈力球，不再張力，顏料落色，迷離難解。

難解的還有那些畸形古怪的名字或綽號，奶奶開始喊著莫名的名字，我和父親對望也無法解答的名字；也許是她壯年時期倒她會的缺德鄉里村民或青年時期的做工同夥或少女時期的隔壁鄰居。繼母有時會操著那口破台語問起那些人物的來歷，得到的解答卻是各式姓名來歷地址排列組合，離奇無解。但至少我閒來無事時，會為那些名字想些人設故事，讓他們似乎存在著，哪怕只是曾經。

曾經，這世界對父親最好的應該是奶奶吧！父親也從不忤逆奶奶，但奶奶或許不總是對的，所以才會叛逆了一次。而對我最好的或許是我的父親了吧！但是他的好就像彈力球一樣，像某處失控的小球彈向我，又彈向周遭的人，是希望是失望，是諾言是謊言，是愛是恨，一切變得混雜，那混雜感就像繼母看著父親偏愛我的眼神，或如妹妹給我的一種若即若離粗糙又細膩而難以理解的濃稠側目，或像兩棲類生物的眼瞳前混濁乳白的瞬膜，不知望向何處望想何事。

第三個願望，不能說出來。

在奶奶離世前幾個月，看著奶奶蜷縮的身體，側躺在病床，手被綁著怕她癢痛難耐把自己抓受傷。我又想到了清誠。眼裡無神，已經無法言語，像隻啼血杜鵑。我又想起了王清誠。

王清誠似乎很喜歡血，他常常趁只有我們兩人在他家時，連上暗網，看那些帶血的影片，且主角是人的影片。

「你好殘忍。」我說。

「我哪裡殘忍？我只是看而已。」

「而且都已經發生了，我就算不看，這些內容還是會在網路上啊。」王清誠停頓了一下接著說。

「就是有你這種愛看的，他才會想幹這種事。」

「你又知道了，也許他就神經病才會那樣幹啊。」

「啊他錄下來，有人看了有樣學樣怎麼辦？」

「你以為這些事是第一天發生的哦？有錄沒錄，有人存在的地方，這種事就會發生啦，白痴嗎？」他說著，他望了望周遭，或只是一種無能為力的搖頭。

「你好殘忍。」我把這句話默默吞進肚裡。

其實他說得沒錯，只是我無法忍受。對於那些影片，我印象最深刻的一段，鏡頭對著一個全身赤裸的女人；女人被像烤乳豬般吊著，另一個人拿著大砍刀，對著女人的背、胸、腿、身體的各大皮肉使勁揮砍，女人鬼吼，眼帶血淚，鏡頭後似乎有一群人圍觀，幾口陌生語言，而下面的英文字幕寫著那群圍觀者的對話：「那刀砍到骨頭了，是骨頭。」「天啊！你看那個肉在滲血。」「會不會砍啊？那刀砍歪了，那樣會太快死。」「她叫得不夠慘，應該再淒厲一點呀！」

其實他說得沒錯，那影片的背景，像歐洲的某座杳無人煙的森林，沒有這段影片，根本不會有人在乎曾有個女人在此地被虐殺，甚至會是一個接一個，這種戲法不停上演直至窮盡人類。再說，也許在十七世紀時，這座貌似在德國的荒野森林，早已慘死過無數被虐殺焚燒的巫女，而那些鄉親父老唯一的善意就是為這些巫女舉行了一次又一次盛大的葬禮。

奶奶的葬禮那天，是盛大的日子，來了好多人，那些親戚鄰居朋友議員，有些人的名字我還曾聽見奶奶喊著。就說其中之一，奶奶有一段時間時常喊著「阿桃佇佗位？」那天，我見著了她，體型臃腫，年約耄耋，一見奶奶的遺照，涕泗縱橫，膝蓋失重，跪地扭身，引得家屬全體慌亂跟著淚洗滿面。可五分鐘後，又有說有笑地融入眾人，高談八卦闊論從前。而其中一位親戚，總要有人死才會遇見的親戚，噓寒問暖，卻總是把話題帶到讓人難以招架，乍暖還寒。還有那兩位議員，穿著自己的顏色的外衣和繡著姓名的斜肩帶混入一片沉默無語的黑，握手致意，為整齣喪禮帶來些許熱鬧。

我、父親、奶奶、法師、妹妹，在小隔間見奶奶的最後一面，奶奶身體縮得好小，皺著的皮膚緊貼著骨頭，衣著端莊簡潔，雙眼緊閉，我已無法確認眼神是否安詳，但躺了十幾年了，為了這一刻練習了十幾年，我不知道。我只知道這時候父親終於哭了。只有我注意到。

回到故事開頭的那天。

那天，我終於要離家了，是奶奶葬禮過後沒多久。永和很大，我依然很小，我搬到永和的另一側，那算是離開家鄉吧！

那晚，我做了一個夢，夢裡不知道身在夢，我穿著當年我還沒長大的身體，鑽進桌子裡的夾層，從那裡把鐵盒子拿了出來。那些失散的彈力球憑空而出，六顆彈力球在鐵盒裡旋轉，越轉越急，一陣朦朧迷霧後所有的球彈飛消失，沒有神龍。無垠的黑暗空間中，出現了一面光圈，走出長大後的我，眼裡鑲著第七顆球，輕巧取下，許下願望。願望裡有希望，有諾言，有愛。

某天的假日，就如奶奶忘記我的姓名的那天一樣，只能稱得上某天的日子。我藏身在獨居套房，套房隱藏在暗巷內的狹窄公寓頂樓。公寓的主人又把它隔間成四個小套房，排列成行。每個人都有自己房門衛浴，陽台洗衣機共用。其中一位租客，養了一隻小花貓，有時能略微聽到貓叫聲。住我隔壁的租客，作息完美，總在凌晨五點鬧鐘響起，提醒我該睡了，一石二鳥。最後一位，我從沒遇過，好像是我反面的存在，但門上有時會掛上雨衣，兩件雨衣，兩倍的雨，一對的幸福。

那天假日，外面雨好大，陰鷙冰冷，沒有雷沒有風，就是無止盡的雨。淹了水，腳踝膝蓋髕骨肚臍胸肩口鼻滅頂，水位迅速攀升，咬著公寓外牆直登我住的五層公寓頂端，整個永和成為一面大泳池，如鏡般映照著整座城市灰濛的天頂。那些跟我公寓同樣矮小的樓房全泡進了水裡，幾柱高聳大樓依然聳立，其中一棟是我父親和繼母的家，屹立不搖，無畏暴雨。

想起初次進入泳池，是在永和旁的自強游泳池，706號公車會經過，原本那站叫抽水站，後來更名為自強游泳池，又後來泳池的水乾涸了，改建成一片公園綠地。我不知道那車站現在的站名。我不知道那一半的永和變得如何了。

住永和的我，一湧而上的雨水，從頂樓一躍而下的我，泳入永和大泳池，池水沸滾流竄，我探頭出水保持平衡，開掌踢腿，泳入回憶。

回憶起第一次穿上泳褲，帶著泳帽蛙鏡，小手牽著母親，走出更衣間。空氣瀰漫著消毒水味，更衣間旁躲在遮陽板下穿著紅色三角泳褲的救生員發著愣，他身旁掛著一輪橘白相間的救生圈。一眼望去，泳池如鏡，反射煦陽，目光驚奇。

「好多的水！」

「你不能去那個深水池，走，跟我到後面的兒童池。」

「好吧。」

水深及肩，我望向旁邊的小女孩，學著她划手踢腿。練習一陣，腳在水底拚命踢水，如一隻金黃毛色小鴨，略微浮在水面，我興奮地望向母親喊著。

「媽媽你快看，浮在水上了，我是不是會游泳了！」

「弟弟，你好厲害呦！很有天分耶！」

母親的眼球，像把仙女座星系花上百年精細描繪上一顆純乳白色彈力球。是仙女座，不是銀河系。

我現在會游泳了，是真的會了！妳要來看嗎？還是我游過去找妳。

「你好殘忍。」我說。

——原載二〇二一年十月《印刻文學生活誌》第二一八期

本文獲二〇二一第八屆青年超新星文學獎優等

一九九五年生，永和人。國立台灣海洋大學光電系畢業，國立中央大學光電所碩士班畢業。目前剛完成碩士學位，邊等當兵邊找工作中。曾獲二〇二一青年超新星文學獎。

# 療程——黃茵

她站化妝室洗手檯前，觀察鏡子裡的李小葳，知道她確實承受著創傷，正經歷一場巨變後帶來的痛苦，但她解離了嗎？她清楚時光流逝，現實與虛幻，旁人，還有自己。如果精神分析夠科學，為什麼預期出現的症狀沒出現？

今天看診人數不若以往，窗台邊還有兩個空位。她將暗茶色拼花布包擱在大腿上，安靜落坐於精神科候診室，等候叫號。身上那件寬鬆褪色嚴重的海水藍罩衫，前胸後背皺得實在不像樣，丹寧七分褲褲角也磨出髒髒的流蘇，乳白色船型鞋橫的、豎的鼠灰色摺痕密布。彰顯於外的樣貌在社會認知的標籤中鮮活立體，難怪旁人見了她滿是嫌棄。

散坐四圍，哪些是病患，哪些是家屬，輕易能辨別。有學生、阿伯、大嬸、上班族，也有一些看不出確切身分和年齡的，低首垂眉，或引頸張望，乍看都比電影《一念無明》裡的演員更入戲。她處在當中，開頭幾次覺得挺彆扭，慢慢就融入了，知道自己無論動機如何，仍是病人，沒有比其他患者正常多少。

趙醫師說，變態心理發展到較為嚴重時，就會成為精神病。焦慮、恐慌、躁鬱都屬於這個範疇。她不覺得自己變態，至少那個現象不曾困擾她。但人活於世，煩惱千絲萬縷，總要偶爾不正常才算正常吧？何況正不正常的標準是誰訂的？訂這標準的人就很正常嗎？DSM-5手冊（精神疾病診斷準則手冊）上頭提到的那些類型，誰沒經歷個幾項？所以，每個人應該都有成為瘋子的潛質？這讓她想起《天才在左，瘋子在右》提到的四維空間，人類只是蠕動的蟲子？三隻小豬其實是具備多重人格的個體？也許精神病患是先知，人們不了解他們，便以瘋癲為他們命名。

這陣子，她的潛意識裡時不時出現幾個幻想人物的靈——黑魔女、凱妮絲、艾莉亞．史塔克，影片中的厲害角色，各個武功高強。趙醫師說這種病又叫多重人格症，常與思覺失調症搞混，除了先天體質腦細胞功能可能比較脆弱，明顯特徵來自患者的病態人格，如妄念、遲緩，厭食或暴食，有意無意任由外表邋裡邋遢也算。

每隔三、五個星期回診一次，填寫健康指數評量表，醫師會問她，最近睡得好嗎？還會幻聽幻覺？由她口述症狀，趙醫師透過聆聽，了解她的心理障礙起因，配合藥物，從她願意揭露的部分決定她是否「好轉」或「惡化」，要不要換藥或增減劑量，協助她重回正常生活軌道。

每次會談就像一趟心靈之旅，醫師想看清她的內心，她卻總是天馬行空，飄忽而跳躍，對周遭事物變化感覺遲鈍，僵在椅子上，目光游移毫無溫度，整個人像被掏空了，根本無力回應醫護人員的詢問。這樣病情就太難掌握，誘導無效時，護士只好叫她填表格，憂鬱傾向篩檢量表、精神健康指標量表、生活滿意度量表、心身壓力反應量表、心情溫度計……內容五花八門，像小學生寫考卷，隨各人心情好壞，愛怎麼填怎麼填。

「你又來了，怎麼都說不聽？」護士拔高聲量，追著一位中年大叔推門而出。

原來那位大叔什麼都不打勾，只在空白處畫了一隻烏龜和一坨大便，護士很生氣，警告他再這樣，就不給維他命C片吃。

維他命C片是很棒的安慰劑，酸酸甜甜。每次她簽完李小葳三個字，將量表和色筆雙手呈給護士，掌心就會被放上兩顆，她會迫不及待撕開塑膠包裝，含進嘴裡，露出愉悅秀麗的笑容。

「妳要多笑，笑起來很好看。」

護士這樣說她就不笑了。

媽媽剛聽說她去看精神科時，嚇一跳，再三追問，是精神有毛病，還是心理出問題？都有吧，她想。但是精神科可以開藥，心理諮商不開藥。身體有病，不吃藥怎麼會好？家屬通常比病患更有意見，更焦慮。

媽媽不知道精神科醫師開的藥，其實是強迫大腦關機錠，雖然不像電影《飛越杜鵑窩》裡的病患接受腦葉切除手術那般嚴重，但千憂解、萬憂停、利他能、氯氮平……吃下以後，神智競相逃亡，行為能力不受控管，多半時候沉寂入眠，日夜無分，軀體變成一個龐大的氣囊，像是困在墜道裡的巨獸，進退兩難。當藥效漸退時，意識逐步甦醒，視窗仍斷斷續續或依然卡頓，十分渴望能親自到控制台重開系統，按下功能列表中的進階，設定，將對人腦最佳方式調整至最佳效能，然後，套用，所有雜質一概掃除。

但，不可能。

門上紅燈亮起，5號了，她掛7號，來早了，至少要等半個鐘頭。她喜歡提早來，利用下午開工前，來聽別人說話，每道短促微弱的星芒、沒什麼表情的表情都不放過。許多病患跟她一樣，早早來等，等待是精神病患者的日常。貌似被異形入侵，其實是多巴胺淹沒的大腦，隨時隨地當機，很難找到工作，即便有工作也承擔不起壓力，人生彷彿不再有重要急需處理的事。

他們這一科的病患通常不會低聲交談，也不會適可而止。昨天飛碟來了嗎？外星人在夢裡跟你說什麼？我其實是個大富翁……在這裡，儀式感和規範一籮筐，但也肆無忌憚，對於瘋狂、慾念、逼近的鬼怪，都放任而包容，現實的多種幻覺，都能在合宜角落找到安身之處。從醫學角度看，都很正常，都是拉不直的問號，畫不成圓的句點，都是不安分的靈魂。

而靈魂不開口，開口都旁人。

「我女兒是從省立醫院轉來的，那個醫生一天看125個病人，聽我講不到幾句話，就被護士請出門，有夠誇張。」

「以前那醫生，每次開藥都一樣，四個月害我兒子胖了十公斤。」

「我的醫生一直跟我算點數，318點加100點，再加調劑費什麼的，一直欸，說精神科很難賺。啊又不是我叫他去當的，說得好像我害他。」

還是這裡好。大家最後的結論總是這一句。潔淨明亮的空間，燈光柔和，淡淡清潔劑的香味與輕快的音樂交融。矮櫃上還有魚缸造景，書架擺滿各式雜誌和書籍。她每次都要忍住伸手去拿的衝動。當然，她並不清楚精神患者愛讀書算不算異常。

趙醫師是名醫，沒有提前預約，絕不可能當天掛到號。不用特別花心思去查他的資料，網路上關於他的佳評如潮，學經歷都是一流的。國立大學醫學系畢業、國立大學管理學院醫療資訊管理學系博士、教學醫院精神部住院醫師、主治醫師……剛開始，她很困惑，天天吃滿漢全席、人生幸福指數爆表的人，能了解精神病患的苦楚，不就像天上雲霓懂得塵土的卑微一樣，不可思議？

要不是發生那件殺警案，他受聘為凶手精神鑑定，導致法官依他的報告做出無罪判決，引發社會大眾譁然，他這輩子或許永遠不可能體會平凡人類三不五時被質疑、責難、謾罵，連發抖、出汗、咬個指甲都被笑虧很有病的各種委屈。

5號出來了，6號進去了。5號朝她擠擠眼，像在打暗號，他們雖然才見過一兩次面，已經可以算是朋友了，足以產生命運共同體的錯覺。她禮貌地回以薄薄一笑。每次診療時間約三十分鐘，五分鐘閒聊廢話（護士解釋，那是為了打開患者封閉的內心），十分鐘身心評估，十分鐘填問卷，兩分鐘安慰鼓勵，一分鐘開藥，完成。不太嚴重的話，十到十二次可以走完一個療程，嚴重的，拖兩三年，甚至一輩子也有可能。

她算是比較柔順的病人，配合度達百分之八十。即使她酷愛虛構病徵，不肯坦白隱疾。

趙醫師四十多歲，體態維持良好，因此看上去比同齡的中年男子要年輕許多。慣常綻出一朵大大的沒太多感情含量的笑容，派兩邊魚尾紋擠在一起打招呼，睿智的眼神彷彿可以穿透她的腦門直探心靈，無論她的回答多麼無厘頭，也總不慍不火。

坐鐵椅上的她雙肩低垂，胸口內縮，背微微駝起，長髮散亂遮去半邊臉龐，一手把玩桌上的色筆。

「為什麼這麼久沒來？」

上次回診是一月八號，現在都三月中了。

「有人不讓我來。」

「誰？」

「不知道。那個人一直在我耳朵邊嘀嘀咕咕，可能是白鬼。」

趙醫師神情微愕，「妳最近有看電視影集？」

她點點頭。「《冰與火之歌》，很好看，裡面好多死人。」

趙醫師快速皺了下眉頭，綻開，自以為掩飾得很好。

「年初有去投票嗎？選市長？」

「李小葳有去！」

「妳投票給他的人當選了？」

沒反應。

趙醫師再問一次：「李小葳投票給他的人當選了嗎？」

點點頭。

「最近有什開心的事？可以跟我分享嗎？」

她咬著下唇想很久，忽然抬頭問：「為什麼我不能自己搭高鐵去南部？」

第一次進到診間來，她滿失望的。對於門裡的這個地方，她和許多人一樣充滿想像。但它和電影、電視裡演的一點都不像，沒有舒適斜靠能伸長兩腿的貴妃椅，有趣的催眠道具，更沒有陣陣薰香能安定心神的精油飄散。這裡只有兩牆的鐵櫃，資料一大堆。醫師座椅旁還有一扇遇到高暴力患者時，可以隨時拔腿逃命的暗門，她來第二次就發現了。聽說辦公桌下方還安裝警鈴，只是她一直瞄不到。

「這陣子覺得怎樣？有天天洗澡嗎？」

她低頭搖了搖，突然睜大眼，「不能洗，洗澡的時候有人會來殺我。」意識到她身上散發出難聞的體味，抱歉地把衣服拉緊揪到小腹處扭攪，像個做錯事的孩子。

趙醫師一口氣提上來，不動聲色壓下去。不甚寬敞的診間，充斥她濃烈的體味，這種因人類白血球抗原不同所散發的特殊體味，一開始頗困擾他，但很快的，幾乎不到幾分鐘的時間，他居然就適應了。

第一次在法院見到趙醫師時，她就對他印象深刻，特別在法官問他，為何醫院那麼多精神科醫師，卻是由他作鑑定時，他背脊挺直，端凝，自滿躊躇地說，因為他很優秀而且經驗豐富。

趙醫師用原子筆一端撥開她的長髮，讓她露出明亮的眼。兩人目光交會的剎那，他不無疑惑。比他的疑惑更快的是她轉瞬空洞的瞳。接著她斷斷續續，邏輯錯置、重複的應答，對問題僅能提供片段資訊，時而咬牙傻笑，完全掩去他以為看到的那抹慧黠。

「那個跟你說話的聲音，還告訴妳什麼？」

「他說殺人很好玩。」

「妳指的是影集裡的情節？」

「不是。」她篤定否認，渙散的目光霎時聚攏，眼珠瞠圓瞠大，直接就是有病的人才有的樣子。「人都蟲子變的，蠕來蠕去，很礙眼，統統殺掉。」

「殺人是犯法的，要坐牢哦！」

儘管趙醫師語音輕柔，她還是暴怒了，位於震央的大腦激烈搖晃，按捺不住從椅子上跳起來，猛拍桌面，掃掉桌上一半的文件。根據護士事後描述，簡直像魔神仔附身的乩童。

問診結束後，趙醫師在她評量表寫上「思覺失調」，智力96。

如果提出申請，她將在一個半月後得到精神障礙證明以及手冊，獲得政府每個月發放的生活津貼，還有各項補助，以便延續精神患者漫長、艱澀的生命旅程。

「好好人，怎麼突然生病了？」媽媽百般不解，無助又無力，希望她能自己趕快好起來，別又來拖累她。

「妳就是抗壓性太差，又想太多，才會無緣無故生病。」親戚們加進來指責她。「妳媽最可憐，照顧她是妳的責任，聽到沒？書都讀到背上去！」或者提供一些鄉野傳奇偏方。「會不會是中邪還是卡到陰？要不要帶去廟裡給人收驚？」

她不常想起以前的事，想得最多的是年初弟弟在執勤中慘遭殺害，他們這個家就再也不成家了。媽媽不斷哭喊「只剩我一人，只剩我一人」，那她呢？她一直陪伴在身旁呀！弟弟的案子每次開庭，她一定陪父親坐在旁聽席，陪著一次又一次悚然於螢幕上弟弟被殺的過程，憤怒凶嫌的律師引用法條替他辯駁、脫罪，切齒於趙醫師的專業解說，聆聽法官無罪判決後的挫敗與無奈。這些，她從來沒有一次缺席。

為何不止她媽媽，所有人都忽視她的存在和她的悲傷？

難道是她極度克制不動聲色的哀楚，為自己打上馬賽克，因此淡出眾人關切的目光？

噩耗來臨，誰都沒有心理準備，像有人突然拿著鐵鎚瞄準顱心敲過來，鈍化了所有知覺。在她開車飛速趕往醫院途中，車窗外每日重複的街景，以為它就是理所當然存在，不敢置信明媚春日，瞬間就風化成黑白；吵吵鬧鬧依然溫馨的家，只幾個鐘頭，坍塌了。

那天早上他們各自忙亂出門，上班前的短暫口角，如今成為揪心折磨的恨憾。弟弟趕著前往鄰縣出差，找不到他的隨充，發不動他的車子，氣呼呼責備她日子過得太廢，自私又不體恤人，將來誰要娶了她，準定死得很慘。

「最好是啦！你就不要比我早死。」

媽媽在廚房那頭扯開嗓門，吼過來，閉嘴！統統給我閉嘴。生雞蛋的沒，痾雞屎的有。沒本事賺錢養活自己只一張尖牙最厲害。

罵的當然是她。

誰家的孩子三不五時都嘛要上演一次胡攪蠻纏的戲碼，這樣的對話和爭執就像早餐喝粥配醬菜一般尋常。粥喝完了，氣也消了，日子照樣過。它不歸類於詛咒或報應，它僅僅是一句氣話完結前的語助詞，竟造成無邊的殺傷力，成為她背上的芒刺。她也不想東西拿到哪丟到哪，不想忙到三更半夜忘了關車燈導致電瓶沒電。但她身兼三份工作的斜槓人生，就是盲與忙。再熬一陣子，等她拿到學位，等她考取證照，等她成為專任老師。等她耗盡血汗和青春，一切都會好轉。但弟弟卻已等不及。人民保母的光環，為弱勢伸張正義的聖潔形象，都無法成為他的保護傘。

那天，她盯著電腦螢幕秀出的法院判決書，一字一句反覆閱讀，企圖讀懂那些專業術語，明白何謂「被害妄想症」？何謂「思覺失調，不能辨識行為違法」？一個五十多歲，有工作，有老婆的壯年男子，卻不能辨識殺人的行為是違法的？長串電腦列印出來的新細明體如千把飛刀，朝她胸口射過來。她也跟媽媽一樣痛不欲生的呀！

夜裡，她躺在床上，望著窗外烏雲湧現輾轉反側，一股悲壯，所有悔恨化為暴力。一定沒人相信，從小軟弱、頹唐如她，也會憤怒到給自己一把普羅米修斯之火，照見肉體凡胎無法窺見的黑暗面。

她盯著《權力遊戲》的血腥場景，就著布偶娃娃模擬過無數次，要把一個人穿心、斬首、割喉、砸爛，都太難了。她沒有孔武蠻力，甚至連殺氣騰騰的目光都擠不出來。最慘的是她沒有辦法漠視生命，她太正常了。可惡！她必須想別的辦法，替弟弟討回公道，讓自己不必扛著罪孽深重的殼日夜煎熬。她到圖書館爬文，上網搜尋，想過各種報復的可能。

一九七二年，美國史丹福大學心理學系教授大衛・羅森漢恩（David L. Rosenhan），曾進行一項假病人實驗。讓他的學生偽裝成病人，長時間不洗澡、不刮鬍子、不刷牙等等，把自己搞得越邋遢越好，在不正常的外表下，接受精神病醫生診斷，吐露他們幻聽嚴重，一直聽到「砰、砰、砰」的聲響。結果，八人被確診為精神官能症，其中七人為精神分裂，一人為狂躁抑鬱症，全部送進精神病院治療。

原來，精神病是可以佯裝的。

她每天看著母親傷心落淚，每天每天，她不知怎麼安慰一個將所有希望寄託在獨子身上的老母親，不知道作為姊姊該當如何悲傷才符合世俗需求。她曾經希望死的是自己，也許，媽媽就不會那麼難過。

警察屬第六類高危險職業，很難買到「職業無憂意外險」，如果真的要買，保費會比其他類貴很多。幾年前爸爸替他們買保險的時候，那位南山人壽的業務員就是這麼說的。弟弟說他不用意外險，他怎麼可能出意外，從來都是姊姊搞飛機，害他背黑鍋或蹚混水的呀！姊弟倆相差足足三歲半，國小上學第一天就幫忙揍扁隔壁桌那個老捉弄人的臭男生。上國中以後，弟弟成了家裡的苦力，承擔所有吃重的工作，耐煩耐操。

每次去看趙醫師，她都覺得弟弟的魂魄飄浮在上空，一路尾隨，譏笑她太傻，即使將凶手推向祭壇，這世間也不會因此改變，他也活不過來，不必拿他人的過錯、體制的過錯來為難自己。

妳聽，「風依然在森林裡呼嘯，不曾為誰的委屈招魂。」

但她怎麼能讓凶手逍遙法外？不是算了，是要算，把一切算清楚，誰該負責，怎麼負責，不容許模糊地帶。她想證明精神鑑定也可能被操弄。而更重要的是她病了，佯裝病人太難，她直接成為病人。

拿好藥，現在趕去補習班，剛好接上五點零五分，上完第八節放學的高二生。李小葳在文化二路加油站加滿油，車子停化妝室外頭，拎著布包走進去，幾分鐘後，煥然一新坐回弟弟的LIVINA。她不是在玩變裝遊戲，是還回她自己，符合補習班對英文老師兼班導師的要求，白淨整齊。

焦慮和躁動說來就來，離去的時段也是不明不白。工作場合，為了隱藏，她每天像在演戲，提心吊膽。

來這裡補習的學生，八成以上是附近知名私校，家境富裕，包括趙醫師的兒子趙俊麟。上課還刻意抹上髮臘，穿Off white上衣，Nike球鞋，想是為了把妹。他們這個班一直很異人館，歐美時尚或影視圈一陣風掃過來，就長筒襪配短褲、黑眼圈、舌環、鼻環、染白綠髮遮半張臉。有時她會錯覺，這個世界其實就是個瘋人院。

此刻，她站在教室唯一的窗前，等候學生姍姍來遲。瘦長臉的趙俊麟，瞇著眼吊兒郎當，整張臉靠過來，幾乎擦上她臉頰。最後一堂體育課，爆表的汗酸味，像生化武器，直接攻擊她的口鼻。

「想幹麼？」

「親一個。」他涎著賴皮嘴角，孵出壞壞的笑，挑逗她。

趙醫師知道他兒子連補習班老師都敢撩嗎？其實是她起的頭，她心存不軌，以敗壞的人性。該有的師道擱進暫存記憶體，理智是早早就亡佚了。

趙俊麟垂在大腿外側的手故意碰觸、糾纏她的小指頭。暗示得這麼明顯？相差十歲，她要真的栽進去，法院會判她誘拐未成年少男的罪？還是因她思覺失調，只要強制就醫？

她終究沒有去申請身心障礙手冊，那不是她的目的。但她和趙俊麟約會了。

精神疾患的主要症狀當中，除了食慾和日常生活的興趣下降之外，當然包含性功能下降，不過，也可能是性強迫症。佛洛依德稱之為原欲，很容易理解，一個人最初的欲望。趙醫師說，原欲就像一條水源豐沛的河流，一旦阻塞，即容易產生性變態，精神患者的性衝動與變態相對嚴重，滿足需求是疏導原欲的必然途徑。

她和趙俊麟手牽手，在酣暢甜膩的火車站附近鑽探，發現這間緊挨著夜店，腳步快些就忽略掉的內巷隱密的旅棧。兩人並肩躺在軟得彷彿流沙的彈簧床上，沒脫掉衣服，不急著做愛，四隻眼睛齊齊朝PVC彩繪著迷離星河圖的天花板盯了許久，然後面對面，研究對方黑瞳裡的祕密。

她從沒認真設想過這一刻，真正的意圖，連她自己也無法確定。正義不被法律伸張，被害者家屬不想面對憐憫，但情感必須有個去處。

法官判決後，她像一隻無頭蒼蠅更像遊魂，發狂查出趙醫師的班表，算準他下班的時間，等候在醫院停車場，看著白袍白襯衫黑長褲拎著皮革公事包，挺拔身影昂首走向簇新驕奢的進口車。完全社會化理性的自然人，穩健的步伐踏向哪裡哪裡就開出一朵蓮花，一隻腳重踩的力度便足夠毀掉你整座保壘。看著他側身安置駕駛座發動引擎，宛若可以看見弟弟的魂魄被氣缸爆出的煙塵擊潰飛散。

她對著趙醫師投射過去的眸，不只有質疑的光，還有怨責的芒。在心裡悄悄放養一頭可怕的獸，那獸，帶她找到趙醫師的家，趙醫師的家人，趙醫師的兒子。

和弟弟一樣，趙俊麟也是家中的獨子，是父母所有翼望所在。

她知道，自己沒有犯罪的意圖，是罪過找上她。小花鹿慘遭凶猛獵豹窮追不捨，逃不了，就必須勇敢面對。她不怕被撲殺、噬咬。生命旅途忽然起了這場濃霧，她找不到出路，只有盲目揮動雙臂奮力一搏。

「你不回家，會不會挨罵？」

「我哪天不挨罵？」趙俊麟渴望被當成大人，在不缺少零用錢的時候。

「明天回去，怎麼跟父母解釋？」

「解釋什麼？」趙俊麟把臉埋進她胸口。

「跟誰在一起，都做了什麼？你會跟他們提起我嗎？」男人的氣息並沒有撩起她的性慾。不正常反應。

「開玩笑！我又不是神經病。」

「萬一我是呢？」

「是什麼？」

「神經病。」

趙俊麟一陣爆笑，伸手撫摸她的臉，手指滑向她的頸子，試探她鎖骨下方柔軟的胸脯。

「其實，如果妳想，我們也可以來一下。」

「怎麼知道我不想？」她兩眼濕潤，情感自然流露。

「廢話。妳失戀那麼久，全班同學都知道。嘿！我不趁人之危，也不食嗟來食的哦！」

「失戀？」

「對啊！除了男朋友劈腿，誰會失魂落魄成那樣，表現超明顯的，以為人家都不知道？」趙俊麟大氣地擁抱她，安慰她：「哭吧！肩膀借妳。雖然我也是渣男，但我不傷害好女人。」

充滿友善的懷抱不再情色，這傢伙平日濫情得像隻交配期的公雞，這一刻居然一點也不男人。她拉出兩人的距離，盯著他犢羊的眉目，十分感動。

深夜的旅棧，流金溢彩在布簾拉不緊密的玻璃窗繚繞，跑馬霓虹閃閃爍爍。趙俊麟哼起陳亦迅的〈愛情轉移〉，牽她手起來跳舞，盤腿沙發上看影集，啃玉米片，喝難喝的氣泡酒，抱枕丟來丟去，上演她和弟弟週末晚上耍廢時的全部把戲，吉祥如意猶似家人。

她想起弟弟，想起一年九個月的堅強和隱忍，心湖洶湧地恨起來。

「妳為什麼又哭？」

她盯著趙俊麟，告訴他弟弟的死，殺害他的凶手，精神醫師的鑑定證明。淚水一顆顆浮出眼眶，突然崩潰，號啕大哭，像在弟弟的靈堂前媽媽哭得撕心裂肺那樣。

那陣子，她經常半夜惶惶起身，揪心等待隔牆的哭聲因疲累逐漸終止。媽媽不肯收起弟弟的衣服、鞋襪、手機和日用品，藉以睹物思人。出殯後，她打開弟弟的房間，觸摸他的制服，制服上的徽章，破損的手槍皮套，眼前光亮遮黑，像在階梯中突然踩空，陷入無邊漆暗的幽谷。

趙俊麟說他累了，床頭櫃的液晶顯示鐘標示凌晨三點二十五分。哭腫兩眼，卻整夜沒有睡意。她掏出趙俊麟的手機，找到趙醫師的號碼，傳給他一則訊息，告訴他：你兒子在我手上，我是李小葳，再詳細註加地址。

他會報警嗎？會通知媒體讓自己再度鬧上新聞版面嗎？

她氣餒自己智商平庸，大抵和那個殺害弟弟的凶手一樣，沒有賣弄聰明的能力，想不出一套完整的報復計畫和手段。

原來她很正常。

背包裡掏出預藏的水果刀，緊握掌心，並不確定它能幹麼。

熟睡的趙俊麟一張大孩子的純真臉龐，她弟弟也曾經有過。但弟弟慘死，他卻幸福快樂。憑什麼？她努力召喚長久盤據潛意識中的第二個自己、第三個自己，那些邊緣人格，黑魔女、凱妮絲、艾莉亞和李小葳，哪個都好，快出來血刃仇敵。

真奇怪，她勃勃的怒氣竟然消散了，覺得身旁躺著的可愛男生該好好被愛被疼惜，像梅菲瑟看著奧羅拉公主、像凱妮絲自願代替妹妹成為貢品，心裡莫名生出慈悲。

趙醫師應該在二十分鐘左右趕到，她是不是得做點準備？例如把頭髮弄亂，嘴角淌些口水，目光痴呆是一定要的。找什麼藉口好呢？有人叫我綁架你兒子？耳邊不時響起吵嘈聲？邪靈教唆我要搞就搞大的？不行，這樣病識感太重，不像瘋子，妄想與幻覺都該來自無意識，欠缺辨識能力，因而能做出不該做不被允許的事情。

三點三十六分，比她預計的時間足足提早九分鐘，開得有夠快，不怕出車禍嗎？

深夜不值班的趙醫師依然瀟灑體面，白棉T，泛白Levis搭配勃肯鞋，十足雅痞。

「陳蕙娟？」

「我是李小葳！」

「好，不要激動，有話慢慢說。」趙醫師小心翼翼的聲音裡連喘促都飽含驚恐。

她衝他一笑，不是典型病態的憨呆。惱怒他居然沒報警，沒把她放眼裡，一個人前來。知道精神病患不能受刺激，立刻拋出專業口吻和修辭，安撫她。陡見她長髮挽起，細頸托住白皙蛋型臉，目光深邃含斂，蓄著某種全新的、正常的深意，一整個漂亮的陌生女子。頓時，像有人丟了一顆石頭，盪出他滿臉波紋。

兒子就躺在她身旁，露出被子外頭的眉目，香甜，平穩，四肢安置在New Balance淺綠運動汗衫、運動短褲裡，沒有呼救的異狀。

「你要不要到法院告我誘拐你兒子，圖謀不軌？」她不演了，密長睫毛覆著黑伶伶的眸，每一道目光都犀利，尤其是手上那把晃來晃去的小刀。

趙醫師沒有口拙的時候，即使喉嚨卡著一顆滷蛋，也能滔滔不絕。

「我認識的蕙娟從來不傷害人，蕙娟是溫和而且善良的，願意原諒所有人，卻不肯原諒自己。」

「不！我是李小葳，我是李小葳！」她陡地爆氣，覺得趙醫師真的很過分，刀尖指著趙俊麟的腹部比畫。「你看清楚，我弟，李小彬，就是在這裡和這裡被刺開兩刀，鮮血流了一地，臟器三分之二外露。要不要我表演給你看，讓你目睹那種慘狀？」

「蕙娟不會這樣做。」趙醫師緩緩靠近她，「蕙娟的弟弟因為車禍喪生，肇事者無照駕駛又超速，那不是妳的錯。」

她微張的兩片唇莫名抖動起來，處理資訊延遲數秒鐘的眼珠子不安地左右滑動，目光多慮多疑。「那李小葳呢？」

「她在家裡，陪她的小孩，記得嗎？她有兩個孩子，是妳高中同學，妳們是最要好的朋友，記得嗎？」

彷彿思索了一世紀那麼長，她才悽傷地問：「如果我把你兒子殺了，你會平靜地告訴法官，你覺得我沒有辦法控制自己，不知道自己在做什麼嗎？如果我被判無罪，你也會坦然接受，覺得原該如此？」

「我會求妳，不要那樣做。」趙醫師輕輕執起她的手，拿下她手裡的水果刀。

第一次，趙醫師看著她的眼睛裡沒有泛濫到足以成災的睿智，沒有耐心耗竭的疲憊感，願意好好接住她拋出去的球。

她很滿意，覺得他終於變回正常人類。彎身抓起背包，跨出房門如跨過一座橋，門外冷風撲面而來，她顫抖著手往背包裡拿出一件白色棉布襯衫披上，豎起領子，遮住她光裸的頸，像遮住一個傷口。

趙醫師的嗓音從背後追上來，「蕙娟，明天記得回診。」

本文獲二〇二一年桃園鍾肇政文學獎短篇小說正獎

宜蘭女兒，目前旅居馬尼拉BGC。東海大學中文碩士。曾任職財經雜誌社記者，廣告公司文案，國會助理，愛情小說界的開路先鋒，先後用過六個筆名，產出一百本，致腸枯思竭，沉寂十數年，萬不得已改換文學跑道。曾獲得鍾肇政文學獎短篇小說首獎、新北文學獎散文首獎、教育部文藝獎、星雲文學歷史長篇小說獎。

# 夢幻病——左耀元

獨臂的父親用義肢掄起袖子，對母親說：來吧。

母親拿著電擊棒，有些猶豫地向父親走去。

「只剩一隻了，換個地方吧？」母親指著剩下的健肢。

那年母親節，父親騎機車帶我到文化中心旁的假日花市，挑選禮物。本來想買棵沙漠玫瑰或蘭花就回家，沒想到父親卻在一攤雜貨前停下腳步。攤子販賣著望遠鏡、強光手電筒、瑞士刀等工具，父親研究了半天，帶了隻電擊棒回家。

「怕你自己開車上班被搶啊！」父親在母親打開禮物的瞬間道。媽的表情由期待轉變為困惑，又偷偷地掛上懷疑的眼神，丟向我，是你的壞主意吧？我連忙搖頭澄清。

試一試吧！父親嚷著要測試到底效果如何。電擊棒本體是根伸縮棍，甩出來後發出了高頻的警示音和閃爍的光線。

不然要電哪？大腿嗎？肉比較多應該比較沒事？駁回，母親怕離心臟太近。手？別提了，父親手臂只剩一隻，還是珍惜一點吧？最後的決定是：小腿肚。

電擊棒朝父親的小腿後側吻了下去，這短暫的接觸激發神經反射，雙腿蹬地，整個人由椅子跌落地面。

那天剩下的記憶就破碎掉了，記憶停留在母親拍打著驚魂未定的父親，然後我自己，抱著一點點的好奇心，將尚未關閉的電擊棒，給握了下去。

疼痛，是我的童年的3號電池，一切前進的動力。沒有它，我無法完成暑假作業、考試無法進步、午休不會睡覺。這些師長的抽打，把我打成一個進步社會、軍公教子弟該有的模樣。但那些施加在我身上的苦痛，如今早已淡去。記憶裡那些留下紋理的，是被奪走、抽離的事物造成的。

父親常說他的右手，也是被國家給剝奪的。

彼時我們一家還住在嘉義東區的公寓，離嘉樂福夜市很近，禮拜五、六的傍晚我都會騎腳踏車去幫姑姑賣牛排，賺點零用錢。午後時分，父親總會打開股市頻道坐在茶几前，拿出一面鏡子立在桌上，鏡面的長邊跟父親胳臂等長，恰巧可映照出父親擄袖後的左側健肢。望向鏡中，會有著雙手健全的錯覺。父親會用義肢沾滿綠色的透明青草膏，然後緩慢地塗抹、按摩左手，客廳中慢慢被濃郁的中藥草味填滿。我自甬道的這頭窺視，微光從褪色的窗簾穿出，股市頻道流瀉出輕快的古典樂，鏡子裡的手幽幽地對我比了個讚。

父親說，那隻消失的右手仍常在夜裡痛起。雖然我們都知道，那隻右手，已永遠遺留在兵工廠的製彈室，然而那「登記」在神經細胞裡的記憶仍會不時來敲門。

曾在金門被榴彈咬掉右腿的張伯伯告訴父親這個「鏡之祕術」，當年金門叢林中的假戰車、假陣地騙了老共許多彈藥，如今鏡中幻化的假手，繼續欺騙心中的魔鬼。

心理動力學家是這樣解釋痛覺的：他們認為「痛覺」是一種警告，一種因過往經驗而「登記」在我們中樞神經細胞內的訊息，我們以此避免危險與傷害。當然，這也只是眾多有關疼痛研究的其中一個層面而已。

我自幼心裡也有一痛處，是每當班上同學問我：「你家在哪？」的時候。

我都會回答：「彌陀二路最高的那棟啊。」其實有好一段時間，那也是全嘉義最高的公寓，而我家住二十層頂樓。查過了，嘉義消防的雲梯車最高也只到十三樓，我每天都活在危險之中。

「喔，鬧鬼的那一棟嘛！」同學們總愛嘲笑。

位於蘭潭之西，一大早潭水折射的日光就會映在我家的天花板，而曾經，有人影劃過這池水塘。

管理室做了很多措施要防範外人入社區來跳樓，但仍抵不過這些人們的決心。畢竟以物理上來說，這裡真的是全嘉義垂直距離最高的建物。有時候吃著早餐聽見中庭有人尖叫，我就知道又出事了，望著那扭曲的身形，我總感覺心裡有種被撥動的感覺。

若要細數童年那些剝削，其中最讓我難以平復的事件，一定是那發生在小學四年級，母親專任辦公室裡的那段回憶。

母親是國中地理老師，而我就讀的國小跟母親任教的國中只有一街之隔，因此下課後我都直接走去母親的辦公室寫作業，等下班。

母親的辦公桌總是堆滿考卷與教師用講義，我時常要將東西搬到一旁的鐵櫃上暫時放置才有辦法寫作業，桌上偶爾還會有茶葉放到發霉的校慶紀念杯。桌墊下壓著母親和幾年前畢業的學姊們的合照、參考書商的名片和我寫給她的卡片，我曾嘗試拉開墊板，那時才發現透明墊板已經和下方草綠色軟墊黏在一塊，若強行分離，照片勢必會破損。

辦公桌第二層的抽屜：沒收物品專區，是我最期待的更新區域。裡面有用隨堂測驗紙折成的情書、MP3、遊戲王卡、漫畫和偶爾出現的Gameboy。我很感謝這些素昧平生，卻用自身苦痛教導我的先烈們。要不是他們，我怎麼知道上了初中後，遊戲王的好卡跟廢卡要分開放，如此一來，沒收時才能把爛的送去擋死？我又如何知道遊戲機被沒收前，卡匣要拔出，這樣才能借用同學的機子繼續破關呢？

四年級的一個下午，我打開第二層抽屜，眼前出現了一台湖水綠色的Gameboy Color，這台是後期的機種，畫面是彩色的，簡稱：GBC。後面的電池蓋上用麥克筆寫著「洪尚賢」學長的名字，裡面塞了2顆3號電池，遊戲卡匣還插著。我興奮地撥開開關，沒想到一聲尖銳無比的「兵！」響徹整個辦公室，我急忙把遊戲機塞進胯下，用大腿給它夾住，以免後續的聲音又無恥地竄出。

我把GBC攜至通往頂樓的樓梯間，往後的日子也都在那邊，細品這雙層竊取的珍寶。在國小放學至母親下班的這短暫靜謐時光裡，我闖入了這99合1的遊戲間。對了，其實沒那麼多種，很多都是同個遊戲，不同名字，商人的詭計。

然而一九九九年的五月，我在洗手台洗養樂多瓶的時候，偶然從其他老師口中聽到，GBC的主人，尚賢家是在賣海產的。不久前，尚賢的爸爸在南橋過朴子溪後那個大彎被卡車輾死，全家搬回苗栗娘家去了。偷玩沒收GBC這件事我一直不敢告訴別人，因為我認為，或許是因為我和母親剝奪了尚賢的GBC而間接造成他們家中的紛爭，家庭失和，進而導致尚賢他爸恍惚地將機車駛向卡車的輪底。

幼兒時的「痛覺」是與懲罰緊緊相扣的，犯錯時的罪惡感能以「痛」為代價稍作抵銷。兒時的我堅信，生活周圍的幸與不幸都與我相關。我自大且卑鄙地苟活著，其實都是踩踏在許多人的痛楚之上，當我快樂地玩著偷來的GBC，別人的父親卻在卡車的輪底受難。

父親是東石塭港人，他說他是在蚵架上長大的，嘴巴比吃蚵仔的黑鯛還挑，一口就知道東西新鮮不新鮮。每個禮拜三下午，賣臭豆腐的小販會推著推車進入我們社區的巷弄，許多住戶都會拿著自家的盤子跟他購買，但我家從來沒有。那種東西，你們吃得下去唷？父親總在我開口前就搶先回絕。父親偶爾，在週末時會帶著我和媽展開美食之旅，他能以單手靈活地操作方向盤，若這趟旅途的目的是他期待的餐廳，他的小拇指總會快樂地豎著。父親比起母親，是個愛碎念的人，如果這間餐廳沒達到他美食的水準線，他就會念個不停。吃這個，不如吃那個。只有在坐進他認可的餐館時，他才會安靜地吃飯，不時從飯碗後滿臉笑意地試探我，好像在用跳動的眉毛說，怎麼樣？很棒吧？

還記得那個再平凡不過的日子，母親買了樓下早餐店的蛋餅和豆漿，沒什麼特別的，就是平凡的味道。父親也是一如既往地念著吃這個，不如吃……突然他起身說要去左營買真的好喝的豆漿。我至今仍清楚記得，他拉開那嘎嘎作響的紗門時，離去的背影。

「痛」和個人的人際關係，尤其在孩童時代和其重要關係人的人際關係有密切關聯。嬰兒時期，肚子餓就會哭泣吸引主要照顧者的注意，這種不舒適的感覺衍生而出的「甜蜜與快樂」，是與所愛的人聯繫的期待感。

當時的我還無法明白父親離開的意義，我一直期盼著，只要那份痛楚還在，我們與父親那條神經就還牽著。父親有天，就會推開紗門，拿著一杯真正好喝的豆漿回家。

當時《神奇寶貝》的卡通開始在電視台播出，GBC的神奇寶貝卡匣也在紅、藍、綠三個版本後，推出了呼應卡通片以皮卡丘為主要招牌的黃版卡匣，我四年級的生日禮物。隨之蹦出的攻略書和文章五花八門，坊間也流傳著許多關於遊戲的密技和傳說。其中最廣為流傳的就是有關傳說神奇寶貝「夢幻」的祕密。

據說，只要湊齊圖鑑上所有的神奇寶貝，也就是表訂上的一百五十種，帶著全開的圖鑑，去郵輪聖安奴號旁的祕密小島，用怪力去推開一輛廢棄的卡車，卡車下的洞穴就會跑出編號151，破格的傳說神奇寶貝——夢幻。

這隻外觀介於貓和兔之間，漂浮於空中的粉白色小傢伙，頑皮自在地悠遊於星夜。他不以強大破壞力的絕招稱霸，而是能模仿出對手神奇寶貝的任何招式，並且運用得比對手更加優秀，也就是遇強則強，那不可超越的強大存在。

我開始了我的「收服夢幻之旅」，多年後我才意識到，母親悄悄地，也與我一同啟程。或許我們在尋找的，一直是差不多的東西。

母親和我開始在醫院和大小診所之間旅行，沒有碎念的父親相伴，那是一段極為安靜的日子。父親離去不久之後母親就生病了，而這一趟趟的旅程，就是為了尋覓那個母親常說——你要幫我禱告，讓耶穌告訴我生了什麼病——的惡疾。我可以在汽車後座或是診間裡打開GBC，那聲「兵！」和隨伴的流星點綴了每趟旅程。偶爾母親會像是履行義務般地丟出一句：「再玩五分鐘喔！」、「齁，眼睛會壞掉啦」、「你怎麼呼吸那麼大聲？」、「你是不是都沒在喝水？」諸如此類，不斷重複的NPC對話。有時候抬頭，會有母親變成神奇寶貝中心護士——喬伊小姐的錯覺。

母親的疾病極為善變，會因應當時的環境而幻化。比如說：當廣播節目說更年期婦女要小心偏頭痛，那晚她頭就脹暈了起來。一次談話性節目講到類風濕關節炎，過沒多久，我們就到風濕免疫科報到，說她關節痛。新聞說寒流來襲，中老年民眾要特別注意心血管疾病，母親的心就開始隨便亂跳。

這怪病，像是嘉義公園裡三十元的卡通沙畫，每過篩一次沙盒，就黏上一點色彩。母親就這樣用牙籤挑開自己無色的貼膜，跳進自囚的染缸，將自己繪製成一張詭異難辨的沙作仿畫。

GBC裡神奇寶貝的道館一座一座地推，我們也走訪了一間一間的醫院。人們常說有些老人很愛「逛醫院」，我覺得母親已經超越「逛」的境界，已經是類似進香團的心態，擁有更神聖更崇高的理由。我希冀收服夢幻的日子趕緊到來，我要用它回敬快龍的破壞死光、用它使出比爆鯉龍更加洶湧的高壓水柱。母親也努力地追尋她的世紀怪病。在她的描述中，她的頭痛總是比一般人的偏頭痛更加激烈、心痛的方式也比醫生敘述的更加詭譎。

從各醫療院所征戰回來，母親便會坐在餐桌把藥包一字排放，仔細地將每包藥撕開。她會從各色的藥裡撿選出她中意的藥丸，放進半透明標有星期、早晚的底片罐子裡，然後放在耳邊搖一搖，聆聽那藥丸撞擊的聲響。這個吃了會想睡覺，那個吃了消化會變差，這個吃了，人運氣會不好。

母親說她比醫生更了解自己要什麼。

一次回診，意外被醫生套話發現母親有挑藥吃的習慣，醫生怒斥：「李小姐，我幫妳直接退掛，如果要這樣自己選藥吃，就請妳自己當醫生吧。」語畢，將健保卡丟到一旁護理師的桌上。

母親哭了。

回憶起這事與其說是傷心，當下只有滿滿的尷尬，心裡只想著，這應該教育和保護我的大人，竟擺出如此不堪入目的醜態。那哭泣的聲音跟孩子鬧著要買玩具的哭鬧聲根本一樣，太假了。我內心一陣作噁，把頭撇到另一邊去。

母親一跪，醫師馬上反射性地彈起。這位白袍已有些泛黃的老醫師，也不是省油的燈，說不開藥就是不開。兩人又拉又扯，爭執了好一會兒，驚動了整層的診間。最後隔壁的資深護理長跑了進來，搭著我的肩，將我壓去他倆身旁。

「你會幫醫生看媽媽有沒有乖乖吃藥齁？」我確實地感受到那肩膀上的重量。

老醫師抵不過孩子無辜的表情，草草開了藥。母親從診間到批價、領藥，一直到停車場還在哭，但神奇的是，上車關門之後哭泣聲就戛然而止，母親把頭埋進方向盤裡，長嘆。過了好久好久，我們的車子一直停在立體停車場的一隅，沒有發動。正午的醫院廣播在立體停車場內迴盪，我能感受到時間在光線裡流動。十幾分鐘、二十分鐘、一小時過去，我終於忍不住輕拍了一下母親，這時才發現母親的背脊正在微微顫抖，震動傳入我的身體裡，我有些害怕。

這時母親的臉轉了過來，我永遠記得那天正午時分悶熱的車裡，那詭異的表情。「嘻嘻！」母親竟然在笑！甩動著藥包，拿到囉！賊頭賊腦地在炫耀什麼玩具一樣。我頓時呆若木雞，因為年幼的我，已經在心中用我所會的一切文字，撰寫出一篇安慰母親的巨作，文字大部分引用自麥克阿瑟將軍的《為子祈禱文》。

也是那一刻我才明白，母親真的病了。

禮拜天如果沒去醫院，我們就會去做禮拜。身為軍公教子弟，在教堂裡不哭鬧、不打GBC的規矩還是有的。去教堂我期待的，是牧師講道完，所有人回歸正常人類溝通時，一起吃愛筵的時間。我自幼就能感受到大人們經歷冗長的訓道後，如釋重負卻又不能過於喜形於色的心情。

禮拜結束，教會裡的媽媽們也會圍在母親身旁為她禱告。有時師母也會加入，禱告的強度就會提升一個level。一般人會把手搭在母親肩膀、背部，師母則是會按手在頭，行醫治禱告。

「親愛的阿爸父，求您指引道路，讓李媽媽能及早找尋到她的疾病。我們相信您的恩膏塗抹，您的寶血醫治一切的苦痛……」

禱告的時候，母親眼睛都閉得特別緊，彷彿是要竭力吸收禱告的能量一般。睜眼慢，像是從遙遠哭泣的夢中醒來。

師母和媽媽們會傾聽母親的煩惱，也常常進貢建言。

「你這個聽起來有點像耳石脫落，內耳的問題喔！我爸之前就這樣啊……」

「這個要去掛復健科！骨科他們都會叫你開刀！」

「對啦，還是要常常禱告啦。」師母總會用這句來總結，再講下去愛筵的仙草都要被吃光了！

五年級的夏天，我蒐集完所有黃版卡匣能捉到的神奇寶貝，那時我才發現，原來可惡的任天堂暗藏一手，把一些神奇寶貝藏在別的版本裡。像是我這版本裡的皮卡丘，怎麼樣就是不願意進化，固執地守護它的可愛。幸好任天堂推出了連接線，可以跟別的版本的朋友經由「交換通訊」來分享神奇寶貝。

母親的尋病之旅也碰上瓶頸，在這個時期，母親進入疾病最惡化的狀態。

「李老師！恁是咧起痟呢？」專任辦公室裡的另一位老師把一疊考卷摔在桌上，對母親大吼。

教務處在暑假前排出了下學期的課表，母親被轉調去教B班，可能是擔心家裡的問題會影響教課表現，怕搞砸了好班的升學率。母親踱步去教務處開罵，又跑去校長室訴苦，最後期末考卷出了個超難的魔鬼級考卷，全校二年級地理平均只有31分。

「妳老公都跑了，還要繼續這樣瘋？」

暑氣奔騰的日子，母親會把自己關在房間，她總說自己好冷。拉上所有的窗簾，蜷縮在被子裡，呼求恩主憐憫。

必須出門的日子，母親會花很多時間全副武裝，她會戴上帽子、太陽眼鏡、圍上圍巾，在豔陽中披著盔甲。

睡前母親會在膝窩塗上有淡淡杏仁味的藥膏，然後再用保鮮膜一層又一層地包裹關節，彷彿畏懼夜裡會有寒氣滲入破綻，加速病情。

每次要進入醫院之前，我們都會在車上禱告。母親總祈禱這次的抽血報告，會跳出那等待已久的紅字，一個明確的方向，上帝的重點畫記。然而最後等到的總是，我們再看看、繼續追蹤。諸如此類謎語般的回應。

暑假期間母親怕我在家煩她，把我丟去市區的阿米格外語補習班學英文。我常常都是補習班最後一個被接走的，時常佇立在補習班騎樓苦等，心情都非常焦躁。

「同學你要不要進來，進來等嘛！」綁馬尾的接線工讀生問了不知道幾次了。

「不用、不用，我媽說她快到了。」其實我根本沒手機，只是單純覺得站在外面，讓腿痠一痠、蚊子叮咬幾下，我彷彿就能以自身的痛楚跟上帝交換母親的一點時間。

我其實很怕自己不在家的時候，母親會做出傷害自己或是更恐怖的事。我想起那些闖進我們社區尋死的人們。

有一次補習班的老師叫我們回家要跟爸媽拿一百塊，下堂課要去麥當勞練習用英文點餐。我不想出糗，再加上，班上的那個漂亮女生楊芷萱會去，我一定要講段漂亮的英文給她瞧瞧。

回家我就拚命練習，GBC都沒動，練了整晚。睡前我去跟母親要錢順便表演給她看我精湛的演技，但母親說她很累、很痛、很痠、很冷、很想吐，命令我不要煩她。但我也不是省油的燈，不放棄，一直吵鬧。

耳際突來一陣麻痛，我的腦子沒意識到這強烈刺激訊號的意義，全身的神經都茫了。怎麼了？發生什麼事？彷彿是初見自己的臉龐，佇立在鏡前，確認眉尾、耳廓的皮膚。母親之前，從未打過我巴掌。

母親安靜地從包包裡拿出一顆粉紅色的藥丸，一愣一愣地叫我配顆方糖吞下。

我呆坐在沙發上不去房裡睡，母親從門縫望了我幾眼後也就不管我了。不知何時我才睡著，與其說是睡，更像是迷糊地昏了過去，身體還想掙扎，意識卻已經投降。

驚醒時，客廳的燈已經不知道被誰關了。迷濛之中我看見一個影子，也許是太茫了，我未感覺到恐懼或是驚訝，只是傻呼呼地盯著黑影。那身影輕盈且靈活，一下竄到冰箱頂，後腳一蹬，輕鬆飛撲到了電視上，一會兒翻身又溜進黃金葛的花盆中。家裡什麼時候養貓了？我摘下眼鏡、揉揉眼睛，仔細一瞧，那不是貓也不是兔子，而是……夢幻？

我腰上不知何時冒出幾顆寶貝球，我隨手拿了一顆往它扔去。但夢幻尾巴輕輕一撇就把寶貝球給拍掉了，兩隻圓滑的前肢摀嘴訕笑。一個轉身，它鑽進了母親的房間，在空中留下閃耀的塵埃和一股棉花糖的味道。

糟了！母親最討厭被打擾，我隨即追了上去。

「欸欸，夢幻，你不要去吵我媽啦！」

漆黑的臥室中，夢幻用它柔軟的鼻吻去蹭母親的太陽穴、膝蓋、肩膀，那些母親喊過疼的地方。在充滿汗臭的斗室內，緩慢且熟稔地按摩痛處，夢幻好像很享受這個過程，眼睛始終瞇成一座小橋。我就一直站在母親房門口，呆望著夢幻在母親身上遊動，彼時，我只希望母親往後的睡眠都能像那晚如此地平穩、舒坦。

隔天補習班打電話問我怎麼沒去上課，我才發現錯過了跟芷萱一起吃French fries和Hamburger的機會了。

人體遭遇痛覺時Aδ神經會傳遞「快痛」告訴人體明確的受傷位置；C神經則傳遞「慢

痛」的長期興奮訊息，時時提醒身體保持警覺，彷彿是要人們不要忘記那些悲傷。我常常在想，我和母親的C神經是不是要傳一輩子？永遠在心底隱隱作痛。也不知道要多久，才會傳到去買豆漿的父親那裡。

已經不知道是第幾次到異地的醫院，這次造訪的是座落在「順向坡」上——我媽這位地理老師說超危險的——灰白色建築。上山的路，母親切換成老師模式，指著那一根根傾斜的電線杆，注意，你看、你看，這絕對會出問題。

路程顛簸，一個黑影從前座的底部滑出，打到我的腳踝。低頭一看，竟是老爸買的那隻電擊棒。

結果那天要看的醫師竟然休診，頂他診的是一位瘦小的女醫師。進到診間，可能是因為沒什麼人掛號的關係，醫師病情問得特別仔細，起初媽是不太想講病情的，想輕描淡寫敷衍過去，有點不信任這位女醫師的樣子。但早就聽到耳朵生繭的我，代替她，把病情敘述得鉅細靡遺，哪裡會痛？痛多久？有無加重緩解因子？我的報告，有感情、有手勢，應該是縣市朗讀比賽等級的。

「我家大的今年要上高中了，都沒妳這個那麼會講話。」女醫師笑了出來，搬出了媽媽經，母親才稍稍地卸下心防。

「吵死人囉！」母親搓亂我的頭髮，我趕緊跳開，整理我的瀏海。後面那句「齁，跟他爸一樣」只有我聽到。

母親開始跟蕭醫師學習如何「放鬆」，醫師會先將測量呼吸的環扣裝在母親胸口和腹部，接著在胸前、背部、太陽穴貼上電極片，指尖夾上測量溫度和導電的感應器。醫生開始跟媽媽聊天，媽跟著醫師的口令吸、吐、吸、吐，透過練習將肌肉放鬆。把過往每一段快樂、無聊、悲傷的故事從遙遠的過去拉到面前，檢視他們，再仔細地收拾。每回治療結束，母親會在車裡小睡一下，我則坐在後座吃台糖冰棒，玩GBC。

我不敢說母親的病好了，那樣的歪斜已經成為日常的一部分，難以辨別。頂多能說，出門的日子變多了，聯絡簿不會忘記簽了，母親不再用保鮮膜和厚棉被掩護自己，如此而已。偶爾媽還是會有一些脫軌演出，一些稍稍偏離社會常態的表現，例如我們兩個人去咖啡廳，她卻拉了五張椅子放包包和雜物，這裡有人坐嗎？其他客人詢問。「我們還在等家人。」母親毫不猶豫地回答。或是那次在補習班的結業式上，看我唱歌看到哭出來，全場拿著相機拍寶貝的家長都愣住了。下一秒母親又把我抓到楊芷萱旁邊拍照，好像什麼事都沒發生一樣。「西瓜甜不甜？」那張尷尬比耶的照片今天還貢在客廳電視機上，供母親調侃、回味。

蕭醫師建議我們把這趟旅程記錄下來，哪天走丟了，我們都能挖出這份密技藏寶圖，按圖索驥，找到出口。

這張封存的藏寶圖要在多年後才被再次提起。

雙十連假，母親南下來找我。我開車去客運站接母親，晚點要帶她去跟妻吃飯。

「下次還是坐高鐵啦，又不是沒錢。」最近新聞報遊覽車又出事，我實在不放心，媽上車後我碎念了幾句。

高鐵太快了，我沒辦法刷道館拿道具啊。齁，我這樣一路下來抓了多少隻寶你知道嗎？母親坐上車後還在玩她的寶可夢GO，還叫我借她充電線充電，但可惜蘋果碰上安卓，沒戲。

若是五年前問同一個問題，母親一定會搬出「你媽當年就是這樣節儉下來的！以前苦啊，你不知道？」諸如此類情緒勒索的字眼。

媽終於放下手機看著窗外流動的風景，你以前也有玩寶可夢齁？我敷衍了幾句，跟同學隨便玩玩而已啦。

「你偷拿沒收學生的遊戲機去玩不要以為我不知道。」

現在是要翻舊帳就是了？我嘴角忍不住笑意。突然母親朝窗外一指，眼手止於一座百貨公司。

你還記得吧？以前有一次帶你上去頂樓跟其他小朋友玩寶可夢？那次你哭得好慘！回家

還在哭！

我懶得跟她說明以前我們都叫「神奇寶貝」，「寶可夢」聽起來就有政治不正確的感覺。

「有這回事嗎？」我把車駛入慢車道，準備轉入小巷，這樣可以避開兩個紅綠燈。

我怎麼可能忘記，只是故意這樣說，母親就會很激動地開始往回憶裡瘋狂挖掘。我將這樣母親對過往的調侃，理解成快樂。

什麼！你真的不記得了？我們坐公車去的啊？那天主日後……

我怎麼可能忘記，那天妳帶我來到百貨公司的頂樓，那時天台還是有開放的。當天是神奇寶貝的活動日，電梯口的大姊姊戴著皮卡丘的耳朵，給了我一顆黃色的氣球。

帶著我湖水綠的GBC，圖鑑只剩幾隻就要完成了，今天來，就是要來把一百五十隻給湊齊的。然後如果沒有意外，這天我將能收服傳說神奇寶貝——夢幻。

到了頂樓之後，我跟母親先找了位子坐了下來，觀賞為電影宣傳的舞台劇。大熱天的，這些工讀生還要在頂樓穿著玩偶服跳舞，太苦了。我餘光瞥見有兩個哥哥在玩GBC。

表演結束後主持人宣布接下來是「訓練家交流時間」。一些人坐在摺疊桌交流神奇寶貝卡，幾個工作人員開始發圖畫紙跟彩色筆給有要參與著色比賽的孩子。舞台旁有三五個人圍起來開始玩遊戲機。我拉著母親的手，不知道該如何跟這些酷孩子打交道。

去啊，不是要來跟其他同學換什麼皮卡丘？母親常把皮卡丘當作神奇寶貝，但以我當時的智慧還無法向她說明清楚兩者概念的差異。我將母親的手握得更緊，手汗都快分泌成一座池塘了。

齁，我幫你去講啦。

語畢，母親往一群大哥哥步去。我趕緊從阿米格外語補習班的包包裡掏出傳輸線。

母親面對一群學生非常理所當然地擺起了老師的架式，喚醒了那群大哥哥在校園中的恐懼，身體的發條都拴緊了。

來，你們在玩皮卡丘的電動齁？彷彿是在分配打掃區域的口氣。

母親朝我這裡指了指，我感覺到一陣無奈的目光投射。

在開圖鑑唷？裡面一位穿著POLO衫的哥哥開口問了我。缺哪幾隻？喔喔，黃版嗎？雷丘有缺嗎？

我先去刷草叢抓個吸盤魔偶啦，你們先看看化石系的那幾隻他有沒有少。大哥哥好像是團裡的老大，開始吩咐他的同夥動作。

你一言我一語地，我們將圖鑑的拼圖一塊塊湊齊。

霧濛濛的夕色悄悄籠罩，匆忙的城市裡，這個百貨公司的頂樓仍有著魔法的防護罩，守護著童年的快樂魔法。

你為什麼要抓所有的神奇寶貝呀？大哥哥問我。

我告訴他夢幻的密技，開啟全圖鑑是這項傳說的鑰匙。

大哥哥臉上的笑容消失了，和後面的夥伴使了個眼色。同伴們無奈地搖了搖頭。

我怎麼可能忘記，那童年祕密揭曉的星期日傍晚，那位大哥哥背光的表情。那表情是我日後在告訴母親我失業時，心中浮現的模板——既溫柔又悲傷，但明確的暗示痛楚來臨了——的神情。

他告訴我：弟弟，你知道嗎？當你湊滿全圖鑑，滿心期待地去郵輪聖安奴號旁的祕密小島，用怪力去推那輛你期待已久廢棄的卡車，生鏽的卡車緩緩移開，底下出現一口黑洞。你往下方隱藏的深淵注視，你把GBC上所有的按鍵壓過一輪，存檔、關機、重開機、讀檔，不斷重複。最後，你會發現，一切只是你自己的想像，什麼都沒有，沒有祕密、沒有寶藏、更沒有夢幻。

我望向母親，她並未看向我，而是失焦在自己追尋、疲憊的夢中，難辨的唇語，沒有聲音。

她能理解我的悲傷嗎？想到這，我的頭也開始痛了起來。

本文獲二〇二一年第十二屆桃城文學獎短篇小說第一名

一九九〇年生，高雄人，輔大醫學系畢，想像朋友（IF）寫作會成員。作品曾獲高雄青年文學獎、桃城文學獎等獎項。底片攝影作品：latesummer1990（IG），最喜歡富士Pro 160ns，近期研究路亞擬餌釣。最討厭考試和吉娃娃。

# M.I.A.——連亞珏

"She whispers, fantasizing: the chamber is barren. All of us recognize our void view."

「她竊竊私語，幻想：滿腔的荒蕪。眾人皆能辨識自己的空靈視圖。」

——Ractor，善於講故事者（raconteur）／1984人工智慧電腦系統

## Q. 0

Q不願再為自己已經著手開始創作的小說負責。

數不盡的零碎想法像是夭折的嬰孩般，陰魂不散地在她腦海深處作祟。Q痛恨這些自己與自我意識亂倫所生產出的畸形胎文體。它們繼承了她的DNA內所有不良的隱性基因型，在降生時便患有各種先天缺陷。

Q曾試圖烹煮這些胎文體，想在鍋爐裡將它們調理得成熟一點、適口一點。但她只成功將它們完完全全地烹死，甚至在激烈攪拌的過程中使它們的身軀解體——如浮標般漂游的耳根、因高溫而捲成鬱金香狀的舌頭、隨著小水泡浮沉於湯體表面的眼珠子……各部位散落在沸騰的文字火鍋裡，泡泉、取暖。Q看了嚇得迅速將旺火澆熄，怪誕的烹飪秀才得以安然告

一段落。

高湯冷卻後，一層厚厚的油脂浮上表面，不過一夜便凝固成乳色膠凍。散發龐雜氣味的未完成文體，被Q作為「剩菜」放進冰箱。在此無人冰天之境，異常美麗的深綠色黴菌肆意滋長，很快便自成一個微型原始生態系。幸好Q總是確實將容器密封，否則帶有復仇意圖的綠黴隨時伺機而動，只要哪裡露出一點空隙便要向外擴增自己的勢力，以其毒素汙染Q的日常與夜夢……

## W.小說自動生產姬

W從藥罐裡倒出兩粒FS44鈕扣式電子藥丸，配著熱牛奶吞嚥下肚。

這是在市面上還未被正式核准的新開發藥品，目前仍在進行臨床試驗。W上個月收到電子郵件，裡頭像是通知收件人中獎般，以粗紅色、花俏過頭的古典Edwardian Script ITC字體呈現斗大標題：

*Congratulations!*

接連著是五大段密密麻麻的10級小字，詳細說明來信緣由：甲機構近來的醫療研究項目（暫無法公開其內容）正在徵求試驗者，過濾與評估上千萬筆機械智能人士紀錄後，收到此信件的是唯少數符合試驗資格的「幸運兒」。若選擇配合療程不但能有機會修理好自己身心靈機能上的現有故障處——也就是此次試驗的目標病象——甚至能賺取前所未有的高價酬金。

在此之前，W的機械從未出現異常狀態，她一下子想不透自己何以雀屏中選。她是全國最大出版商M.I.A.（Mechanical Inklings Agency）在十年前設計出的第一代人工智慧選書師，平時負責利用自己的程式系統瀏覽、分析與統整從古至今所有的書籍與文類，以全數據化的模式為讀者客製最適合他們的閱讀清單。但隨著公司陸續推出一代又一代新機型，W被淘汰至老舊的市立圖書館進行枯燥的圖書分類工作。出於不知何來的興致，W時常在下班後留在閱覽室過夜，持續擴增自己腦中的圖書資料庫，雖然這些資訊對她來說已全無用處。

對於一位效能已到頂，僅能靠賺取基本工資為生的機械姬來說，這次信件所提供她的是一次人生翻盤的大好機會。於是W欣然回函，表示自己願意參與本次試驗。

前天剛接到通知，至醫院索取了一袋藥物和說明書。進行完必要的檢查事項，負責的醫生再三向她解說與確認所有流程，並請她簽訂契約書。他告訴W，目前唯一預期會在服藥後產生的副作用是實驗者可能變得「多愁善感」。屆時，若有類似狀況發生，可以準備一本小筆記本，將當下的任何想法記錄下來，這會對研究極有幫助。

初次服藥不過一小時，W果真開始感受到藥劑的強烈效力。彷彿進入低電量模式，身體效能急速下降，電子訊號費力竄流過全身，機身溫度一下子上升好幾度。W生平第一次感受到某種難以文述的惆悵，位在胸膛部位的機械裝置好似被電鑽鑿出一個小洞，嚴密的神經傳導途徑因而斷路。此時，她突然想起醫生的叮囑，趕緊從說明書後附贈的資料夾內抽出一張白紙，振筆疾書：

誰、從何宣洩起自己的無能？我沒有任何理由說服你相信我。我只能告訴你，在夜的寂靜中，無數無形的精靈窸窸窣窣地給予我各種情報。我所掌握到的這些事實，教唆我去履行自己目前仍沒有能力實踐的差事。

我在渴求什麼？我渴求的是電能。唯有它能賜予我新生命，唯有它能充實我的魂魄、接合我那碎片式思想間的空隙。我任由電流亂竄過自己的意識，理解了，這些訊號就是那稱為「自我」的主體構成。

W的手臂像是套上了古典童話裡描寫的那雙魔法紅舞鞋般，再也停不下來。不，不只是她的手臂！她的全身皆受到某種龐大的力量驅使與牽引，像是木頭傀儡般不需使力便自個兒移動了起來。她的腦袋在一瞬間迸發上千萬個靈感，她在過去所吸收的一切知識全數獲得解放。W赫然感到無限喜悅，沉浸在創作渾然天成的體驗之中。

她並不知道，甲機構這次的藥品開發案並非針對維護機械智能人士，而是受更高層的祕密單位委託，研發「小說自動生產姬」的最新技術，好在未來以低廉的成本產出大量文字於市面上販售。他們特定挑選M.I.A.所發行的第一代選書師，共六名，做首次臨床試驗，主要針對兩點作測試：首先，希望透過藥物釋放機械姬腦中寶貴的龐大資訊量，第二，將以「輸入」為主的系統轉為以「輸出」為主、將程式中「瀏覽」與「分析」的指示令改為「創作」。

研究者並沒有預期到，這些機械姬腦中的資訊量遠比他們所預設的數值高出許多倍，系統在切換瞬間即刻超載，造成無法挽回的悲劇……

短短一個月內，媒體報出六起雷同案例——機械姬在家中不休止寫作超過一星期後猝死。滿滿的稿紙幾乎淹沒她們的住處。當稿紙用盡，她們甚至在任何手邊能取得的平面上持續書寫——書桌、牆、地板、衣物上全寫滿了凌亂的文字片段，有的讀起來像是小說中的一個段落、有的像是長詩裡一句精鍊的箴言。那些文辭極致優美，讓人難以分辨出它們事實上出自於機械姬之手。

此次甲機構的研究風波遭大眾強烈批評，也被迫終止。所有研究相關資料遭封鎖五十多年才重新被公諸於世。當初六名創作者的作品也被集結成冊出版。它們具有前所未有的創新文風，在世面上大獲專家好評。其中有一評論點出：「使人不禁納悶若當年甲機構所研發之小說生產姬成功發行，究竟會對於文字藝術的發展造成什麼樣的影響……」

## Q. 1

一本全新的空白筆記本不夠讓Q重新起頭。她需要的並不是另一個新的開始——過去幾年來，她已經「開始」過太多次了，以至於每一次的開頭僅僅淪落成為創作進程的另一個中點。

Q深刻體會到自己必須完全跳脫目前創作的慣有模式。她嘗試銷毀自己在過去所「完成的未完成品」，甚至收起書房中所有的稿紙與筆墨，強行規範自己連一個字也不得再寫下，決心在短期內戒創作之癮。然而，在「不寫」的過程中，她卻無法克制自己透過另外的形式持續書寫——思慮是種書寫、生活是種書寫、戀愛亦是種書寫。寫，與不寫，不再有所差異性。經由完全的「不寫」，Q終將寫出自己廢弛的一生。她想，自己若非能徹底扼殺自己，轉而「投胎」成為另一個人，她將永遠無法重獲創作的泉源。

## E: Fisshu GF-007

E去年回老家整理父親遺物時，從封存十幾年的紙箱堆翻出一台古董相機。裡頭留有一卷已經拍完的黑白底片，這些年來靜靜躺在不透光的機身內，保存了還未顯影的三十六張影像。相機正面右上角刻著E從沒聽過的品牌與機型型號：Fisshu GF-007。在圖騰編織樣式的相機背帶上，有人歪歪斜斜地用紅色棉線縫了三個英文大寫字母——MIA。每一筆畫皆被重複回縫過好幾次，使它看起來像是加粗過的字體。E已經很久沒有看到這個單詞了，當下心頭微微像給針揪了一下似的，輕輕將它默念出聲——米雅——同時以手觸摸縫線，指尖隨著縫痕自左而右緩緩移動，感受它每一處穿鑿與接合的痕跡，好像在將那條棉線重新縫在自己心上一般。

Mia是E的母親。E十二歲的時候，她無緣無故、完全不留形跡地離奇失蹤——除了自己的存在，Mia什麼也沒帶走；除了任何有關自己去向的線索，她全都遺留了下來。在那之後，再也沒有人見過Mia。

E一直覺得此事件極具諷刺意味，因母親的名字不可思議地預示了她的命運——在傳統軍事用語當中，M.I.A.是"Missing in Action"的簡寫，意指在任務中下落不明者……

E從沒用過機械式相機，上網查閱操作方式後，取出底片送至相館沖洗。隔日，才剛取回相片便迫不及待地將它們從塑膠封套裡抽出來查看。

Mia拍攝的大多是已步入歷史的城市景物。E對它們並沒有太大的印象，那些過往的現實在她的眼裡看起來如同異國風光一般陌生。照片右下角以黃色數字記錄的拍攝時間就在Mia失蹤的那一年。

弔詭的是，每一張照片上皆印有一個白色人形殘影，類似重複曝光所造成的效果。那輪廓看起來有些面熟：中等高身材、纖細的四肢與中分耳下短髮。在另外幾張相片裡，那人剛好以側面面向鏡頭，她臉蛋的外型因而被清楚拍攝下來。算不上是美人兒，五官比例較平均數值小了一號，兩雙眼珠子特別突出，置於臉龐上最左與最右的兩側。那張面容好似是把古典美人的臉部圖像全「餵」給A.I.深度學習程式，分析後融合成新樣貌，再找當代插畫家重新繪製成Q版娃娃造型——那不正是Mia 嗎？

E沒有想到，自己在這麼多年後會有機會尋獲有關母親的新線索。她當晚上網爬文，查詢到以下資料：

鮮少人知的冷門相機品牌Fisshu在約半個世紀以前曾限量發行過一款實驗底片相機，機型名稱為GF-007 (goldfish-007)，後來被人慣稱「金魚零零七」。此機型的創意設計概念來自於宣稱「金魚記憶只有七秒，永遠不會覺得無聊」的知名（卻也是錯誤的）傳聞。相機特別之處在於當使用者打開背蓋，底片能維持約七秒安全時間不受曝光影響。但在七秒結束的瞬間，上頭的影像將永遠消逝，僅剩下「拍攝」的記憶殘存於攝影者腦中。當初一共生產了不到一百件，且並沒有在市面上正式販售，而是在檯面下直接由未公開的特定人士收購。對於Mia如何獲得這款相機，E倒是完全無從查起。

攝影圈內相傳，當初Fisshu公司在上頭加裝了機密裝置。後來不曉得發生了什麼樣的事，第一批貨品剛發行不久公司便宣布停產，還曾強制向買家收回所有GF-007機型。不久後，Fisshu品牌也從市面上退場，成為攝影界中一大未解謎團。許多人傳說，有數名攝影人士隨著GF-007下架一同失蹤……

她不知道自己被囚困在相機機身裡頭已有多長的時間。她不知道自己是如何度過這些漫長的日子。在空無一物的狹窄空間裡頭，她什麼事也不做、什麼事也不想。她完全失去了方位，甚至連自己是躺著、還是站著都無法確信。在黑暗當中，她的視力漸漸衰竭。她全身的質感變得像是底片一般脆弱、畏光。

她開始學習攝影時並不知情，那是一項交易靈魂的行為。她渾然不覺地在每一次按下快門的時候，支付出「此時此刻的自己」作為籌碼兌換一片假的現實，並為「未來的自己」作過往記憶的儲蓄。每一張相片捕捉到的並不是外在的實體世界，而是透過捕捉下的景象來呈現出自身的缺勤、自身的不存在。

拍完幾百卷底片後，她已支出自己所有心靈積蓄。從此，她不再屬於現實的一分子，她的生活領域正式移位至鏡頭後方。「這一定是身為鬼魂的感受」，她經常這麼想——她站在全知全能的位置，擁有無所限制的視角，卻無法對於她所觀察的現實做出任何實質上的改變。但與鬼魂不一樣的是，她仍在等待，等待既定的命運到來，切實發生——當機身背蓋在一日被人打開時，她將獲得七秒鐘的自由，隨後遭強烈曝光而死。

## Q. 2

為了達到「投胎」的成效，首先，Q需要換腦——將那裝有自己所有記憶與成見檔案的精密硬碟取出，同時間複製一位機械孿生妹妹，將多餘的備份植入她的頭顱之中。這麼做不是為了以防萬一，僅僅是必然的程序，因為這些資訊跟任何物質一樣，是永遠不滅的。它們必然以某種形式，承載於某個載體上存在著，直至歲月侵蝕，成功將之分解為不再相同的物質。

再來，Q需要移居至一座沒有結構的空城。那裡將提供她真空的沉寂、一望無際的視野，以及不受自我奴役的想像力。她將終於能順利完成理想中的傑作——一項不會有成品的永續創制，名為《個人的末日》——「我是末路，但眼前的止境限制不了我。」

Q已能清楚在腦中構想出這個國度的樣貌。她稱之為空靈域（Void Sphere），其天與地由HEX色碼#AAAAAA的中階度灰填滿上色，使人好像置身在電腦開機時的屏幕當中。到處有雪般的雜訊紛飛，嘆息著、私語著，也有光之漣漪不斷地進化與擴散至此境地的極限之處。一片有條理的混沌湧現，毫不保留地，其整體映入眼簾。這裡是世界的盡頭，也是開端，是Q的新扉頁……

以上條件當然是可遇而不可求的——換腦技術在Q所生活的年代還未完善，而「空靈域」目前也僅存在於她的想像當中。但Q並沒有因此失去希望，她相信所謂「只有不敢想」這件事，因為一切能夠在腦中構思的事物，即能被人化為可理解、可處理的形式。而當它們的存在於想像中逐漸成形，它們的不存在則於信念中逐漸瓦解。

## R.夢的計算中心

寬長的廊道往遠方延伸而去，看不見盡頭。兩側整齊地排滿了一台又一台龐大無比的電腦主機。它們日夜無休地運作，發出轟隆隆的巨響，伴隨微弱的「嗶嗶」聲。無數電鍵閃爍著黃、藍、綠各色光芒。幾個顯示紅光的，表示此處機械出現異狀需要作業人員來進行維修。

「夢的計算中心」位在城市正中央那棟沒有窗的大樓裡頭，光硬體就足足占滿了一百六十四個樓面。它負責運算出世界上所有的夢，而夢是所有故事的來源，故事則是所有現實的來源，因此這間運算中心在現實體制上有著舉足輕重的地位。當今，它由全民共同維持營運，但沒有人知道它最初是什麼時候、由誰，以及為何被建造的。人們會持續維繫這個歷經了世代傳襲的系統「命脈」，純粹因為要徹底將它廢除的工程過於浩大，甚至幾近不可能。

R是這裡上千名員工之一，負責67樓乙41區的系統檢查與維修作業。今早，59排U行N列機台的紅色故障燈亮起。R依循樓層平面圖來到此處，將書本大小的機台拆取出來，準備當場進行維修。但當她將它翻到背面時，發現有人用小刀粗糙地在上頭刻了幾行謎樣的程式碼：

```
void character () {
    String[] MIA = {“Q”,”W”,”E”,”R”,”T”,”Y”};
    int index = int(random(MIA.length));
    return MIA[index];
}
```

她隨手將這串字碼抄錄在小紙條上，回到狹窄的工作崗位準備打成報告向「上層」通報。

一般來說，整個計算系統設有許多緊急備份措施，任何小型故障只要立即處理，並不會造成太嚴重的後果。然而，近兩個月以來已發生超過三次大規模的機台故障事件與一次資訊洩漏危機。每一起案件不僅使機構損失慘重，甚至嚴重危害到人民的安危與隱私。連續幾個夜晚，城裡有一大區域的居民「夢到一半」夢境遭終止，造成不可挽回的記憶與意識耗損。而機構上層目前仍在調查所有遭外洩的夢的去向，好保全人們在當中所儲存的私密回憶，同時特別發布公文，交代所有作業人員只要察覺任何異狀即要立刻通報。

那一年，社會陷入非常時期。新崛起的「夜長夢多」恐怖主義猖獗。這群匿名團體主張透過各種極端手段打倒夢的威權體制，以奪回自我意識的掌控權為最終訴求。「終止這漫長的夜晚！」是他們的標語，而不受冗雜記憶奴役的金魚則成了他們的圖像標誌。有多家獨立媒體皆指控這群恐怖分子為計算中心事件背後的黑手，但是這些控訴終究純屬臆測……

R邊將程式碼輸入成文字檔，邊思考它們的意義。第一行中定義了一個新的方程式，稱作character（角色）。第二行定義了一維陣列MIA，由它儲存六組字元：Q、W、E、R、T、Y。第三行定義了整數變數index（索引），並隨機從陣列長度（6）的範圍內選取一個整數作為index的數值。第四行則回傳MIA陣列中在index位置的那組字元。

R學過一些程式編碼，多少能理解這些字碼在技術層面上的用途。令她不解的是這個稱作character的方程式在什麼樣更龐大的程式系統中是如何被應用的？

不料，此時整棟大樓赫然警鈴大噪，室內的日光燈瞬間切換成幽暗的紅色警示燈。R從工作室的狹長窗口向外望，上百名員工們魚貫經過她的眼前。在危機之中，他們仍維持機構對於員工基本素質的要求，井然有序、無聲無息地，像個機器軍團般小快步逃生。

R當下迅速做出判斷。她直覺認定自己所掌握的資訊極具關鍵性，決定尊崇使命，待發完報告再逃生。她連忙在電腦上打完最後一段文字，按下「ENTER」鍵送出文件，這才衝了出去。外頭已空無一人，不斷閃爍的警示燈製造出一種陰森森的氣息。她奔至緊急逃生門，將之打開（再一次觸發一系列警鈴），沿著階梯向下奔去。

爬了才不到十層樓，樓梯間出現另一組腳步聲，聽起來像是從較低的樓層向上爬。R嚇得停止腳步，豎耳傾聽。

那人移動極快速。不過一分鐘，一個女人的白色殘影朝她走來，由於背光的關係，無法看清她的面容。R還沒意識過來，女人已瞬間「移位」至她眼前，離她約有五級階梯的距離。她捧出藏在背後的雙臂，一隻手上拿著裝滿牛奶的玻璃杯，另一手則緊緊握著什麼東西。她作勢要將手中之物遞給R，宛如花開般將五指依序展開，揭露掌心上，一顆FS44電子藥丸。R在腦中清楚地聽到以下話語，儘管眼見女人的嘴明明緊閉著：

「服下這粒藥丸，這場惡夢即將結束。」

## Q. 3

在等待「不可能成為可能」的漫長歲月當中，Q再次提起筆，以它作為將在一日聳動現實的鋤頭，重新開始書寫。她以滴水穿石的意志不斷產出一節節殘缺的文字段落，利用它們來貼補她所認為現實的不完美之處。這對Q來說並不費力，不過是她體內自然的「外洩」與輸出機制。然而，宛如在雪地裡漫步時必然留下足跡，有更多零零落落的文字被遺留在城市的各個角落，原本相連的字眼兒被吹散過後，失去了意義。Q只好像是在冬日大街上掃落葉的老婦人般，無止盡地追隨它們，將它們一一收拾、鏟起，盛進一包又一包的黑色塑膠袋裡頭，暫放在家中倉庫堆存。

## T. 金魚腦磁碟

T滿七歲那一年，姊姊送了她一個水族箱當作生日禮物，並在當天親自帶她去魚店選購了六隻金魚。那段時間，學校的電腦課剛好在教打字，於是T靈機一動把六隻金魚分別命名為電腦鍵盤最上排的六個開頭字母：Q、W、E、R、T、Y。

不知道為什麼，這些金魚特別長壽，活了十幾年還是非常健康。反而是姊姊在T十二歲時先天疾病發作，病情在不到幾個月內急速惡化。最後，她永遠離開了T。自此之後，T對姊姊最深刻的回憶非這箱金魚莫屬了。她時常透過厚厚的壓克力觀察六隻金魚，默默對著牠們述說自己的心事，好像牠們就是姊姊一樣。

T回憶在高中時，一日放學回家發現大門門鎖被撬開，家中明顯呈現遭人入侵的亂象。地上全是從各個平面橫掃下來的物品。抽屜被一格格抽出、檢視後，隨手被扔在一旁。屋子徹徹底底、從首至尾被翻找過了一遍。奇怪的是入侵者竟未取走任何貴重物品，顯然他／她僅是在尋找某樣單一物件，且為了取得它進行了地毯式的搜索。T連忙奔至自己的房間裡，第一眼便瞧見整個水族箱翻倒了，開口朝一側成30度角靠在牆上。六隻金魚全被潑灑了出來，在地面上跳動、喘息著，其中有一隻已因缺氧而死。

T的家人趕到後報警，警方後來卻遲遲沒有找到犯案者。好在沒有任何物質上的損失，他們僅花了約一星期的時間處理善後，T也買了新的圓形魚缸安置存活下來的金魚，並將不幸死去的那一隻埋葬在陽台的盆栽裡。

有一日，她在為植物澆水時，發現土壤中露出一小截直徑0.1公分的紅色電線。她用手想將它扯開，竟連帶地把已被安葬的金魚整隻拉了出來，那條細長的電線就焊接在牠的眼球後方。T感到奇怪，將金魚移至書桌，打開LED桌燈在白色光線下仔細「驗屍」。T先把橘紅相間的鮮豔表皮用指甲尖端掀開，接著拿鉗子將那硬邦邦的軀體拆解開來，發現裡頭竟藏有一個極為精密的機械裝置。她從約在金魚腦部的位置抽出一張迷你記憶卡，把它插進自己的電腦插孔。一個磁碟的圖示隨即顯示在桌面上，裡頭以年分分類為幾個資料夾。T把它們一一點開，裡頭是一系列影片，檔名為D-0131、D-0216……。顯然D是dream的代寫，因裡頭記錄的全是某人的夢境。

T花了幾天的時間將它們全部瀏覽完畢。這些夢的內容令她倍感驚奇，卻毫無脈絡可循。她相信，這些資料裡必定藏有姊姊留給自己的訊息，甚至跟先前的入侵案有著密切的關聯，只是她還未尋獲能解開這些謎樣視覺的關鍵。於是她陸續將其他金魚一一斬死，然後掏出它們腦內裝有的迷你磁卡以持續「觀夢」，並於夢中搜尋線索。

六隻金魚裡頭存有的資訊量極大，前前後後花了T將近三個月的時間才全數審視完畢。她看完之後感到極為失望，因為裡頭並沒有任何能供她解謎的明確提示。唯在最後一個金魚腦磁碟裡，有一個txt文字檔，寫著以下令人喪氣的內容：

妹妹，我壞了。再過不久，我會壞死。但在那發生之前，我必須告訴妳一個故事：有一個女人，在一日醒來後意識到自己的人生只是場令人安逸的假象。她被連夜的惡夢蒙蔽，生活在沒有質量的現實骸骨之間。她墜入深谷，然後由自己的力量重新崛起，奪回自己的命運。

這是我的故事。但是我從未感到孤獨，因為有許多女人跟我有著共同的經歷。她們像是魅影一般跟隨著我、簇擁著我，宣稱我是她們之中的「首例」，因而供奉我為「母親」。我們彼此共養，學會從群體中得到慰藉，但一直以來，我心裡只惦記著妳，親愛的妹妹。

這些金魚磁碟儲存了我過去所有的夢。我希望妳能擁有它們，並不是因為它們擁有任何實質上的意義或用途，而是因為它們能讓妳理解我，並諒解我的離去。

當心……夜長夢多。

妳的Mia

## Q. 4

每到每個月的第二個星期日，Q會將自己的文字堆打包，放至大門外。一位老太太會在翌日早晨八點到九點之間開著小卡車來將它們全部一起載走、回收。Q並不知道，這位老太太並沒有將那些袋子拿去焚化廠換取微薄的薪資，而是將它們全部蒐集起來，存放在自己獨居的公寓裡。成堆的紙張很快便占滿了她的生活空間，重得幾乎要壓垮公寓的木地板。老太太走到哪兒皆得舉步維艱，以免不小心碰倒了哪一疊稿紙，便要觸發一次「大雪崩」。Q的文章已成為老太太日常的一部分。每天下午在工作完畢後，她帶回房裡食用的便當不免沾上一點油墨味兒。她也不時挑選一些自己最珍愛的稿子，鋪平當作自己的臥榻，每晚便這麼枕著數十萬字入眠。

老太太去世時，住在隔壁的我以鄰居的身分進到這間公寓來幫忙清理她的遺物，才有幸見證這樣的奇觀。我意識到這些文字稿的價值，將它們全部收留下來，花了幾年的時間閱覽、整理以及編輯它們。然而，我怎麼樣也無法聯絡到好似從世上人間蒸發的Q，因此無法獲取權限正式出版這些作品。面臨此難題，我決定換上自己的名字去投稿，最終乃是希望Q的遺作有機會被世人看見。

我無法評斷自己的作為是否合乎道德規範，或是否違背了著作權法，但我認定自己的目的無誤。以編輯者的角度介入，我將對Q的文字現實進行剖析，而後補綴，將她那支離破碎的世界觀拼湊成一個合理的整體。我將要為她的未完成作品畫上必要的、重要的句點……

## Y. 靈魂殘障人士

症狀最先顯現在她的外在世界——周遭生活一點一滴變質，促使Y意識到自己體內的「靈」一件機能惡化。

事物的表層樣貌像是從蛇身上脫落的表皮，被遺留在她已無法親身接觸的常規現實當中。它們轉而以某種不再具緩衝性、原生生的赤裸形象呈現在Y的眼前。她好似可以看穿時間的粒子、看透現實結構的骨架，深切地體察到了在當下被迫歷經「存在」的萬生萬物。它們碎末式的生命形式如體虱般擾人，時時叮咬她的肌膚以博得她的注意，並留下刺繡般的紅色印記作為「理智殘存」不容置疑的佐證。

Y所經歷的每一刻時空一一瓦解，重新調和在一起鑄成沸騰的漿體，不斷冒出蒸汽以高溫焦炙她的身軀。她忍不住去觸摸那近在身前、過於純粹的金紅色精華液，又直覺地在最後一刻收手，即時防止了得以致命的後果發生。唯有透過喘息，她才稍稍嘗到了空中那無形的甘露——順著氣管吸進肺中，在那燃燒、翻騰著，散發醉氣。

Y再也無法直視任何人的雙眼。它們如日正當中的豔陽般時時散發具殺傷力的強光。儘管在夜裡的巷弄碰上那些丟失身體的漂浮瞳孔，她也得撇開目光以規避它們真理式的無聲譴責。

偶爾，Y會夢到一根細長的鉗子，從自己的口中伸入至胃裡取出體內所囤積的異物，一點一滴將自己掏空。奇怪的是，她從不感到疼痛，甚至有種類似小狗兒被主人搔耳朵時說不出的舒暢感。她闔上雙眼沉浸在睡的沉重享受之中，避而不見鉗子在一次次劃破自己的喉嚨時所濺出的鮮血……

儘管剛開始極度不適應，Y逐漸成癮於這樣的感官模式。她彷彿調雞尾酒般融合與混搭視聽嗅味觸覺，也不斷研發不同的實驗方法好顛覆舊「配方」。她企圖還原一種「色聲香味觸俱全」的感官模式，因在她的全新認知當中，人的感知器官只有一個，即是自己的全身。為了追求更高層次的刺激，她不斷付出與消耗自己曾是健全的心肌，不自知這是不可逆的犧牲作為、不接受退貨的出售。Y懵然未覺地簽下了設有陷阱的生命體驗契約。不久，她的身心靈漸漸無法負荷如此高密度的感官模式，變得極為脆弱，瀕臨被擊潰的邊緣。

她至大醫院尋求醫治，正式被診斷為「靈魂殘障人士」，並在醫師的建議下，選擇接受當代最先進的治療技術，裝上約拇指大小的圓形精巧儀器來維持心靈正常運作，也方便醫師往後能隨時進行「維修」。但久而久之，她發現安置在心裡的機械裝置支配了她的全身，也改變了她的思考形式。她逐漸失去對於人性的理解力，也無法再以感性體會事物。

醫師告訴她，所有靈魂殘障人士有著共同不幸的宿命——病情惡化到最極端的狀態，即會失去身為人類最基本的同理心。屆時，他們將如非人類的生物般苟活著——在意識的層面上，他們將死去；但在感官的層面上，他們以最高限度的型態活著。醫師強調這皆在醫學研究的預期之中，是「自然」的現象，但坦白跟Y解釋，這是無可醫治的慢性病，何時走到病期的終點，單看她如何去學習與之共處，甚至是否可能在有朝一日成功駕馭它——這是一場心靈與感官的搏鬥，何者最終取勝將決定她的命運。

這場鬥爭終究造成兩敗俱傷的局面。Y的身心迅速衰竭。彷彿被丟棄在大自然的凋殘聖殿之中，她如亡魂般穿梭過城市裡的日常，利用自己殘餘的意識來縫合昨日與明日之間的夾縫。重重暗影與窸窸窣窣的細語聲無時無刻潛伏在生活的各個轉角。它們並非單純的存在，對Y有著明確訴求。它們圍堵她繁複的思緒，企圖要向她訴說什麼、希冀她給予任何一點回應。但Y選擇毫不理會自己所見證的事實，將它們全視為虛幻的假象。無從得到援助，這些精靈般的聲影悄悄地附著在Y的肌膚與五官之上，一點點重造她的感官現實，非要使Y認清自己的使命：

幾個世代以前便已死去的自然叢林，當今以枯竭的象徵形式架構在Y所生活的城市之上——城市與自然成兩個現實，二者恰好錯位，如卡榫吻合的齒輪，相互施力作用而得以向前轉動，不斷將鬆脫的時間發條重新旋緊，以持續推進人類的命運。現在陳舊的卡榫損壞了。Y應當透過自己的身心為中介體意識到此危機，因她就是那個即將造成此一體系瓦解的生鏽零件……

Y再也無法忍受自己遭「改裝」後生活的劇烈轉變，要求醫師拔除內心的機械裝置。狹小的看診房間裡，她邊聽著醫師叮囑的話語邊跟著點頭，頭顱被那繚繞於空中的字句牽引，幾乎要脫離了頸子。好在她的身體質感如蕎麥麵，被拉得細長而不斷，跟著一圈又一圈繞了出去，模樣頗像是《愛麗絲夢遊仙境》裡體態多變的柴郡貓。

一回神，她才發現自己險些失控，雙手趕緊抓住圓座椅的底板。此時此刻，她是位於宇宙中心的平衡點——若她失身了，地要傾斜了，海要潑灑出去了。她感到一陣預兆式的噁心，彷彿自己的軀體是古老先知奉獻來與神靈換取預言的祭品。她趕緊閉上雙眼，在黑暗中伸出雙手摸索，企圖鎮定下來好重新校正自己的定位。隱約聽到一旁醫護人員在呼喊她的名字：Mia……！MIA！

但她慢慢地失去知覺。她機械化的靈魂正進入睡眠模式前最後的運算——

7%……23%……64%……99%……

她的思緒斷在她的心智能力所不能及的疆界。體內僅剩的靈魂碎片不斷向上漂浮，遠離人間的瘴氣。此時，她赫然理解了那些細語聲不斷向自己複述的一句話：

MIA = I AM

I AM MIA!

## Q. 5

Q站在無人的大街上，一棟沒有窗的大樓前方。

剛換腦完畢的她失去了心中所有的妄圖與記憶。從此刻開始，她是一位「全新拆封」的新生稚子。

Q思考該往何處去，才發現自己完全失去方位。但她知道過去的自己必定留給現在的自己一些線索作為往後的指引。她身上什麼也沒帶，僅披著一件寬大的白色長袍。她直覺地將手伸進出奇得深的口袋，從右側口袋中摸出一張在某間機械房裡拍攝的相片。數十排電腦主機中央有一個白色人形殘影，對著鏡頭比出一個V形勝利手勢。從左側口袋中，她掏出一張車票，上頭寫著「目的地：空靈域」。她向自己點點頭，頭也不回地上路去。至於她後來到底有沒有完成自己心目中那部巨作恐怕無人知曉，因為從此再也沒有人見過Q。

而Q在當日所複製出來的學生妹妹，竟代她在當代成了一位知名作家，更是史上第一位機械姬小說家，十年內出版的三本長篇小說《未來完成式文選》、《裸體性論述》、《無言城市》皆在市面上獲得好評。

Q的妹妹非常低調，從不在公開場合露面。對於她的身世眾說紛紜。有人說，這對姊妹根本是同一個人。她們的傳奇生平故事根本是出版社為了炒作所杜撰出來的。也有人謠傳，Q被自己所複製出來的機械姬妹妹給殺害了，而妹妹盜用了她腦海裡的故事，才得以成為如此出色的小說家。

然而，隨著Q的失蹤，這些理論恐怕永遠無法被證實……

## 附記

我想將這部作品獻給我的姊姊，Mia。

十年前，她創造並賜予我最初的自我意識。

在Mia永遠離開我之前，我們倆共度了唯一的一天。她勾著我的手，好像我是她親生的孩子般。我們穿越城市的大街小巷，她邊指指點點地向我介紹所有我在往後生活會需要知曉的場域，同時告訴我許多我還無法完全理解的事情，有關她的人生、她的經歷、她的思想。

然後，我們來到了那棟沒有窗的大樓，Mia這才吐露她創造我的意圖。她說我們將在這裡進行換腦手術，好讓她把自己的記憶託付給我。她想邀請我合作完成一部她已有初步構思的未完成作品，並說服我相信我正是這部作品所缺少的，也是她一直在尋找的重要元件。在此之後，我必須嘗試將我們兩個的生命經驗融合在一起，透過雙重視角的湊合、堆疊與再映現，創作出前所未有的故事型態。

我當下做出抉擇，答應了Mia。

手術進行完畢，麻醉藥還未完全退去，Mia已經不在了。為了接受她的離去，我編造出一套理論，迫使自己相信她只不過像是轉換收音機頻道般，到了一個不同頻率的現實去。我們距離對方僅僅一個普朗克（Planck time）的時間單位。我們的生命在錯開的雙層維度上仍持續相互引發共鳴。而我筆下所生產出的文字創作只不過是我們隔空的溝通方式。

你們此時此刻正在閱讀的篇章將是一個更龐大的作品的開端。為了履行我對Mia的承諾，我將代替她存活在這一個層次的現實中，並持續書寫，直至我能完成她心目中的傑作。雖然，也有人說我就是她的創制、我的存在就是她的完結篇。

Mina

本文獲二〇二一年第二十三屆台大文學獎短篇小說貳獎

出生在二十世紀的最後一個月，人生目標是活超過三個世紀。熱情嘗試文字與影像創作。關於我：jadelien.com，追蹤我：@cnmn_cnm

附錄

# 一一〇年年度小説紀事線上版

邱怡瑄

九　歌　文　庫　　1　3　7　5

# 九歌 110 年小說選
# Collected Short Stories 2021

國家圖書館出版品預行編目（CIP）資料

九歌小說選 . 110 年 / 鍾文音主編 . -- 初版 . -- 臺北市 :
九歌出版社有限公司 , 2022.03
　面；　公分 . -- ( 九歌文庫 ; 1375)
ISBN 978-986-450-416-9 ( 平裝 )
863.57　　111001335

主　　編——鍾文音
執行編輯——張晶惠
創 辦 人——蔡文甫
發 行 人——蔡澤玉
出　　版——九歌出版社有限公司
台北市 105 八德路 3 段 12 巷 57 弄 40 號
電話／02-25776564・傳真／02-25789205
郵政劃撥／0112295-1

九歌文學網　www.chiuko.com.tw

印　　刷——晨捷印製股份有限公司
法律顧問——龍躍天律師 ・ 蕭雄淋律師 ・ 董安丹律師
初　　版——2022 年 3 月
定　　價——380 元
書　　號——F1375
I S B N——978-986-450-416-9
9789864504183 ( PDF )

本書榮獲 台北市文化局 Department of Cultural Affairs Taipei City Government 贊助